读客

读客科幻文库

跟着读客读科幻，经典科幻全看遍。

意识上传中

GREG EGAN

［澳］格雷格·伊根　著
姚向辉　译

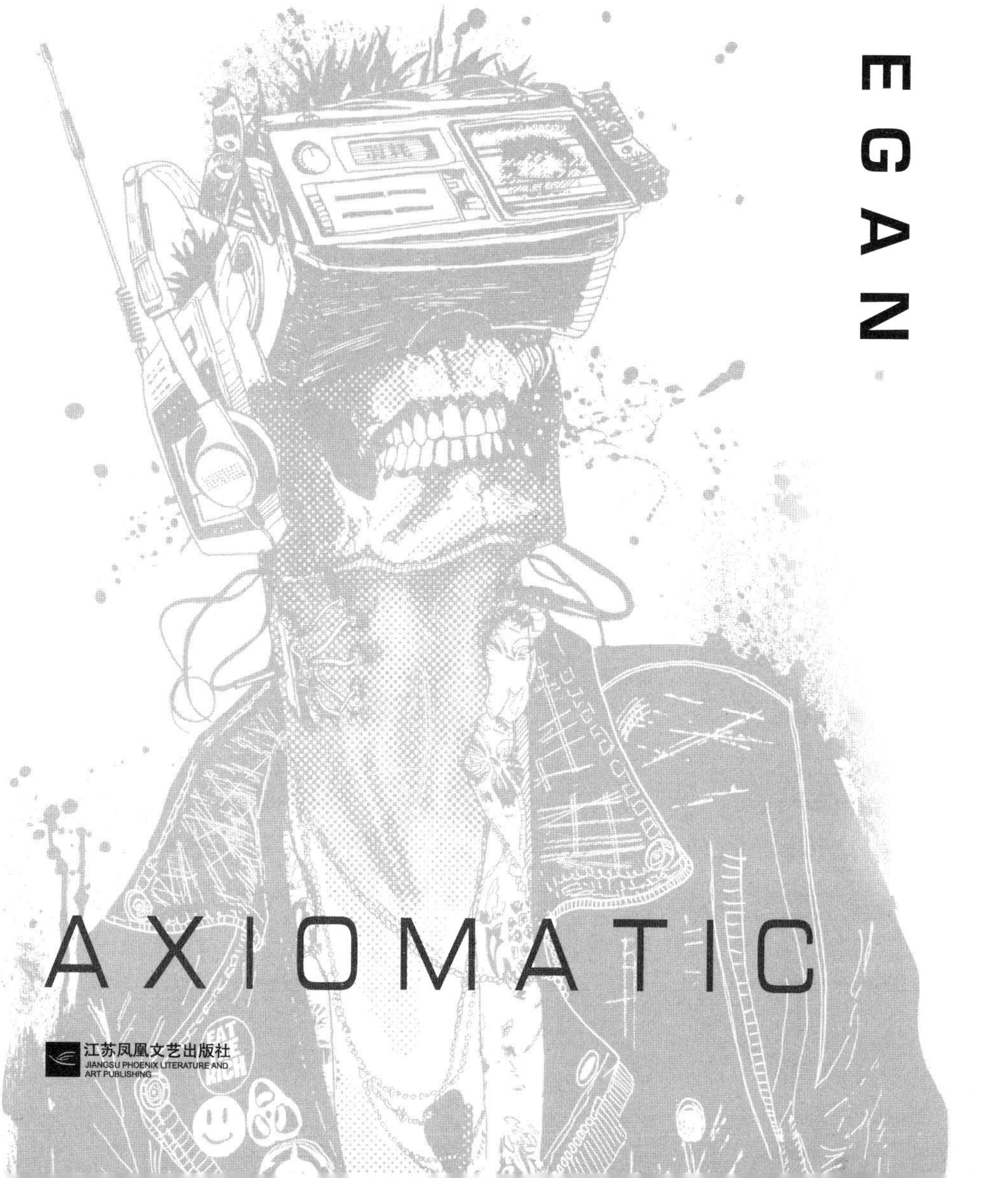

AXIOMATIC

江苏凤凰文艺出版社
JIANGSU PHOENIX LITERATURE AND ART PUBLISHING

图书在版编目（CIP）数据

意识上传中 /（澳）格雷格 · 伊根 (Greg Egan) 著；
姚向辉译 . -- 南京 : 江苏凤凰文艺出版社 , 2022.9（2023.6 重印）
书名原文 : Axiomatic
ISBN 978-7-5594-7056-0

Ⅰ . ①意… Ⅱ . ①格… ②姚… Ⅲ . ①短篇小说 – 小
说集 – 澳大利亚 – 现代 Ⅳ . ① I611.45

中国版本图书馆 CIP 数据核字 (2022) 第 127969 号

意识上传中

［澳］格雷格 · 伊根　著　　姚向辉　译

责任编辑　丁小卉
特约编辑　窦维佳　　徐陈健　　李玉洁
封面设计　Mashiene11　　陈绮清
责任印制　刘　巍
出版发行　江苏凤凰文艺出版社
　　　　　南京市中央路 165 号，邮编：210009
网　　址　http://www.jswenyi.com
印　　刷　嘉业印刷（天津）有限公司
开　　本　889 毫米 ×1270 毫米 1/32
印　　张　13
字　　数　287 千字
版　　次　2022 年 9 月第 1 版
印　　次　2023 年 6 月第 5 次印刷
标准书号　ISBN 978-7-5594-7056-0
定　　价　56.00 元

江苏凤凰文艺版图书凡印刷、装订错误，可向出版社调换，联系电话：010-87681002。

目录

意识上传中

办公室里精密的软件系统通常会替我屏蔽电话，但这个电话毫无预警地直接打了进来，办公桌对面七米宽的墙壁显示屏突然停止展示我正在欣赏的作品（克雷斯齐格令人眼花缭乱的抽象派动画《光谱密度》），取而代之的是一张平淡无奇的年轻男性面孔。

我立刻怀疑这张脸是个面具或拟像。没有任何一个面部特征不像真的，甚至没有一点儿不自然——软趴趴的棕色头发，浅蓝色的眼睛，细长的鼻子，方正的下巴——但这张脸作为一个整体来说过于对称，过于无瑕，过于欠缺个性，因此不可能是真的。背景里，仿陶六边形瓷砖拼成的艳丽图案缓缓飘过墙纸——乏味得可悲的复古几何主义，无疑是为了让这张脸相比之下显得真实。我在瞬息之内做出了以上判断。画面一直拉伸放大到画廊的天花板，四倍于我的身高，在我眼前供我无情地审视。

那个“年轻人”说：“你妻子在我们手上／转五十万澳元／到这个账户／假如你不希望她／受苦。”我忍不住要这么断句；不自然的说话节奏和单个字的清晰发音，使这段话听上去像是某个无可救药的嬉皮行为艺术家在朗诵最糟糕的诗歌，作品名《索取赎金》。面具说话的时候，一个十六位的账户号码闪烁滚过屏幕底部。

我说："滚你的吧。一点儿也不好玩。"

面具消失了，洛琳出现在屏幕上。她头发乱糟糟的，面颊红彤彤的，像是刚打过架——但她并没有烦躁不安，也不歇斯底里；她倔强地控制住了自己。我瞪着屏幕，房间似乎在晃动，我感觉到手臂和胸部涌出汗珠，几秒钟内就不可思议地流成了小河。

她说："戴维，听我说，我没事，他们没有伤害我，但——"

然后通话就被切断了。

我呆坐了几秒钟，只觉得天旋地转，汗水打湿了我的全身，我眩晕得太厉害，无法信任自己去移动哪怕一块肌肉。然后我对办公室说："回放通话。"我以为电脑会拒绝我，说一整天都没有电话打进来过，但我错了。刚才那一幕重新开始。

"你妻子在我们手上……"

"滚你的吧……"

"戴维，听我说……"

我吩咐办公室："打电话到我家。"我不知道为什么要这么做，我不知道究竟应该相信什么，也不知道我希望发生了什么。这更多的是一种本能反应——就像你在坠落时会挥动手臂去抓坚实的东西，哪怕你很清楚你够不着。

我坐在那儿听振铃声，心想：我能想到办法处理这件事的。洛琳会被释放，毫发无损——只需要付钱就行。一切都会按部就班地发生；一切都会不可阻挡地解决——即便途中的每一秒都像一道难以逾越的天堑。

铃响到第七声，我觉得我像是在办公桌前不眠不休地坐了好几天：麻木，空洞，一切都不像真的。

然后洛琳接听了电话。我能看见她背后的工作室，墙上是熟悉的炭笔速写。我张开嘴想说话，但发不出声音。

她的表情从一般性的气恼转为惊慌。她说："戴维？出什么事了？你看上去像是心脏病发作了。"

我有好几秒钟无法回答她。一方面，我纯粹松了一口气——而且已经觉得自己在犯傻了，居然会这么容易上当……但另一方面，我发觉自己屏住了呼吸，鼓起勇气准备迎接再一轮反转。既然办公室的电话系统能被攻破，我怎么能确定这个电话真的打回了家里呢？她落在绑匪手上的影像同样具有说服力，而我凭什么相信我真的见到了洛琳安全地待在她的工作室里呢？屏幕上的这个"女人"随时都会抛弃伪装，开始冷冷地吟诵："你妻子在我们手上……"

但事情没有这么发生。于是我镇定心情，把我见到的东西告诉了真正的洛琳。

回头再看，一切似乎全都明显得令人尴尬。存心做得不自然的面具和随后可信度极高的图像，两者之间的对比是蓄意设计的产物，以免我怀疑自己亲眼见到的证据。虚拟场景应该是这个样子（自以为是的专家一眼就发现了）……因此现在这个（比先前的真实一千倍）肯定是现实。一个粗糙的花招，但奏效了——尽管时间很短，但长得足以让我动摇了。

但是，即便我已经看懂了其中的手段，动机依然是个谜。某个疯子心目中的玩笑？但似乎未免过于大费周章了，因为吓得我汗流浃背六十秒只能让对方得到些许可疑的刺激。莫非是真的企图勒索我？但是……怎么可能成功呢？他们难道会希望我有可能立刻转账——不等震惊过去，不等我想到洛琳的图像无论多么栩栩如生，也什么都证明不了。假如是这样，他们会在电话上拖延我的时间，威胁会有迫在眉睫的危险，增加压力——不给我产生疑虑的时间和证实任何事的机会。

无论如何都说不通。

我重播刚才的通话，但她似乎没把它当回事。

“一个拥有先进科技的电话骚扰狂也还是个电话骚扰狂。我记得我哥哥十岁的时候喜欢随便拨个号码打出去，可笑地尖着嗓子说话，希望别人会以为他是女人，然后对电话那头的人说有人要轮奸他。不用说，我觉得这完全是有病，而且特别幼稚。我那时候才八岁，但他的朋友们坐在旁边，笑得前仰后合。三十年过去了，还是这么回事儿。”

“你怎么能这么说呢？十岁的孩子不可能拥有两万块的视频合成软件——”

“不可能？有些孩子就有。但我确定还有很多四十岁男人也拥有同样微妙的幽默感。”

“是啊，四十岁的变态狂，知道你长什么样子、我们住在哪儿、我在哪儿工作……”

我们就此争论了近二十分钟，但我们无法就这个电话的用意和该怎么处理它达成一致。洛琳明显越来越不耐烦，想继续做她的事情，我只好不情愿地挂断了电话。

但我被打乱了心情。我知道那天下午我什么活儿都做不成了，于是决定提前闭店回家。

离开前，我打电话给警察——违背了洛琳的意愿，但正如她说的："接到电话的是你，不是我。要是你真的想浪费你的时间和警察的时间，我可拦不住你。"

我被转给电信犯罪部的尼克尔森警探，我把录像播给他看。他很同情我的遭遇，但也说得很明白：他无能为力。确实有人实施了犯罪行为——无论骗局多快被揭穿，索要赎金都是一项重罪——但想要查明犯罪者的身份几乎是不可能的。就算画面里的账号确实属于来电者，它都带着一家轨道银行的前缀，而轨道银行百分之百会拒绝披露账户所有者的姓名。我可以请电话公司追踪以后的来电，然而假如信号是通过某个轨道国家中转的（事实上也多半是），那么追踪只能到那个国家为止。十年前，各国起草了一项旨在禁止卫星间金钱与数据往来的协议，但直到今天依然是草案；显而易见，很少有国家愿意放弃接入准合法的轨道经济所带来的利益。

尼克尔森要我提供一份潜在敌人的名单，但我连一个名字都说不上来。多年来我有过许多敌对程度各不相同的业务纠纷，但大多数时候，对方都是心怀不满的艺术家。他们会带着作品转投其他画廊，但我无法想象他们之中会有任何人愿意在这么恶毒但又极为小气的报复行为上浪费时间。

他还有最后一个问题："你妻子接受过扫描吗？"

我大笑。"恐怕没有。她厌恶电脑。就算收费降低到千分之一，她也是全世界最后一个去做的人。"

"我明白了。好吧，感谢你的配合。要是再有后续的发展，请立刻联系我们。"

他挂断电话的时候，我想到了一个问题，但没来得及问他。“万一她真的接受过扫描呢？这会是一个犯罪因素吗？黑客已经开始入侵人们的扫描档案了？”

这是个令人不安的想法……然而就算是真的，与这个诈骗电话也毫无关系。不存在这么便利、计算机化的描述，因此无论骗子是怎么重建她的外貌的，他们都必定通过其他手段获得了她的数据。

我手动驾驶开车回家，前后五次违反了速度限制（就一点点），看着仪表盘显示屏上的罚款额逐渐增加，直到最后轿车警告我：“再违反一次，你的驾照就会被吊销。”

我从车库直接去了工作室。洛琳当然在工作室里。我站在门口，默默地望着她，而她在忙着画一幅素描。我看不出她在画什么，但最近她又开始用炭笔了。我经常取笑她复古的作画方法。“你为什么要美化传统画材的缺陷？以前的画家别无选择，只能把必要性奉为优点，但为什么还要坚持这样的虚妄呢？假如纸上的木炭或帆布上的油彩真的这么美妙，那就向虚拟作画软件描述一下你为什么觉得它们如此伟大，然后从中生成比你自己的好两倍的虚拟画材。”她每次都回答我说：“这是我正在做的事情，这是我喜欢的做法，这是我习惯的方式。这么做没有任何害处，对吧？”

我不想打扰她，但也不想走开。就算她注意到了我，也没有任何表示。我站在门口，心想：我真的很爱你。我也真的敬佩你，你依然保持头脑冷静，即便发生了——

我想不下去了。发生了什么呢？被绑架犯推到摄影机前面？那个镜头里的事情并没有真的发生过。

不……但我了解洛琳——我知道她不会崩溃，她必定会控制住自己。我依然可以敬佩她的勇气和冷静——无论我是以何等怪诞的方式被提醒想起这些品质的。

我转身正要离开，她说：“喜欢的话就待在那儿。我不介意被你看。”

我朝乱糟糟的工作室走了几步。从空旷而刻板的画廊回来，这儿看上去非常有家的气息。“你在画什么？”

她让到画架的一旁。这幅素描快要完工了。画里是个女人，攥紧的拳头叉着腰，直勾勾地盯着观赏者。她的表情是那种不安的迷惑，就好像她在看着某种令人昏昏欲睡的、倍感压迫的、深感困惑的东西。

我皱起眉头。“画的是你，对吧？自画像？”我看了一会儿才意识到两者的相似性，但即便如此我也还是不敢确定。

但洛琳说：“对，就是我。”

“我能问一问你在看什么吗？”

她耸耸肩。“很难说。正在画的作品？也许画的就是正在画自画像的画家。”

“你应该试试用相机和平板电脑。你可以给风格化软件编程，建立你自己的合成画像——而你看着结果，对它做出反应。”

她摇摇头，觉得很可笑。“为什么要费这么多事？为什么不干脆给镜子装个框？”

“镜子？人们想看见艺术家的呈现，他们不想看自己。”

我走过去亲吻她，但她没什么反应。我温柔地说：“我很高兴你是安全的。”

她大笑。“我也是。别担心——我不会允许任何人绑架我的。我知道你在有机会交赎金前就会中风的。”

我用手指封住她的嘴唇。“并不好笑。我吓坏了——你不相信我吗？我不知道他们会怎么做。我以为他们要折磨你。”

“怎么折磨？用巫毒魔法？”她挣脱我的怀抱，回到工作台前。工作台上方的墙上挂满了她的素描——她为了“有益的原因”而留下来展示的“失败作品”。

她从台面上拿起一把美工刀，在一幅画的对角划了两道——这是一幅以前的自画像，我非常喜欢它。

然后她转向我，假装震惊地说：“一点儿也不疼呢。”

我好不容易才控制住自己，直到很晚才重新提起这个话题。我们坐在客厅里，依偎在壁炉前——准备上床休息，但不愿离开舒适的位置（尽管对着屋子说几个字就能在任何一个地方复制出同样的炉畔暖意）。

“让我担心的是，”我说，“肯定有人拿着摄像机跟踪你，时间长得足以录下你的脸、声音和举止……”

洛琳皱起眉头。“我的什么？这东西甚至没有说过一句完整的话。另外，他们不需要跟踪我——他们只需要拦截我的一通电话，然后就有了伪造的根据。他们穿透你的办公室防火墙，直接把电话打了进去，对吧？他们很可能只是一伙儿没事干的黑客，而且从我们知道的情况看，他们甚至有可能住在这颗星球的另一面。”

“也许吧。但一通电话不够，需要几十通。无论他们是怎么做的，都必须采集大量数据。我和画虚拟肖像的艺术家聊过——十到二十秒的动作画面，基于几个小时的坐姿——他们说依然很难骗过真的了解被画对象的人。好吧，也许是我太多疑了……但我怎么能不多疑呢？因为那段视频太有说服力，因为那正是我想象中你的——”

她在我的怀里气呼呼地扭了扭。“那东西一点儿也不像我。剧情太狗血了，表演过度电脑化——他们很清楚这一点，所以才剪得那么短。”

我摇摇头。“没人能评判关于自己的伪造画面。你必须相信我的话。我知道视频只持续了几秒钟，但我敢发誓，他们做得很出色。”

我们的交谈拖到了凌晨，洛琳坚持她的立场，而我不得不承认，无论来电者是不是真的打算伤害我们，我们都很难让自己生活得更加安全了。屋子拥有最先进的安保硬件，而洛琳和我都通过手术植入了无线电警报信标。但就算是我，对雇用武装保镖的念头也望而却步。

另外，我也必须承认，没有哪个抱负远大的绑架团伙会用恶作剧电话来向我们通报他们的意图。

最后，疲倦（就好像我们必须在当时当地解决争端，否则就要一直争论到天亮）打倒了我。也许我确实是反应过度了。也许只是憎恨受到了愚弄。也许这件事确实是个恶作剧。

无论多么病态。无论在技术上有多大的成就。无论看上去多么毫无意义。

我们终于在床上躺下，洛琳几乎立刻睡着了，但我醒着躺了几个小时。那个电话不再垄断我的头脑，但我刚把它踢出脑海，另一组隐忧就飘过来取而代之。

正如我告诉警探的，洛琳从没做过扫描，但我做过。高解析度成像技术生成了我身体的详尽地图，一直详尽到细胞层面——这张地图里除了其他内容，还描述了大脑里的每一个神经元和每一根突触连接。我已经购买了某种形式的永生：无论我遇到什么意外，我身体的最新快照都能作为一个副本复活，那是个精密的电脑模型，被嵌入一个虚拟现实。这个模型最不济也能像我一样地行动和思考，它会拥有我全部的记忆、信仰、目标、欲望。就目前而言，这样的模型运行得比实时慢，所处的虚拟环境有诸多限制，而旨在与实在世界互动的远距离操控机器人还是个笨拙的笑话……但它涉及的各种技术正在快速发展。

我母亲已经在名叫“科尼岛”的超级计算机里重生了。我父亲死于这套方法面世之前。洛琳的父母都还健在，而且没有做过扫描。

我已经扫描过两次了，上次是三年前。我早就应该再去做一次备份了，但那意味着要再次面对我必死无疑的未来。洛琳没有因我的选择而谴责过我，对我将会在虚拟世界内重生的事实似乎也无动于衷，但她说得很清楚，她肯定不会与我为伍。

这样的争执太熟悉了，我不需要吵醒她就能在自己脑海里演练一遍。

洛琳：我不想在死后被一台电脑模仿。那对我有什么用处？

戴维：不要贬低模仿——生命就是由模仿构成的。你身体里的每一个器官都在不断地以其自身为蓝本来重建。

每个分裂的细胞都会死去，然后被模仿者取代。你的身体里没有一个原子是出生时就有的——那么你的身份从何而来呢？身份是信息的模式，而不是实在的东西。假如模仿你身体的是一台电脑，而不是你的身体在自我模仿，那么唯一真正的区别就在于电脑犯错的概率反而更小。

洛琳：假如这就是你所相信的……也行吧。但在我的眼里，事情并不是这样的。尽管我和其他人一样怕死，但接受扫描不会让我感觉更好。扫描不会让我觉得我能永生，它根本安慰不到我。所以我为什么要去扫描呢？给我一个足够好的理由。

我一直没能鼓起勇气说出口（即便在我的想象中，我也还是说不出口）：因为我不想失去你。为了我，去做个备份吧。

第二天，整个上午我都在接待一家大型保险公司的艺术品管理人，他想更换几百个门厅、电梯和会议室（真实和虚拟的皆有）的装潢。我没费什么力气就卖掉了一些相当有格调的电子墙纸，作者是一些备受推崇的年轻天才。

有些饿肚子的艺术家会把作品的低分辨率缩略图放进网络画廊，希望能在粗糙得让人倒胃口的版本和清晰得不需要去买原作的版本之间达成某种折中。没人会为没见过的艺术品花钱——在网络画廊里，看见就是拥有。

实体画廊（安保措施严格）依然是最好的出路。我的所有客人都要被筛查有没有夹带微型摄像机，视觉皮层也要接受监控；他们离开画廊的时候，要是不付钱，顶多只会带走一个印象。要是法律允许，我会要求他们提供血样，把拥有照相机式记忆遗传倾向的人拒之门外。

下午，我像平时一样浏览有抱负的艺术家的展品。我看完了昨天被打断时正在欣赏的克雷斯齐格的作品，然后开始筛选一大堆没那么出色的作品。决定我的企业客户能不能接受一件艺术品的过程不需要投入智力或情感，在这一行做了二十年以后，这已经成了一种纯粹的机械行为——绝大多数时候都不需要脑子，就像站在传送带前分拣螺钉和螺母。我的审美判断力并没有钝化（就算有什么改变，也是变得更加敏锐了），但只有最杰出的作品才能在可销售性评估（高度敏锐，极为精确）之外激发我的情绪。

当“绑架者”的影像再次突破防火墙出现在屏幕上的时候，我并没有吃惊；事情发生的那一瞬间，我意识到我整个下午都在等待它。尽管我对即将发生的不愉快事件感到越来越紧张，但与此同时，有机会搞清楚来电者的真正动机也不可否认地让我振奋。我不会再受到愚弄了，所以有什么好害怕的呢？我知道洛琳没有危险，因此可以超然地观察画面，尝试提取线索，搞清楚究竟是怎么一回事。

面具说：“你妻子在我们手上／转五十万澳元／到这个账户／假如你不希望她／受苦。”

洛琳的合成影像再次出现。我不自在地哈哈一笑。这些人指望我相信什么呢？我平静地扫视画面。我看见“她”背后的寒酸“房间”非常需要重新粉刷——又一抹特定营造的“现实主义”色彩，与上一个面具的背景形成鲜明对比。这次，“她”看上去没有经历过搏斗，也没有遭受虐待的迹象（“她”似乎甚至有机会洗漱了一下），但“她”的表情里存在某种不确定性，“她”脸上带着一丝强忍的恐惧，上次我没有见到这些东西。

然后她直视镜头，说：“戴维？他们不让我看见你，但我知道你就在那头。我知道你肯定在尽你所能救我出去，但请你快一些。求求你，尽快把钱给他们吧。”

客观性的外壳被打碎了。我知道这只是一段精心制作的电脑动画，但听着它这么“哀求”我，我几乎和上次以为确有其事时一样感到心烦意乱。它看上去像洛琳，听起来像洛琳；它说的每一个字、做的每一个手势都像是真的。我不可能拨动我脑海里的某个开关，关闭我对见到我爱的人为了活命苦苦哀求我而做出的反应。

我捂住脸，喊道：“变态的王八蛋——你就是这么发泄性欲的吗？你以为我会付钱给你，不让你继续骚扰我吗？我只会去修好电话，这样你就穿不过防火墙了——然后你只能回去玩你的互动凌虐小电影，玩弄你自己的浮尸。”

没有回应，等我再次望向屏幕，通话已经结束了。

等我停止颤抖（主要是被气得），尽管没什么用处，但我还是打给了尼克尔森警探。我给他这次通话的副本供他存档，他对我说了句谢谢。我乐观地对自己说：对使用电脑分析犯罪手法来说，每一件证据都会有所帮助。假如这个电话骚扰狂继续对其他人做同样的事情，搜集到的信息迟早能整合成某种指向犯罪者的侧写。有朝一日甚至有可能抓住这个该死的心理变态。

然后我打电话给办公室软件的供应商，告诉他们发生了什么，但没有详细说骚扰电话的具体目的。

他们的排障人员要我授权建立诊断链接，我这么做了。她从屏幕上消失了一两分钟。我心想：肯定是什么简单的小问题——安全设置里的某个微不足道的小差错，很容易就能修复。

女人重新出现在屏幕上，显得很警觉。

“软件似乎一切正常——没有受到破坏的迹象。也没有未授权访问的记录。你上次更改穿透密码是什么时候？”

“呃，我没改过。自从系统安装好，我就什么都没改过。”

“所以过去这五年一直是同一个密码？这么做很不妥当。”

我悔恨地点点头，嘴里说：“我不明白别人怎么可能搞到密码，就算他们随机试上几千个单词——”

“猜错四次你就会收到通知。而且还有声纹检测。密码往往是通过偷听窃取的。”

“嗯，知道密码的人除了我，只有我妻子，而我不认为她曾经用过它。”

“记录里有两个授权访问的声纹，另一个是谁？”

“我。以免我需要从家里打给办公室管理系统。但我从没那么做过，所以我估计从安装好软件那天到现在，密码连一次都没被大声念出来过。”

“哦，两通穿透来电都有记录——”

“没用。我录下了所有的来电，已经把副本交给警察了。”

“不，我说的不是那个。出于安全方面的原因，来电的起始部分，也就是念密码的那一段，是用加密格式独立存储的。要是你想查询，我告诉你怎么进入——但授权解密需要你本人念出密码。”

她一五一十地把流程说给我听，然后下线。她看上去并不高兴。当然了，她不知道来电者在模仿洛琳，多半以为我即将“发现”威胁电话是我妻子打给我的。

当然，她猜错了——但我也错了。

五年是一段很漫长的时间，会让你忘记这种鸡毛蒜皮的小事。我不得不猜了三次，这才说出了正确的密码。

我鼓起勇气，等待再次见到仿冒的洛琳，但屏幕一片空白，而说“Benvenuto[①]”的声音属于我自己。

回到家里的时候，洛琳还在工作，于是我没去打扰她。我走进书房，用电脑终端查邮件。没有新邮件，但我往前翻了翻历史邮件，直到看见我母亲最近一次发来的视频明信片，那是近一个月前收到的。由于时间流速的区别，面对面交谈非常费劲，因此我们用录制独白的方式保持联络。

我命令终端播放视频。我隐约记得结尾处的一段话，想重新听一遍以确认一下。

我母亲在科尼岛重生后，就一直在缓慢减少外貌的年龄；她现在看上去只有三十岁左右。她还在忙着改造居所，它从现实世界里她最后住的那座屋子开始，逐渐变形和扩展，化作18世纪的法式庄园，到处都是有雕纹的木门、路易十四风格的椅子、精美的墙围和枝形大吊灯。

她和平时一样，先问候了我和洛琳的健康、画廊的情况和洛琳的作画事业。她尖酸地评论了几句当前的政治局势——包括岛内和岛外的。她年轻的外貌、款式繁复的家具，并不是自我欺骗的表

① 意大利语，意为欢迎。——编者注（本书中脚注如无特别说明，均为编者注）

现。假装她别无选择，只能模仿活体存在时最后几年的模样，这未免过于荒谬了。她很清楚她是谁、她在哪儿，而她只想尽可能过得更好。

我本来想快进跳过闲聊，但我没有。我坐在那儿逐字逐句地听她说话，出神地看着这个并不存在的女人的面容，尝试厘清我对她的感觉，想挖掘出我的移情、忠诚和爱的根源……而这些情绪的对象都是这个信息模型，复制自一具早已衰朽的身躯。

她最后说："你总是问我快不快乐、孤不孤独、有没有找到另一半。"她迟疑了一下，然后摇摇头，"我并不孤独。你知道你父亲在这项技术成熟前就去世了，你也知道我多么爱他。唉，我现在依然爱他。他没有消失，就像我没有消失一样。他活在我的记忆里，这就足够了。他就在这里，这已经足够了。"

我第一次听到这段话的时候，以为她在说一些不符合她个性的陈词滥调。现在我好像理解了藏在安慰背后的近乎无意识的暗示，一阵寒意传遍我的身体。

他活在我的记忆里。

他就在这里，这已经足够了。

他们当然不会声张；活体世界没有准备好听到这个消息——而副本可以很有耐心。

这就是我一直没有听母亲提过她的伴侣的原因。他可以等上几十年，直到我"亲自"来到科尼岛——到时候他自然会"再次"见到我。

服务小车把晚餐放在餐台上，洛琳问："今天有没有新的高科技骚扰电话？”

我缓缓摇头，有点儿过于强调了，感觉像是一个在外面偷情的人——不，比这更加糟糕，在内心深处，我快要被淹死了。然而即便我流露出了什么迹象，洛琳也没有表现出她注意到了。

她说：“好吧，那恐怕不是那种能在同一个受害者身上玩两次的花招，对吧？”

“对。”

躺在床上，我凝视着令人窒息的黑暗，考虑我该怎么做……尽管绑匪无疑早就知道了答案，但假如他们不相信我最终肯定会付钱，就不会执行这个计划。

现在一切都说得通了。太符合逻辑了。洛琳没有扫描，但他们窃取了我的档案。为了什么？一个人的灵魂有什么用处？唉，没必要瞎猜，它会告诉你的。问出办公室系统的密码只是最简单的，他们肯定用几百个虚拟场景测试了我的副本，最后选择了最有可能得到最大投资回报率的那一个。

几百次重生，几百次勒索的幻梦，几百次死亡。我不在乎——这个概念过于怪异和陌生，难以打动我——因此他们没有选择另一个截然不同的勒索要求：“你的副本在我们手上……”

而伪造的洛琳甚至不是这个真实女人的副本，而是完全基于我对她的了解、我的记忆和我的心灵图像建构的，我对她应该拥有什么样的移情、忠诚和爱呢？

绑架者未必完全复制了在科尼岛上使用的记忆—重生技术。我不知道他们究竟创造了什么，他们给了什么东西以“生命”。“她”说的话、“她”的面部表情和“她”的肢体语言背后的电脑模型有多么精密？它复杂得足以体验它所描绘的情绪吗，就像一个副本那样？还是说仅仅复杂得足以动摇我的情绪——复杂得足以操纵我，但本身没有任何情感？

我怎么可能知道究竟是前者还是后者？我该如何分辨呢？我把我母亲的“人性”视为理所当然之物，也许她反过来对未经扫描而通过她的虚拟大脑重生的我父亲也是如此，但想要说服我相信这个信息模型是我应该在乎的一个人，身处绝境之中，需要我的帮助，它需要精密到什么程度呢？

我躺在黑暗中，身旁是血肉之躯的洛琳，努力想象电脑模拟的我心灵图像中的她在一个月后会说什么。

模拟洛琳：戴维？他们说你就在那头，说你能听见我说话。假如这是真的……我不明白。你为什么还不付钱？出什么事情了吗？警察不许你付钱吗？（沉默。）我还好，我能坚持住——但我不明白现在的情况。（长久的沉默。）他们对我不算太糟糕。我受够了垃圾食品，但我能活下去。他们给了我一些纸让我画画，我画了几幅素描……

就算我一直无法信服，就算我一直不能确定，但我依然会思考：万一我错了呢？万一她真的有意识呢？万一她和重生后的我一样有人性呢？而我背叛了她，抛弃了她？

我不可能接受这个结果。仅仅是这个可能性和眼前的表象，就足以让我心碎了。

而他们知道。

我的财务管理软件花了一整夜从各种投资中兑换现金。第二天上午九点，我把五十万澳元转进了指定的账户，然后坐在办公室里等着看会发生什么。我考虑要不要把穿透密码改回以前的“Benvenuto”，但转念一想，既然我的扫描档案任凭他们处置，那他们很容易就能推算出我的下一个选择。

九点十分，绑架者的面具出现在巨型屏幕上——没有任何诗意的矫饰，直截了当地说：“同样的数字，两年后的今天。”

我点点头。“好的。”到时候我肯定能筹到这笔钱，不会被洛琳知道。但是——

“只要你继续付钱，我们就不会解冻她。不经历时间，没有体验——不受折磨。”

“谢谢。”我犹豫片刻，然后逼着自己开口，“但到最后，等我——”

“等你什么？”

“等我重生……你们会让她和我团聚吗？”

面具宽宏大量地笑了。“当然。”

我不知道该怎么向模拟的洛琳解释一切，或者她知道了自己的来源会怎么做。在岛上重生对她来说就等于下地狱，但我有什么其他选择呢？

让她自生自灭，直到绑架者不再认为让她受苦能够打动我？或者花钱赎回她，然后再也不运行这个信息模型？

等我们在岛上团聚，她可以得出自己的结论，做出自己的决定。就目前而言，我能做的仅仅是仰望天空，希望她在无知无明的停滞状态中真的一切安好。

就目前而言，我还要和血肉之躯的洛琳共度人生。当然了，我必须把真相告诉她——每天夜里，我躺在她身旁，都在脑海里演练这段对话。

戴维：我怎么可能不在乎她？我怎么可能任由她受苦？她就是通过我爱你的全部理由建立出来的，我怎么可能抛弃她呢？

洛琳：模拟人模拟的人？根本没人在受苦，根本没人在等你解救。没人需要被拯救，也没人被抛弃。

戴维：我难道不是吗？你难道不是吗？因为这就是我们可能拥有的彼此——一个模拟，一个副本。我们能够了解的本来就只是我们在对方脑海里描绘的肖像。

洛琳：你认为这就是我吗？你脑袋里的一个概念？

戴维：不！但假如这就是我能拥有的一切，那么它也就是我能真心去爱的一切了。你难道不明白吗？

然后，奇迹发生了，她明白了。她最终理解了我。

夜复一夜，永远如此。

我闭上眼睛，如释重负地坠入梦乡。

百光年日记

The Hundred-Light-Year Diary

午餐时间，马丁广场和往常一样，挤满了狂乱的人群。我紧张地扫视一张张脸。那个时刻就快到了，而我甚至还没看见艾莉森。1时27分14秒。我会在这么重要的事情上犯错吗？尤其是现在，我对错误的认知还记忆犹新。但是，知不知道不会造成任何区别。它当然能影响我的心境，会影响我的行动——但我清楚地知道那种（以及其他每一种）影响会产生什么结果：我要写下我读到的东西。

我不需要担心的。我低头看手表，1:27:13变成了1:27:14，有人拍拍我的肩膀。我转过去，当然是艾莉森了。我从未在现实中见过她真人，但我很快就会耗费一个月的带宽份额去送回一张巴恩斯利压缩[①]的快照。我犹豫片刻，然后说出我的台词（老实说，非常糟糕）：“很高兴在这儿遇到你。”

她微微一笑，我忽然忘乎所以了，幸福使我头晕目眩——与我在日记里说的一模一样，自从我九岁时第一次翻到这一天的记录以

① 指迈克尔·巴恩斯利发明的分形压缩算法。——译者注

来，我已经读过了上千次；今天发生的事与我那天晚上在终端上描述的必定一模一样。但是（抛开事先知道不谈），我感受到的除了狂喜还有可能是其他吗？我终于遇到了我将与之度过一生的女人。前方有五十八年的时光等待我们共同度过，我们一直到最后都会深爱彼此。

“所以，咱们去哪儿吃午饭？”

我微微皱眉，思考她是不是在开玩笑——也想知道我为什么会允许自己产生最微不足道的一点儿怀疑。我犹豫着说：“弗尔维奥餐厅吧。你没有……？”但当然了，她对这顿饭的琐碎细节都毫无概念；而我会在2074年12月14日钦慕地写下：A专注于重要的事情，从不让自己因为琐事而分心。

我说：“好的，食物不会按时做好；他们会搞乱时间表，但——”

她竖起一根手指放在她的嘴唇上，然后俯身亲吻我。有一瞬间，我震惊得什么都做不了，只能像雕像似的傻站在那儿，但过了一两秒钟，我开始回吻。

嘴唇分开时，我愣愣地说：“我不明白……我以为咱们刚……我——”

“詹姆斯，你的脸红了。”

她说得对。我尴尬地嘿嘿笑。真是太荒唐了：我们会在一周后做爱，而我已经知道了每一个细节——然而这一个出乎意料的吻却让我心慌意乱加不知所措。

她说：“走吧。也许食物不会按时做好，但咱们在等待时有很多话可说。我只希望你没有在事前全都看完，否则这段时间你会过得非常无聊。”

她拉住我的手，领着我向前走。我跟着她，依然心潮澎湃。去餐厅的半路上，我终于憋出了一句：“刚才——你知道会发生什么吗？”

她大笑：“不知道。我没有把所有事情都告诉自己。我喜欢时不时来点儿小惊喜。你不是吗？”

她轻松自如的态度刺痛了我。她从不让自己因琐事而分心。我搜肠刮肚思考该怎么说；这整个交谈对我来说都是未知数，而我除了闲聊实在不擅长临场发挥。

我说：“今天对我来说非常重要。我一直以为我会尽可能仔细和完整地写下一切。我是说，我会把我们见面的时间记录下来，精确到秒。我无法想象今晚等我坐下来，竟然会只字不提我们的初吻。”

她捏了捏我的手，然后凑近我，假装密谋地说：“但你会的。你知道你会的。而我也会的。你非常清楚你会记录什么和漏掉什么——事实上，那个吻将永远是咱们俩的小秘密。”

弗朗西斯·陈不是第一个搜寻时间逆流星系的天文学家，但他是第一个从太空中这么做的天文学家。在所有重要的研究工作都转移到月球背面（相对）无污染的真空区域之后很久，他依然在遍布太空垃圾的近地轨道上用一台小型仪器巡天。几十年来，某些高度推测性的宇宙学理论认为，我们有可能瞥见宇宙未来重新收缩的景象，而在那个阶段，所有的时间箭头都会逆转。

陈把一个光子探测器充电到饱和状态，然后在天空中寻找一个不会让它曝光的区域——以可识别图像的形式让像素放电。来自普通星系的光子经过普通望远镜的集光，会在光电聚合物阵列上以电荷图案的形式留下标记；而时间逆流星系则要求探测器失去电荷，发射出的光子离开望远镜，踏上前往未来宇宙的漫长旅程，被数百亿年后的恒星吸收，为推动它们从消亡回归诞生的核反应过程贡献一点儿微不足道的力量。

陈宣布他的实验获得了成功，但迎接他的几乎是众口一词的怀疑——人们有权怀疑，因为他拒绝分享他所发现的坐标。他只举办过一场新闻发布会，我看过录像。

“假如你把未充电的探测器对准那东西，会发生什么？”一个困惑的记者问。

“你不能。”

“不能是什么意思？”

“假如你把探测器指向普通的光子源。除非探测器失灵，否则最终它肯定会带电。声称‘我要把探测器暴露在光子下，而它最终会不带电’是毫无意义的。荒唐得可笑，因为它不可能发生。”

“对，但是——”

“现在逆时间来看这整件事。假如你把探测器对准时间逆流的光子源，它必定会是事先带电的。”

“但假如你在曝光前彻底给探测器放电，然后……”

“对不起。你做不到。就是不能。”

没过多久，陈退隐江湖，过上了自我封闭的生活——但他的研究工作是政府出资的，而他严格遵守了审计的要求，因此他所有的笔记在各种存档中都有副本。过了快五年，新的理论模型让他的主张变得更受欢迎，这才有人想起来去挖掘他的笔记；坐标终于公开之后，十几个团队只花了几天就证实了他最初的结果。

大部分相关的天文学家在这时放弃了这个课题，但有三个人坚持下去，得出了符合逻辑的结论：

假设有一颗小行星在数千亿公里外凑巧挡住了地球到陈氏星系之间的视线。在这个星系的时间轴上，在近地轨道上观测到这次掩星[①]之前（或者说在最后一个擦过小行星的光子抵达之前）会存在半小时左右的延迟。而我们的时间轴方向是相反的，这个“延迟”对我们来说会是负数。我们会认为光子源是探测器，而不是星系——但探测器依然必须在小行星穿过视线前半小时内停止发射光子，这样探测器才会只在光子能直接抵达目的地时发射它们。因与果；探测器必须有失去电荷和发射光子的理由——即便这个原因存在于未来。

用一个简单的电子快门代替不可控也不太可能存在的小行星；用一组镜子折叠视线，将实验规模缩小到可控的尺度——从而允许你并排放置快门和探测器；用手电筒照射镜子里的自己，你就会得到一个来自过去的信号；用来自陈氏星系的光做相同的事情，这个信号就来自未来。

哈扎德、卡帕尔迪和吴在太空中安放了一对相距数千公里的镜子。他们通过多重反射得到了长度超过两光秒的光路。他们在这个“延迟”的一端安装了一台瞄准陈氏星系的望远镜，在另一端安装了一台探测器（光学意义上的“另一端”，物理上说，它和望远镜就在同一颗人造卫星上）。在他们最初的实验中，望远镜配有一个

① 指一个天体在另一个天体与观测者之间通过而产生的遮蔽现象。

快门，由少量的某放射性同位素“不可预测”的衰变所触发。

电脑记录下了快门的开关序列和探测器的放电时间。对比两组数据之后，不出预料地发现两者的模式是相匹配的。当然只有一点除外，探测器在快门打开前两秒开始放电，在关闭前两秒中止放电。

随后，他们用手动控制取代了同位素触发器，轮流尝试改变不可更改的未来。

几个月后，哈扎德在采访中说：“刚开始，这只是某种反常的反应时间测试，但不是绿灯亮时你必须按下绿色按钮，而是尽可能去按红色按钮，反之亦然。而刚开始，我真的相信我是在‘服从’信号，原因仅仅是我无法约束我的反射，去做违背本能那么‘困难’的事情。回想起来，我知道那只是在合理化现实，但当时我真的深信不疑。于是我让电脑交换了规则，但当然毫无用处。每次屏显说我要打开快门了——无论它是如何表述这个事实的——我都会去乖乖打开。”

“这让你有什么感觉呢？没有灵魂？机器人？宿命的囚徒？”

“不。刚开始只是觉得……我手笨。不协调。手笨得不管多么努力，都没法儿按下错误的按钮。然后，过了一段时间，整件事开始显得完全……正常了。我不是在‘被迫’打开快门，而是在我想打开快门的时候打开它，并且观察结果——是的，在事件发生前观察它，但这似乎不再重要了。在我知道我会打开它的时候想要‘不打开’它，这就像试图改变过去已经发生过的事情一样荒唐。无法重写历史会让你感到‘没有灵魂’吗？”

“不会。”

“这完全是相同的道理。”

扩展设备的量程很容易。通过让探测器自身在反馈回路中触发快门，两秒钟可以变成四秒钟、四小时或四天。理论上，四个世纪也没问题。真正的难点是带宽。遮挡或不遮挡陈氏星系的视线，一次都只能编码一个字节的信息，而且快门的闪动频率还不能太快，因为探测器需要近半秒的时间才能失去足够的电荷，明确地发出信号供未来曝光。

尽管目前这一代哈扎德仪器的光路长度已经达到一百光年，但带宽依然是个问题。它的探测器由数百万个像素构成，每个像素都足够敏感，能够以兆波特的速率进行调制。这个巨大容量基本上被政府和大公司占用，目的始终没有公之于众，而且他们还想获得更高的波特率。

不过，作为一项与生俱来的权利，地球上的每个人每天都分配到了一百二十八个字节的带宽。使用最高效的数据压缩算法，一百二十八个字节能够编码大约一百个单词；虽说还不足以描述未来的微观细节，但足以对一天内的大事做个总结了。

一天一百个字，一生三百万个字。我的最后一条日记是在2032年收到的，离我出生还有十八年，离我去世还有一百年。学校里教的是下一个千年的历史：饥馑和疾病的结束，民族主义和种族灭绝的结束，贫穷、偏执和迷信的结束。辉煌的时代就在前方。

假如我们的后代说的是实话。

婚礼大体而言就是我所知道的那个样子。伴郎普里亚的一条胳膊挂在吊带上，因为他今天凌晨遭遇了抢劫——十年前我们在高中认识时曾因为此事开过玩笑。

“但要是我不去那条巷子呢？”他说笑道。

“那就让我来替你打断吧。你可不能分流我的婚礼！”

分流是儿童的幻想，是青少年劣等ROM[1]的主题。分流是你龇牙咧嘴、浑身冷汗、咬牙切齿、拒绝参与你知道一定会发生的不愉快事情时发生的事情。在那些ROM里，在纯粹的精神训练和情节发展的伟力作用下，不讨人喜欢的未来会被魔术般地转移去另一个平行宇宙。喝特定品牌的可乐似乎也有帮助。

在现实生活中，随着哈扎德仪器的出现，犯罪、自然灾害、工业与交通事故以及多种疾病所致的死亡和伤残率确实急剧下降，但这些事件并没有被预测和自相矛盾地被“避免”，它们只是在来自未来的报告中变得越来越少——事实证明，这些报告与来自过去的报告一样可靠。

不过，少量“看似可避免”的悲剧依然存在，明知自己会卷入其中的人以不同方式做出反应：有些愉快地咽下他们的命运；有些在梦游所谓的信仰中寻求安慰（或麻醉）；极少数人屈服于ROM里一切愿望都能得到实现的幻想，一路踢打尖叫着走向终点。

当我如期在圣文森特医院的急诊室里见到普里亚时，他浑身是血，颤抖不已。如同预言中的那样，他的胳膊断了。袭击者还用瓶子折磨了他，割破了他的双臂和胸部。我站在他的病床边，头晕目眩，开过的所有愚蠢玩笑随着胃酸一起涌上来，呛得我难以呼吸，我无法摆脱那种罪恶感。我骗了他，骗了我自己——

医生给他注射止痛药和镇静剂的时候，他说：“詹姆斯，我不

① Read-Only Memory的缩写，只能读出、无法输入信息。

会多说什么的。我不会描述情况有多么可怕，我不想吓死小时候的我。你也最好别乱说。”我使劲点头，发誓说我不会的；这当然是多此一举，但我可怜的朋友已经在说胡话了。

到了总结当天大事的时候，我尽职地重复了我对朋友遇袭的轻松描述，早在我认识他之前，我就记住了这段话。

尽职？还是仅仅因为这个循环已经闭合，因为我别无选择，只能写我已经读到的内容？还是……两者都对？归纳动机是个奇怪的活儿，但我确定它一向如此。知道未来并不等于我们已经被踢出了塑造未来的方程式。有些哲学家还在唠叨“自由意志的丧失”（我猜他们也控制不了自己），但我一直没能找到一个有意义的定义，能告诉我他们认为这个有魔力的东西究竟是什么。未来从来都是已决定的。除了每个人独特而复杂的遗传因素和过往经验，还有什么能够影响人类的行为？我们的本质决定了我们的行为——我们还有可能要求什么更巨大的“自由”呢？假如“选择”不是绝对基于因果关系，那决定其结果的又是什么呢？难道是大脑里的量子噪声产生的无意义的随机伪信号？（这个理论曾经风行一时——在量子不确定性被证明仅仅是古老的时间对称世界观下的人工造物之前。）或者被称为灵魂的神秘学理念？但假如是这样，究竟是什么在支配它的行为呢？形而上学的法则和神经生理学的法则一样充满漏洞。

我认为我们没有失去任何东西；正相反，我们得到了我们从来没有过的唯一一种自由：我们现在的本质不但由过去塑造，也由未来塑造。我们的生活就像被拨动的琴弦一样在共鸣，时间中向前和向后流动的信息在碰撞之下形成了驻波。

信息，还有反信息。

艾莉森趴在我的肩膀上看我打字。“你肯定是在开玩笑吧。”她说。

我的回应是按下检查按钮——这是个毫无必要的摆设，但从未阻止过任何人去使用它。我刚刚输入的文字百分之百符合已经收到的版本（人们讨论过要自动化整个过程——传送必须传送的文字，不需要任何人工干预——但一直没人这么做，所以这也许是不可能的）。

我点击保存，把今天的日记烧录在芯片上，我死后不久它就会被发送出去，然后我说——麻木地、愚蠢地（也是不可避免地）：“要是我提醒了他呢？”

她摇摇头。“那你就已经提醒他了。但事情依然会发生。”

“也许不会。为什么生活的结果不可能比日记更好或更坏？为什么结果不可能是我们捏造了整件事，而他根本没有受到攻击？”

“因为就是不可能。”

我在写字台前又坐了一会儿，瞪着我无法撤回和永远不可能撤回的文字。但我的谎言是我承诺会说的谎言，我做了正确的事情，对吧？多年来我一直知道我会“选择”写什么——但这并没有改变一个事实：决定这些文字的不是“命运”，也不是“宿命”，而是我的本质。

我关掉终端，起身开始脱衣服。艾莉森走向卫生间。我对着她的背影喊道：“咱们今晚会做爱吗？还是不做？我的日记里没说。”

她大笑：“詹姆斯，你别问我。是你坚持要记录这种事情的。”

我坐在床上，心烦意乱。这毕竟是我们的新婚之夜，我当然能读懂潜台词。

但我一直不太擅长临场发挥。

2077年的澳大利亚联邦选举是五十年来各方选票最接近的一次，在未来近一个世纪内也将是如此。十几名独立候选人（包括一个新的无知异端的三名成员，这个派别名叫“上帝避开他的视线”）实现了权力的平衡，但确保政府稳定运转的交易早已达成，熬过四年任期不在话下。

我猜这场选战也是近期记忆或短期预期中最激烈的一次。即将成为反对党领袖的竞选人不厌其烦地列举新总理将会打破的承诺；后者则利用对手在21世纪80年代中期担任财长期间造成的烂摊子的统计数据来进行反驳。（经济学家还在争论将要到来的大衰退的原因。大多数人声称那是21世纪90年代大繁荣“不可或缺的前提条件”，而市场以其超越时间的无穷智慧，将会/已经选择所有可能的未来中最好的一个。就我个人而言，我怀疑这无非证明了即便能预见未来，对于无能，我们依然毫无办法。）

我常会思考政客说话时会想什么，自从他们的父母第一次向他们展示未来—历史的ROM并解释了以后会发生什么后，他们就知道了自己会说什么。普通人无法承担回送动态视频的带宽，只有值得关注的角色才要被迫面对他们人生的详细记录，而不留任何模棱两可或转弯抹角的余地。当然了，摄影机也会撒谎——数字视频造假是全世界最简单的事情——但绝大多数时候，它们没有撒谎的动机。人们发表（看似）慷慨激昂的选举演说，尽管他们知道这么做其实并没有任何意义，而我对此也不觉得惊讶；我读过相当多的过去历史，明白政治这东西一向如此。然而我还是很想知道，他们在采访和辩论、国会质询和党内会议上对口型的时候，脑子里究竟在思考什么。而这些景象被拍摄成高分辨率的全息影像并送回过去，他们事先知道自己会说的每一个音节、会做的每一个手势，会不会觉得自己沦为了被扯动着抽搐的木偶？（不过即便是这样，情况恐怕也还是一成不变。）或者，自我合理化还是一如既往地顺畅和高效？毕竟，每天晚上我在填写日记的时候，同样受到严格的约束，但我（几乎总是）能够找到足够好的理由，写下我知道我会写下的内容。

丽莎是即将当选的一名本地候选人的幕僚。我在选举前两周的一场筹款晚宴上认识了她。在此之前，我和这名候选人毫无关系，然而在世纪之交（到了那个时候，此人所属的政党将以巨大优势再次当选），我将领导一家工程公司，从政治倾向相同的几个州政府那里争取到多个大合同。我在描述如此好运的前因后果时语焉不详，但我的银行对账单里有未来六个月的交易记录，因此我按照记录所提示的做了这笔慷慨的捐赠。说老实话，第一次看见对账单的时候，我真的颇为震惊，但我有时间让自己适应这件事，事实上的贿赂也不再显得与我的性格那么格格不入了。

这个晚上沉闷得无以复加（后来我描述为“尚可忍耐”），然而当宾客在夜色下散去时，丽莎从我身旁冒了出来，淡淡地说：“相信你和我要坐同一辆出租车。”

我默默地坐在她身旁，机器人驾驶的轿车载着我们，平缓地驶向她的公寓。艾莉森在老同学家过周末，后者的母亲将在当晚去世。我知道我不会不忠于她。我爱我的妻子，过去如此，未来也将永远如此。更确切地说，至少我会一直声称如此。假如这么说还不足以证明的话，我无法相信我会在余生中向自己隐瞒这样的一个秘密。

出租车停下的时候，我说："现在呢？你邀请我进去喝杯咖啡？而我很有礼貌地拒绝？"

她说："我也不知道。整个周末对我来说是个谜。"

电梯坏了，大楼维修处贴了张告示：2078年3月2日上午11:06前停止使用。我跟着丽莎爬了十二段楼梯，一路给自己找借口：我这是在证明我的自由和主观能动性，证明我的生活不只是在时间中已经成为化石的一系列事件。但事实上，我从没感觉到我对未来的了解困住了自己，从没感觉到我需要欺骗自己相信我有能力过不止一种生活。存在一种未知的人际关系，光是这个想法就让我惊恐和眩晕。我写下的平淡谎言已经够让人不安的了，但是假如在字里行间还发生过什么其他事情，那我就不再知道我究竟是谁，又可能成为谁了。我的整个人生将化作流沙。

我们互相脱衣服的时候，我在颤抖。

"我们为什么要这么做？"

"因为我们可以。"

"你认识我？你会在日记里写到我吗？写到我们？"

她摇摇头："不会。"

"但是……这段关系会持续多久？我必须知道。一夜？一个月？一年？会怎么结束？"我正在失去理智——我甚至不知道它会如何结束，我又怎么能够走上这条路呢？

她大笑："别问我，既然你觉得这么重要，那就去查你自己的日记吧。"

我无法释怀，我没法儿闭嘴。"你肯定写了什么吧？你知道咱们会坐同一辆出租车。"

“不知道。我只是想到，就说了。”

“你——”我瞪着她。

“但成真了，对吧？你觉得如何？”她长出一口气，双手顺着我的脊骨向下滑，拉着我躺在床上，坠入流沙。

“我们会——”

她用一只手紧紧地捂住我的嘴。

“别再问了。我不写日记。我什么都不知道。”

欺骗艾莉森很容易，我几乎敢肯定我能瞒过去。欺骗自己就更加容易了。填写日记早已变成礼节性、毫无意义的仪式；我很少会去看我写下的文字。偶尔扫上一两眼的时候，我也很难做到面不改色：在那些仅仅是懒得写和有意欺瞒的文字中，夹着一些冷嘲热讽的段落，过去这些年我一直没有意识到，直到现在我才明白它们究竟在说什么。我对幸福婚姻的一些赞美似乎轻率得“危险”，我几乎不敢相信先前我从没注意到其中的潜台词，但事实上我就是没有。向自己通风报信没有任何“风险”——我“愿意”怎么讥讽就“可以”怎么讥讽。

不多，也不少。

信奉无知的异端声称，知道未来夺去了我们的灵魂；失去在对错之间做出选择的能力，我们就不再是人类了。对他们来说，普通人完全等于行尸走肉——活傀儡，或者丧尸。梦游者也同样这么认为，但他们没有将其视为世界末日级别的悲剧，而是带着迷离的热忱接受了这个概念。他们看到的是责任、负罪感与焦虑、努力与失败的慈悲结局：堕入没有活力的状态；我们的灵魂被吸进宇宙灵性的乱炖大锅，而我们的肉体依然停留在世间，做着各种习惯性的动作。

然而，对我来说，知道未来（或者相信自己知道未来）从未让我感觉活得像在梦游，或像是过着无知无明、无是无非的恍惚生活的僵尸。它让我感觉我能控制自己的生活。一个人掌握着未来几十年的大致情况，尽量把分散的线索拼合在一起，看出其中的意义，这样的统一性怎么可能把我变得低于人类呢？我做的一切都源自我的本质：我曾经是谁，我将会是谁。

当我用谎言撕碎这一切的时候，我才开始觉得自己像一台没有灵魂的自动机。

离开学校后，很少有人继续关注历史，无论是过去还是未来的历史，更不用说两者之间被称为“时事”的灰色地带了。记者依然在采集新闻，并在时间中散播信息，但毫无疑问，他们现在做的事情与前哈扎德时代做的事情有着天壤之别，那时候直播和最新现场还有真正的意义——尽管只是稍纵即逝。这个职业并没有彻底消亡；人们像是在冷漠和好奇之间达成了某种平衡，假如从未来送回来的新闻变少，那他们“就将”以更大的努力去搜集新闻并传送回过去。我不知道这样的论证算不算有效（因为它们暗示着物力论的成立，假设存在的平行世界由于其自身矛盾而互相抵消），但平衡本身是毋庸置疑的。我们得知的东西刚好足以让我们不想知道得更多。

2079年7月8日，某国军队进入某地“稳定地区局势”（通过毁灭分离主义者在其国境内的供给线），当时我几乎没有多想什么。我知道联合国会以非凡的灵活手腕解决这个烂摊子；历史学家几十年来一直在盛赞秘书长如何用外交手段消弭了这场危机，而向来保守的学院罕见地在她付出努力前三年就把诺贝尔和平奖颁给了她。我对细节的记忆很模糊，于是调出《环球年鉴》查了查。军队将于8月3日撤离，伤亡人数寥寥无几。我得到了应有的安慰，于是继续过我的小日子去了。

我从普里亚那里听说了最初的流言。他热衷于浏览数不胜数的地下交流网，喜爱电脑狂的那种八卦和诽谤。这是个没什么害处的消遣活动，但参与者的自负一向让我觉得可笑，他们深信自己“接入”了地球村，手指按在这颗星球的脉搏上。然而，在这个过去和未来都能供你随意调阅的时代，谁还需要每时每刻都与现实保持联系呢？假如你迟早甚至提前就能获得经过时间考验、更符合实际的叙事版本，谁还需要未经证实、充满干扰的最新消息呢？

因此，普里亚一脸凝重地告诉我某地爆发了全面战争，数以千计的人正在遭受屠杀，这时我的回答是：“没错。而莫拉因为种族灭绝而获得了诺贝尔奖。”

他耸耸肩。“你听说过一个叫亨利·基辛格的人吗？”

我不得不承认我不知道。

我不屑一顾地向丽莎提起这个故事，深信她会和我一起嘲笑普里亚。她翻个身看着我，说：“他是正确的。”

我不知道我该不该咬钩。她有一种怪异的幽默感，她有可能在和我开玩笑。最后我说：“不可能。我查过了。所有的历史记录都说——”

她似乎真的吃了一惊，表情随后变成了怜悯。她一直不太看得起我，但我猜她也没想到我会这么天真。

“詹姆斯，‘历史’从来都是胜利者书写的。未来会有什么区别呢？相信我，事情正在发生。”

“你怎么可能知道？”这是个愚蠢的问题；她的老板是所有外交事务委员会的成员，会在所在党下次掌权的时候担任外交部长。就算他在目前的工作中没能接触到那些情报，长远来看他也迟早会接触到。

她说：“我们当然在资助对方，和欧洲、日本还有美国一起。由于暴乱后的贸易禁运，当地政府现在没有战争无人机了，他们只能派人类士兵和过时装备去对抗最高级的越南机器人。四十万士兵和十万平民将会丧生，而盟军待在柏林玩他们的唯我论电子游戏。”

我的视线越过她，望着她背后的黑暗，震惊得陷入麻木。“为什么？为什么不能及时化解争端？”

她皱起眉头看着我。“怎么化解？你是说分流吗？知道未来，然后避开？”

“不，但……假如所有人都能知道真相，假如事情没有被掩盖——”

“就怎么？假如人们知道事情会发生，它就不会发生了？成熟一点儿，事情正在发生，而且会继续发生。其他没什么可说的了。”

我下床，开始穿衣服，但我没有理由要赶回家。艾莉森很清楚我们的事情。显而易见，她从小就知道她的丈夫会变成一个人渣。

五十万人死于非命。这不是命运，也不是宿命——我们不能靠上帝的意志和历史的必然性来脱罪。它来自我们的本质：我们撒过的谎和即将继续撒的谎。五十万人在字词之间死于非命。

我把胃里的东西吐在了地毯上，然后昏沉沉地走来走去，清理干净。丽莎悲伤地看着我。

“你不会回来了，对吧？”

我无力地笑笑：“我他妈怎么可能知道？”

“你不会回来了。”

“我以为你不写日记的。”

“我确实不写。”

而我终于明白了原因。

我打开终端，艾莉森醒了，她睡眼惺忪地开口，语气里没有怨恨。“急什么呢，詹姆斯？到了明天早上你也肯定还记得一清二楚。”

我没搭理她。过了一会儿，她下床走过来，站在我的背后看我打字。

“是真的吗？”

我点点头。

“而你一直都知道？知道你会发送这条消息？”

我耸耸肩，按下检查按钮。屏幕上弹出一个提示框：95个单词，95个错误。

我坐在那儿，盯着这个裁决看了很久。我在想什么呢？我有能力改变历史？我那点儿微不足道的愤怒能够分流一场战争？现实会在我周围消散，然后另一个更好的世界会取而代之？

不。历史，无论是过去还是未来，都已经注定，我无法阻止自己成为塑造历史的方程式的一部分，但我也不是一定要成为谎言的一部分。

我按下保存按钮，把这95个单词不可撤销地烧录在芯片上。

（我相信我别无选择。）

这是我的最后一则日记——我只能假定，电脑在我死后传送日记时不但会滤掉它，而且会填补我没有写的空白，为我外推出一种无伤大雅的生活，适合儿童阅读。

我在网络上随意跳转，倾听形形色色、相互矛盾的流言，不知道应该相信什么。我离开了我的妻子，抛弃了我的工作，与我美好的虚构未来彻底分道扬镳。我的全部确定性都已经蒸发：我不知道我会在何时死去；我不知道我会爱什么人；我不知道世界是在走向乌托邦还是大毁灭。

但我一直睁大眼睛，把我能搜集到的还算有点儿价值的情报送回网络。网络上肯定也存在侵蚀和歪曲，但我宁可在这无数个彼此抵触的不和谐音里游泳，也不愿淹死在哈扎德仪器的控制者、种族灭绝的历史作者编造的可信谎言里。

有时候我会思考，要是没有他们的干涉，我的生活会变得多么不同——但这个疑问毫无意义。我不可能过上另一种生活。每个人都受到操控，每个人都是所属时代的产物，反之亦然。

无论这不可改变的未来会蕴含什么，有一件事我深信不疑：我的本质依然是、也永远会是决定未来所有因素的一部分。

我不可能要求比这更大的自由了。

以及更大的责任。

尤金

Eugene

“我保证，我能让你们的孩子成为天才。”

萨姆·库克（医学学士、理学学士、医学博士、哲学博士、工商管理硕士、澳洲皇家内科医学院荣誉院士）把他极度自信的目光从安吉拉转向比尔，然后又转回来，像是在问他们敢不敢反对他。

末了，安吉拉清了清喉咙，说：“怎么做？”

库克从抽屉里取出夹在有机玻璃片之间的一小块人类大脑。

“知道这是谁的大脑吗？我让你们猜三次。”

比尔突然觉得很恶心。他不需要猜三次，但他没有开口。安吉拉摇摇头，不耐烦地说：“不知道。”

“当然是20世纪最伟大的科学头脑了。”

比尔俯身凑近它，惊愕但着迷地问：“怎、怎、怎么可、可、可——？”

“怎么可能落在我的手里？嗯哼，1955年做尸检的那家伙很有生意头脑，在火化前切出大脑作为纪念品。可想而知，各种团体轰炸似的向他索取切片进行研究，于是在接下来的那些年里，那颗大脑被切成碎片，散落在世界各地。过了一段时间，谁拥有什么的记录遗失了，因此大部分碎片实际上已经遗失，但几件样本几年前出现在休斯敦的拍卖会上，一同拍卖的还有埃尔维斯·普莱斯利的三段大腿骨，我猜有人正在变现收藏品。可想而知，我们‘人类潜能’公司参与了一块主要皮质的竞拍。五十万美元，我不记得平均每克多少钱了，但每一分钱都花得值得。因为我们知道那个秘密，胶质细胞。”

“胶什么——？”

“它们组成了支撑神经元的结构性矩阵。它们还拥有几种科学家尚未完全理解的积极功能，但我们知道，分配给一个神经元的胶质细胞越多，神经元之间的连接就越多；而神经元之间的连接越多，大脑就越复杂和强大。到现在都还能听懂吧？很好，这个组织，”他举起那块样本，“每神经元的胶质细胞比普通呆小症患者大脑里的高百分之三十。”

比尔的面部肌肉忽然失控，他扭过头，轻轻地发出痛苦的声音。安吉拉抬头扫视墙上那一排裱好的资格证书，发现其中有几张来自黄金海岸的一家私立大学，但那家学校在十几年前就破产倒闭了。

想到要把她未出生的孩子交给这个男人，她依然有点不安。他们参观了人类潜能公司在墨尔本的总部，见到的情形蔚为壮观。从精子库到产房，所有硬件无疑都非常光鲜，掌管着几百万美元一台的超级计算机、X射线晶体学设备、质谱仪和电子显微镜的那些人也肯定都是内行。但是，当库克向他们展示他最宠爱的项目时，疑虑从她的心中升腾而起：三条小海豚，它们的DNA里嫁接了人类基因。（“我们品尝过失败的滋味。”他坦言，然后叹了口气，像是进了什么味觉的天堂。）目标是改造海豚的大脑生理结构，让它们能够掌握人类语言和“人类思维模式”。严格地说，这个目标已经实现了，但库克无法向她解释这些动物为什么只能用打油诗交谈。

安吉拉怀疑地打量那块灰色的大脑切片。“你怎么能确定事情就这么简单？”

“我们当然做了大量实验。我们定位到了编码胶质细胞与神经元比例的生长因子的基因。我们能控制这个基因打开的程度，从而控制合成多少生长因子，进而控制最终的比例。到目前为止，我们已经尝试过每次百分之五地降低这一比例，平均而言，这会造成智商下降二十个点。因此，根据简单的线性外推，假如我们把这个比例提高百分之两百——”

安吉拉皱眉道：“你们蓄意制造出智力低下的儿童？”

“放轻松。是他们的父母自己想要奥林匹克运动员，那些孩子不怕缺那二十个点，事实上，智商低反而能让他们更好地适应训练。另外，我们喜欢平衡。一边提高，另一边就降低，这样才公平嘛。而且我们的生物伦理学专家系统也说这完全没问题。”

“你想从尤金身上拿走什么？”

库克露出受伤的神情。他表演得很出色；他那双棕色的大眼睛（以及他的职业成就）帮他登上了十几本杂志的漂亮封面。“安吉拉，你们的病例非常特殊。为了你，还有比尔——还有尤金——我将会打破所有规定。”

比尔·库珀十岁那年，他存了一个月的零花钱，买了一张彩票。一等奖是五万块。他母亲发现后（无论他干什么，她都会发现），平静地说："你知道赌博是什么吗？赌博是一种税，智商税，贪婪税。也会有一部分钱随机换手，但净现金流总是朝着同一个方向而去：政府、赌场经营者、场外庄家、犯罪集团。就算你真的赢了，也不可能赢过他们，他们依然会分到应得的份额。你赢的是所有颗粒无收的失败者，就这么简单。"

他讨厌她。她没有拿走那张彩票，也没有惩罚他，她甚至没有禁止他继续这么做——她只是简单地陈述了她的观点。唯一的问题在于，他只是个普普通通的十岁儿童，他根本没听懂她的一半用语，他连准确地评估她的论点都做不到，更不用说反驳了。她居高临下地教育他，相当于用权威的声音宣布：你是愚蠢、贪婪和错误的——他沮丧得险些哭了，而她在保持冷静和通情达理的同时得到了想要的结果。

彩票连一分钱都没赢到，他也没有再买过第二张。八年后他搬出父母家，在社会保障局找到一份数据录入员的工作，这时的政府彩票已经被一种新的诡计取代：参与者在奖券上勾选数字，希望他们的选择能符合一台机器吐出的小球上的数字。

比尔意识到这个改变是个奸诈的阴谋，旨在向不懂统计学的大众低声暗示，他们现在有机会试用"技巧"和"策略"来提高获胜的可能性了。他们不再受到彩票上不可改变的数字的控制，而是可以自由自在地在小方格里打叉，爱怎么选就怎么选！拥有控制权的假象会带来更多的玩家，从而制造更多的利润。这他妈真是糟透了。

这种游戏的电视广告是他从未见过的最粗俗和最让人想吐的东西，钞票像瀑布似的浇在傻笑的白痴身上，他们拙劣地假装兴奋，啦啦队在旁边挥舞绒球，俗气的特效点亮屏幕。游艇、香槟、带司机的豪车的画面穿插其中。他真的都快呕出来了。

但是，这把叉子还有第三个尖头。电台广告没这么空洞，而是描述了暴富之后报复欺压者的美妙场景：驱逐你的房东，裁掉你的老板，买下不让你进门的夜店。对愚蠢和贪婪的玩弄双双宣告失败，这个手段触动了一条易感的神经。比尔知道他受到了操控，但他无法否认，想到要在未来四十二年里对着显示器打字（或者做日新月异的科技要求底层办事员做的烂事，前提是他没有被彻底淘汰），把大部分薪水花在房租上，甚至没有无穷小的逃脱机会，这样的前景实在令人无法忍受。

因此，尽管道理他都明白，但他还是屈服了。他每周填一张奖券，缴他的费。但他认为这不是贪婪税，而是希望税。

安吉拉是超市收银员，教顾客把电子支付卡放在哪儿，在扫描器找不到商品条码时转动瓶罐和纸盒（日立公司制造了能自动完成这个任务的机器，但美国国防部偷偷地买光了所有现货，企图阻止其他国家掌握这种机器使用的模式识别软件）。无论有多少人排队，比尔总是带着他的杂货去她的柜台结账，有一天他终于克服了他的病态羞怯，请她出去约会。

安吉拉并不介意他的结巴和他的其他问题。没错，他在情感方面简直是残疾人，但他还算英俊，表面上挺和善，而且过于内向，不可能暴力或苛刻。他们很快就开始定期约会，进行糟糕但还算令人愉快的行为，总之主旨是尽量不在两人之间转移人类或病毒的遗传物质。

但是，再多的乳胶也不可能阻止性亲密把钩子插进他们大脑的其他部位。两人一开始都没想到这段情缘能够持续下去，然而几个月过去，没有任何因素驱使两人分开，他们对彼此的欲望不但没有消减，反而在越来越多的方面习惯于（甚至喜欢）对方的外表和行为。

这样的耦合效应有可能是纯粹随机的，也有可能可以追溯到个性形成期的经验，还有可能最终反映了他们显性表达的一些基因结合的过往优势，究竟是什么，我们难以确定。也许三个因素在某种程度上都有所贡献。总之，他们相互依赖的程度日益增长，直到结婚看上去比脱钩简单得多，而且一旦接受了这个事实，结婚就变得和青春期或死亡一样自然而然了。尽管比尔与安吉拉祖先的后代活得挺好，而且成功地完成了繁殖，但这个问题现在完全是纸上谈兵——这对夫妻的收入总和徘徊在贫困线上下，生儿育女只是痴心妄想。

时间一年年过去，信息革命还在继续，两人原先的工作全都消亡了，但他们依然勉强保住了工作。光学字符阅读器取代了比尔，但他升职当上了电脑操作员，也就是给激光打印机换硒鼓、解决卡纸问题。安吉拉成为监督员，也就是店内侦探。盗窃商品已经变得不可能了（超市现在摆满了刷卡操作的售货机），她的存在是为了阻止破坏和抢劫（真正的保安开销更大），并且协助顾客搞清楚该按什么按钮。

与此相反，他们与生物科技革命的第一次接触既是自愿的，也是有益的。两人天生都是粉色皮肤，晒太阳后不但不会变黑，反而会变得更红，他们都通过科技手段获得了深黑色略偏紫的皮肤；一种人造逆转录病毒把基因片段插进他们的黑色素细胞，从而提高了黑色素的合成和转移。这种治疗虽说也符合时尚，但价值远不止美观；由于南极臭氧空洞已经扩展到了覆盖几乎整块大陆，澳大利亚本已世界第一的皮肤癌患病率又增加了三倍。化学防晒霜既容易弄得到处都是，效率也不见得高，而且日常使用还会造成不怎么好的长期副作用。没人想在炎热且越来越热的气候下把自己从手腕严严实实地裹到脚踝，况且在两代人最大限度地暴露皮肤之后，重归类似于维多利亚时代的着装风格在文化上实在难以接受。小小的审美转变无疑是最容易的解决方案，其中包括推崇能晒多黑就晒多黑，还有承认天生白皮的人也可以变成黑人。

当然了，争论也还是免不了的。多疑的右翼团体（几十年来一直声称他们的种族主义“有逻辑地”建立在文化排外主义上，而不是像肤色这么琐碎的小事）大肆宣扬阴谋论，将这种不具备传染性的病毒称为“黑死病”。少数政客和记者企图找到办法利用人们的不安而又不显得太傻，可惜他们全都失败了，最终纷纷闭嘴。新黑人开始出现在杂志封面上、肥皂剧里和广告中（原生黑人觉得既好笑又生气，因为他们依然无法出现在这些地方），而这个潮流还在加速。有人游说政府，想要禁止这么做，但找不到符合逻辑的立论根据：因为没人被迫变成黑人——甚至还有一种病毒可以剪除嫁接的基因，供改变了主意的人使用——而且国家在健康保护支出方面还节省了海量的资金。

有一天，比尔在上午十点左右走进超市。他看上去魂不守舍，安吉拉还以为他被抢劫了，要么就是死了父母，甚至刚刚得知他患上了不治之症。

他事先想好了要说什么，几乎毫不犹豫地一口气吐了出来：“咱们昨晚忘了看开奖，”他说，“我们赢了四千七百万……”

安吉拉打卡下班。

他们义务性地做了一次环球旅行，同时建造了一座简朴的屋子。他们资助了亲戚朋友几十万澳元（比尔的父母连一分钱都不肯要，但他的兄弟姐妹和安吉拉的家人拿得毫无顾虑），剩下的钱依然超过四千五百万。购买他们真心想要的消费品并不能让这笔钱显著减少，而两人对镀金劳斯莱斯、私人喷气机、凡·高画作和钻石都没什么兴趣。他们分出一千万做最稳妥的投资，就足以过上奢华的生活，是拿不定主意而不是贪婪让他们没有立刻把差额捐给值得帮助的事业。

在一个政治、生态和气候灾难肆虐的世界上，可以做的事情多得数不胜数。哪个项目最值得他们的赞助呢？拟建的喜马拉雅水电工程？因为它能让孟加拉国不至于被因温室效应而涨水的洪泛河流淹没？为非洲北部的贫瘠土壤改良更耐旱的作物？从跨国农业公司手中买回巴西的一小部分土地，它就可以在种植而不是进口粮食的同时减少外债了？想办法降低本国原住民依然高企的婴儿死亡率？三千五百万澳元能够实打实地帮助这些事业中的任何一项，但安吉拉和比尔过于担忧他们能不能做出正确的选择，因此一再推迟做出决定，时间就这样一月又一月、一年又一年地过去。

与此同时，由于摆脱了财务方面的约束，他们开始尝试生儿育女。两年的徒劳无功之后，他们最终开始寻求医学帮助，医生说安吉拉对比尔的精子产生了抗体。这不是什么大问题，两人都不是真正的不育症患者，他们可以提供配子制造试管婴儿，而安吉拉可以怀孕生产。唯一的问题在于，谁来实施这一整套程序呢？

正确的答案只有一个：金钱能买到的最优秀的生育专家。

萨姆·库克是最优秀的，至少也是最广为人知的。过去这二十年间，在多胚胎植入早已不再是确保成功的必要条件之后，他还一直在帮助不孕不育的女性一次生下多至七名婴儿（媒体不肯为五胞胎以下的案例竞争独家报道权）。他的同侪拍马也赶不上他在质量控制方面的名声。他精通分子生物学，就像他精通妇科、产科和胚胎学。

正是质量控制让这对夫妻的计划变得更加复杂。为了办理结婚证，他们把血样送去检验，一名普通的病理学家只筛查了一些极端病症，如肌肉萎缩症、囊性纤维化和亨廷顿氏病等。人类潜能公司装备了最新的所有探查手段，比普通机构彻底千百倍。结果他们发现，比尔携带的基因使他们的孩子容易患上抑郁症，而安吉拉携带的基因可能让孩子患上多动症。

库克向他们列举各种选项。

一个解决方案是使用所谓的TPGM，也就是第三方遗传物质。人类潜能公司用的绝对不是什么陈年垃圾货，他们拥有大量诺贝尔奖获奖者的精子；尽管没有相应的卵子——采集卵子要困难得多，而且大部分获奖者在获奖时都早就过了六十岁——但备有血液样本，实验室可以从血液中提取染色体，用人工手段将二倍体转为单倍体，然后插入安吉拉提供的卵子。

另一个解决方案则昂贵得多，他们可以坚持使用自己的配子，用基因疗法来纠正偏差。

他们讨论了两个星期，但做出选择并不困难。TPGM所生孩子的法律地位依然是一团糟——哪怕在澳大利亚的各个州，一团糟程度都只是略有不同，更不用说在各个国家了——另外，只要有可能，他们当然都希望有个在生物学上属于自己的孩子。

他们下一次见面的时候，安吉拉解释完上述原因之后，向库克透露了他们的财富规模，这样库克就不需要为了经济原因考虑偷工减料了。他们一直没有公开他们就是大奖的获得者，但这个人即将为他们创造奇迹，向他隐瞒任何秘密似乎都是不应该的。

库克对他们说出的秘密泰然处之，然后祝贺他们做出了明智的决定。但他抱歉地补充道，由于他对他们的财务情况一无所知，他有可能误导了他们，使他们对他能够提供的服务产生了有限的看法。

他们既然已经选择了基因疗法，怎么会不全心全意地投入呢？把一个孩子从失调中拯救出来，为什么又要用平庸来诅咒他或她呢？而他们明明可以做得更多更好。他们有钱，人类潜能公司有设施和技术，创造一个真正的超凡儿童根本不在话下：聪明、有创造力、魅力四射。相关的基因多多少少都已经被确定了，而适时注入研究资金——比方说两三千万澳元——能够非常迅速地厘清头绪。

安吉拉和比尔交换了一个难以置信的眼神。三十秒之前，他们还在说一个健康的正常婴儿。现在对方赤裸裸地对他们的钱袋子打起了主意，他们几乎不敢相信自己的耳朵。

库克只当没看见，继续说了下去。当然了，这么一笔捐赠必须得到纪念，公司会把大楼内的L. K. 罗宾逊 / 玛格丽特·李 / 杜恩赛德扶轮社实验室改名为安吉拉与比尔·库珀 / L. K. 罗宾逊 / 玛格丽特·李 / 杜恩赛德扶轮社实验室，并通过合同确保在此项研究产出的所有科学论文和媒体稿里提及他们的慈善事业。

安吉拉憋笑憋得咳了起来，比尔盯着地毯咬住腮帮子。想到要加入这座城市令人厌恶、热衷于自我推销的慈善名流行列，两人都觉得这个前景和吃自己的粪便一样诱人。

但是，叉子还有第三个尖头。

“这个世界，”库克说，突然变得严肃和阴郁，“是个烂摊子。”两人傻乎乎地点头，依然在强忍笑意——他们完全同意，心想医生现在是不是要劝他们干脆别养孩子了。“这颗星球上的生态系统不是已经被推平，就是正在死于污染。气候变化超过了我们改造基础设施的速度。物种大批消失，人们在饿肚子。过去十年内死于战争的人比上个世纪加起来的都多。”两人再次点头，这次端正了态度，但话题的突然转向依然让他们摸不着头脑。

“科学家在做他们力所能及的所有事情，但这还远远不够。政治家的处境也一样。非常可悲，但也不足为奇：他们与害得我们陷入这个烂摊子的那些人只隔了一代。我们能指望什么样的孩子来避免、来消除——来彻底超越——他们父辈的错误呢？”

他停顿片刻，然后突然露出近乎神圣的灿烂笑容。

“什么样的孩子呢？一个非常特殊的孩子。你们的孩子。”

20世纪末，分子优生学的反对者能依赖的武器基本上只有一件，那就是指出当代趋势与历史上的下作行径之间的相似性：19世纪以颅相学和面相学为首的伪科学，被发明出来就是为了支持关乎种族和阶级差异的偏见；纳粹有关种族优劣的意识形态，直接结果就是大屠杀；激进的生物学决定论思潮基本上限制在学术期刊的纸面上，但因为企图让种族主义成为科学承认的事实而臭名昭著。

然而在接下来的这些年里，种族主义的色彩逐渐褪去。基因工程催生了大量对人类极为有益的新药和疫苗，几十种曾经棘手且往往致命的基因疾病也有了治疗方法，偶尔甚至能被治愈。宣称分子生物学家（就好像他们万众一心似的）妄图创造一个属于雅利安超人[①]的世界（就好像这是唯一有可能滥用科技的方向），这简直荒谬得可笑。利用过往恐惧来夸夸其谈的人们失去了弹药。

到了安吉拉和比尔考虑库克提议的这个时代，占据优势的言论几乎与十年前的风潮刚好相反。践行者称颂现代优生学为反对种族主义神话的力量。个体的遗传特征才是最重要的，需要按照其价值进行“客观”评估，而曾被称为“种族特性”的历史特征组合不再受到现代优生学家的关注，正如国境线之于地质学家。谁会反对降低能够致残的基因疾病的发生率呢？谁会反对降低下一代对动脉硬化、乳腺癌和中风的易感性，提高他们对紫外线、污染和压力（核辐射沉降物就更不用说了）的耐受性呢？

至于培育一个超级出色的孩子，让他／她来解决全世界的环境、政治和社会问题……这么高的期待未必能够成真，但试试看又有什么不好呢？

但话虽如此，安吉拉和比尔想到要接受库克的提议，依然心存警觉，甚至隐约有一丝负罪感，而他们也不太清楚这是为什么。是的，优生学仅限富人享受，但几百年来最尖端的医疗进展也是如此。没人会仅仅因为世上大多数人无力支付费用就拒绝接受最新的手术或药物治疗。他们的逻辑是，他们的光顾能够帮助缩短那漫长而缓慢的转化过程，让每一个人的孩子都能享受广泛的基因治疗。好吧……至少是最富裕的国家的中上阶层的每一个人。

① 纳粹为宣扬种族主义而编织的血统神话。

他们回到人类潜能公司。库克陪同两位VIP参观各种设施，向他们展示会说话的海豚和大脑皮层的切片，但两人还是没有被说服。于是他给了他们一张问卷让他们填写，请他们描述他们想要的孩子的规格，他说，这也许能让他们的选择变得更加具体。

库克扫了一眼表格，皱起眉头。“你们没有回答所有的问题。”

比尔说：“我、我、我们不——”

安吉拉让他别说了。“我们想把一些细节留给概率。有问题吗？”

库克耸耸肩。“技术上当然没有。只是觉得有点儿遗憾，你留白的一些特性有可能对尤金的人生历程产生非常重要的影响。”

“这正是我们选择留白的原因。我们不想安排好所有的细节，不给他留下任何空间——”

库克摇摇头。“安吉拉呀安吉拉！你看问题的角度不对。拒绝做出决定并没有给尤金以人身自由，而是在剥夺他的自由！放弃责任不会让他有能力为自己选择什么，却可能让他受困于未必理想的特性。咱们来过一遍这些没有回答的问题吧？”

“好的。”

比尔说：“也许概、概、概率也是自由的一、一、一部分。”库克没有理会他。

“身高。你们真的一点儿也不关心他的身高吗？你们俩都远低于平均水平，所以你们肯定认识到了身高造成的劣势。你们难道不希望尤金过上更好的日子吗？”

“体形。我跟你们实话实说，你是超重的，而比尔相当瘦弱。

我们可以给尤金一个先发优势，帮他拥有社会最认可的那种体形。当然了，这很大程度上取决于他的生活方式，但我们可以影响他的饮食和运动习惯，比你能想象的有用得多。我们可以让他喜欢或不喜欢某些食物，可以让他对运动中产生的内啡肽具有最高的敏感性。”

“阴茎长度——”

安吉拉怒目而视。“这是最微不足道的——”

“你这么认为？最近对哈佛商学院两千名男性毕业生的调查显示，阴茎长度和智商对预期年收入的影响程度相当。”

“面部骨骼结构。最新的群体动力学研究表明，前额和颧骨在决定个人能否占据主导地位方面都扮演着关键性的角色。我会把研究结果发给你一份的。”

“性取向——”

“他当然可以——”

“自己决定？非常抱歉，这是你一厢情愿的想法。证据非常确凿：性取向在胚胎中由几个基因的相互作用决定。听着，我对同性恋没有任何意见，但这个取向很难算是一种祝福。对，人们永远能列举出著名的同性恋天才，但这是个有偏见的样本集；因为我们只听说过成功者。”

“音乐偏好。事实上，我们只能粗略地影响这东西，但你不能低估它的社交优势……”

安吉拉和比尔坐在客厅里，电视开着，但他们的心思都没放在电视上。正在播放的是国防部的一个超长广告，音乐振奋人心，喷气式战斗机的对称编队引人入胜。最新的私有化法案意味着每一个纳税人都可以指定他或她的所得税如何在政府机构之间分配，而政府机构反过来可以随意在收入中划出一定的比例，用于投放旨在吸引更多资金的广告。国防部过得不错，社保局正在裁员。

和库克的最近一次会面没能消除他们内心的不安感，但由于缺乏靠得住的理由来支持他们的情绪，他们觉得应该对不安感置之不理。库克在所有论点上都能拿出靠得住的理由，一切都基于最新研究；要是没有至少一打无懈可击的论点，且每个论点都有《自然》杂志上的最新科研报告作为支持，他们怎么可能理直气壮地去找他取消计划呢？

他们甚至无法确定这种不安感的来源，从而让自己安心。也许他们只是害怕尤金注定会带给他们的名声。也许他们已经开始嫉妒儿子那尚不可知但不可避免的伟大成就了。比尔隐约怀疑这整件事等于是在敲掉人类之所以为人类的好大一块根基，但他不知道该如何用语言形容，甚至不知道该怎么告诉安吉拉。他怎么能够承认，就他个人而言，他并不想知道基因能从多大程度上决定一个人的命运呢？他怎么能够坦白，他宁可拥抱足可安慰心灵的神话——不，别管什么委婉语了，他宁可去听直白的谎言，也不愿面对沉痛的真相：人类可以像汉堡包一样按需定制？

库克向他们保证，他们不需要担心如何培养这个初生的天才。他可以安排孩子插队进入加利福尼亚最优秀的婴儿大学，尤金在那儿会和诺贝尔奖获奖者TPGM相互杂交出的神童一起，听着贝多芬音乐伴奏的康德哲学做刺激大脑发育的婴儿体操，午睡时顺便学习大统一场理论。当然了，最终他会超越在基因上劣于他的同学和仅仅只是聪明而已的教师，但到时候他肯定已经能够指导他自己的教育了。

比尔搂着安吉拉，思考比起直接把几百万澳元投向孟加拉国、埃塞俄比亚或爱丽斯泉，尤金对人类的贡献会不会真的更高。另外，他们能够接受在余生中成天琢磨尤金有可能为这颗垂死的星球创造什么奇迹吗？光是想一想就已经令人难以忍受了。他们只能缴纳希望税。

安吉拉开始脱比尔的衣服，他也开始脱她的衣服。两个人没有交谈，他们都知道今夜是安吉拉的生理周期中最适合受孕的时间。尽管有抗体作梗，他们并没有放弃他们在祈盼自然受孕的那些年里养成的习惯。

电视里的激昂音乐戛然而止。军武画面淡出，变成雪花纹，一个八岁左右的男孩出现在屏幕上，他眼神悲伤，静静地说："母亲、父亲，我欠你们一个解释。"

男孩背后只有一片空荡荡的蓝天。安吉拉和比尔瞪着屏幕，一个字也说不出来，徒劳地等待画外音或字幕来说明画面的背景。男孩的视线与安吉拉的视线相遇，她立刻知道他能看见她，也知道了这个孩子是谁。她抓住比尔的手臂，震惊使她头晕目眩，但同时也高兴得无以复加，她轻声说："是尤金。"

男孩点点头。

惊恐和困惑一时间吞噬了比尔，但为人父母的自豪感随即油然而生，他好不容易才挤出一句话："你发明了时、时、时间旅、旅行！"

尤金摇摇头。"不。假设你把胚胎的基因图谱输入一台电脑，而这台电脑能构建出这个生物体成熟后的模拟外表，虽然不牵涉到时间旅行，但可以从多个方面揭示出未来的一种可能性。在这个例子里，用来进行外推计算的所有设备现在都已经存在，但假如合适的设备——复杂得多的某种设备——存在于可能存在的未来，那么同样的事情就也有可能发生。作为一种数学图景，我们不妨假定这个可能存在的未来拥有切实的真实性并正在影响其过去，就像为了方便起见，我们通常在几何光学里假定镜像是存在于制造镜像的镜子背后的真实物体，但它毕竟只是一种图景。”

安吉拉说：“所以由于你有可能会发明这么一个设备，我们能够看见你，和你说话，就好像你正在从未来和我们交谈？”

“对。”

夫妻俩交换了一个眼神。他们的疑虑就要画上句号了！现在他们可以搞清楚尤金究竟会为这个世界做出什么贡献了！

“既然你在未来和我们交谈，”安吉拉小心翼翼地问，“你打算告诉我们什么呢？你逆转了温室效应？”尤金悲伤地摇摇头。“你让战争成了过去时？”不。“你结束了一切饥馑？”不。“你发明了癌症的治疗方法？”不。“那你做了什么？”

“怎么说呢？我找到了通往涅槃的道路。”

“什么意思？长生不老？永恒喜乐？地上的天堂？”

“不。涅槃，所有欲望的消亡。”

比尔吓得半死。“你、你、你不是在、在说种、种、种族灭绝吧？你不、不会消、消、消灭——”

“不，父亲。那么做很容易，但我绝对不会去做这种事情。每个人都必须找到自己的道路——另外，死亡只是个不完美的解决手段，它无法抹掉已经存在的事物。涅槃则是从未存在过。”

安吉拉说："我不明白。"

"我的或然存在影响的不只是这台电视机。你们去查银行账户的时候，会发现原本会用来制造我的那笔钱已经被花掉了。别一脸痛苦，钱全都捐给了你们也会同意的慈善机构。从电脑记录来看，授权转账的正是你们自己，所以就别去浪费时间质疑合法性了。"

安吉拉像是要发疯了。"可是……你为什么要浪费你的天赋去毁灭自己呢？你明明可以活得快乐而多产，为整个人类做出伟大的贡献。"

"为什么？"尤金皱眉道，"别来叫我解释我的行为，是你们把我制造成现在这个样子的。非要问我的主观意见的话，我会说，就个人而言，我看不出我的存在有任何意义，反而是不存在会让我取得更多的成就——但我不会说这是个'解释'，它仅仅是在合理化最好从神经层面上进行描述的某些过程。"他抱歉地说，"你们的问题事实上没有任何意义。有什么好为什么的？物理定律和时空的边界条件，我还能说什么呢？"

他从屏幕上消失了，取而代之的是一部肥皂剧。

他们访问了银行的电脑记录，刚才的经历并不是一场集体幻觉——他们的账户被清空了。

他们卖掉屋子，这屋子对他们两个人来说太大了；他们买了一座小得多的屋子，却花掉了大部分卖房款。安吉拉找到一份导游工作，比尔去开垃圾清运车了。

没有他们的支持，库克的研究当然也还在继续。他成功地制造出四只不但会唱而且精通乡村歌曲的黑猩猩，同时获得了诺贝尔奖和格莱美奖；他因为率先植入和接生全世界第三代试管五胞胎而被收入吉尼斯世界纪录。但他的超级婴儿项目，连同世界各地其他优生学专家的类似项目，似乎全都受到了诅咒：赞助商无缘无故撤资，设备故障，实验室失火。

库克直到去世也不知道他曾经取得了多么巨大的成功。

爱抚

The Caress

我踢开门的时候，两种气味扑鼻而来：死亡，还有一种动物的异味。

一个每天都要经过这座屋子的男人打匿名电话报警。他看见一扇窗户破了，但一直没有修好，他上去敲过前门，但没人应声。绕到后门的路上，他透过窗帘缝看见厨房的墙上有血迹。

屋里被洗劫一空，底楼只剩下最沉重的家具在地毯上拖拽留下的痕迹。厨房里的那个女人，五十五岁左右，喉咙被割开，死了至少一个星期。

我的头盔在归档音频和视频，但无法记录那股动物异味。标准程序是做个口头评论，但我一言不发。为什么？就当这是对独立人格的残存需求吧。用不了多久，他们就会监控我们的脑电波、心跳和天晓得其他什么能用作呈堂证供的东西了。

“西格尔警探，证据表明，在被告开火的时候，你勃起了。你觉得这是一种适当的反应吗？”

楼上一片狼藉。卧室里，衣服被扔得到处都是。书、CD、文件、倒扣的抽屉散落在书房的地面上。医学文献。一个角落里，几摞光盘期刊因为封套的统一性从混乱的场景中脱颖而出，分别是《新英格兰医学杂志》《自然》《临床生物化学》和《实验室胚胎学》。墙上挂着一个装框的卷轴，证明弗里达·安妮·麦克伦堡于2023年获得了哲学博士学位。桌上有两块地方没有灰尘，形状像是一台显示器和一个键盘。我注意到墙上有个带指示灯的插座，开关是打开的，但灯没亮。房间里的照明灯不亮，其他地方亦然。

回到底层，我在楼梯背后找到一扇门，想必通向地下室。门锁着，我犹豫了。进屋的时候我别无选择，只能用蛮力破门；然而在室内，我的执法依据就没那么靠得住了。我没有仔细找过钥匙，而且也没有不得已的理由表明我必须赶紧进入地下室。

但是，再弄坏一扇门又有什么大不了的呢？警察忘了在门垫上擦鞋都会被起诉。要是哪个好公民想整你，哪怕你跪在地上爬进去，手里挥舞着一把令状，把他们全家从折磨和死亡中解救出来，他们也还是能找到理由。

空间太小，没法儿踹门，于是我砸坏了门锁。异味恶心得我想吐，但真正让人不能承受的，是它无处不在的浓烈程度，异味本身并不难闻。我在楼上看到了医学书籍，还以为动物会是豚鼠、老鼠和小白鼠，但这不是笼养的啮齿类动物的臭味。

我打开头盔上的照明灯，快步走下水泥台阶。头顶上是一条四方形的粗大管道。空调通风管？说得通。屋子里平时应该不会弥漫着这样的气味，但如果地下室空调的供电被切断——

光束照亮了一组棚架，上面摆着各种小装饰品和盆栽，还有一台电视机；墙上挂着几幅风景画；水泥地面上有一堆干草，一只强壮的豹子蜷缩在草堆上，看得出正在艰难地呼吸，除此之外没有任何动静。

光束落在一团乱糟糟的赤褐色毛发上时，我以为它在啃一个残缺不全的人头。我继续走向它，期待——不，希望——惊扰正在进食的动物会刺激它起来攻击我。我身边的武器能把它打成一团混合肉酱，比起处理这么一个活物所需要的繁文缛节和官僚手续，打死它反而轻松得多。我再次把光束转向它的头部，这才意识到我弄错了。它没在啃任何东西，它的头藏了起来，隐蔽了起来，而那个人头只是——

不，我又错了。是人类的头与豹子的身体连在了一起。人类的颈部长出软毛和斑点，与豹子的肩膀融为一体。

我在它旁边蹲下，心想：要是我一个不留神，它的巨爪会如何撕扯我的身体？这个头部属于一个女人，皱着眉头，似乎在睡觉。我把一只手放在她的鼻孔底下，感觉到随着豹子强壮胸部的起伏，气流喷在我的手上。这一点比皮肤的平滑过渡更让我觉得两者的结合是真实的。

我查看房间的其他部分。房间一角有个坑，那是个嵌在地板上的蹲厕。我踩了一下旁边的踏板，暗处的水箱随即冲水。有个直立的冰柜，周围是一摊水。我打开冰柜，发现里面的架子上有三十五个塑料小瓶。每个瓶身上都有被抹开的红字，拼出“已污染”这三个字，是用对温度敏感的染色剂写成的。

我回到豹女身旁。她在睡觉？装睡，病了，还是昏迷？我拍拍她的面颊，动作并不轻柔。皮肤似乎在发烫，但我不知道她的正常体温是多高。我摇了摇她的肩膀，这次我放尊重了一些，就好像通过触碰豹子部分的身体来唤醒她也许会更加危险。她毫无反应。

我站起身，按捺住恼怒的叹息（心理学家会揪住你发出的每一个细小声音不放。我曾经因为不明智地欢呼一声而被盘问了几个小时），然后呼叫救护车。

我早该知道不能寄希望于这样就能结束我的麻烦。我不得不用身体堵住楼梯口，阻止急救人员的溃逃。他们中有一个吐了出来。然后他们拒绝把她放上担架，直到我保证我会陪她去医院。不算尾巴，她只有两米长，但体重至少一百五十公斤，我们三个人好不容易才费劲地把她抬上楼梯。

离开屋子前，我们用一块被单从头到脚盖住她，我特地花了点儿心思摆放被单，以免暴露出它底下的形状。一小群人聚集在外面，就是常见的那种乱七八糟的围观者。法医队伍姗姗来迟，不过我已经在无线电里通报了全部情况。

来到圣多明各医院的急救室，医生一个接一个掀开被单往下看，然后一个接一个抱头鼠窜，有几个人嘟囔着半通不通的借口，大多数人甚至懒得撒谎。就在我即将爆发的时候，我堵到的第五个医生（一个年轻女人）尽管面无血色，但总算没有逃跑。穆丽尔·比蒂医生（姓名牌上标着的）这儿戳戳，那儿捏捏，掰开豹女的眼皮，用手电筒照瞳孔，然后宣布“她在昏迷”，紧接着开始向我盘问细节。我把我知道的一切都告诉了她，然后提出了我内心的一些疑问。

“这是怎么做到的？基因剪接？移植手术？”

“我猜两者都不是。更有可能的是，她是个奇美拉。”

我皱起眉头。“那是某种神话——”

“对，但也是个生物工程术语。你可以物理混合不同基因的两个早期胚胎的细胞，得到的囊胚会发育成一个单一的生物体。假如两者来自相同的物种，那么成功率就非常高；假如是不同的物种，情况就比较棘手了。早在20世纪60年代，人们就初步造出了绵羊与山羊的奇美拉，但最近这五到十年内，我没在这方面读到过任何新文章。要我说，现在已经没人在认真从事这方面的研究了。”她盯着床上的患者，表情既不安又着迷，“我不知道他们是怎么确保头部与身体之间的明确区分的，比起把两团细胞直接搅拌在一起，他们肯定付出了千百倍的努力。我猜可以说这东西介于胎儿移植手术和奇美拉化之间，必定还做了某些基因操控，以消除生物化学上的差异。”她干笑两声，“所以你那两个被我否认的猜测很可能都是部分正确的。啊哈，对啊！”

“怎么了？”

“难怪她在昏迷！你前面说过有个装满了小瓶的冰柜——她很可能需要外部补充至少半打在物种间不够活跃的激素。我能叫个人去那地方检查死者的文件吗？我们需要知道小瓶里装的是什么。就算她是用现成材料自己制作的，我们也必须找到配方才行——但更有可能的是她和一家生物科技公司签订了合同，定期获取预调好的成品。因此，我们最好能找到带有产品编号的发票，这样你的患者就能最快、最稳妥地得到能帮她维持生命的东西了。”

我同意了，陪同一名实验室技术人员回到那间屋子，但他在书房和地下室里都没找到任何有用的东西。我和穆丽尔·比蒂在电话里商量了一下，然后开始给本地的生物科技公司打电话，用死者的姓名和地址查询。有几个人说他们知道麦克伦堡博士这个名字，但她不是他们的顾客。第五个电话问到了结果，一家名叫“应用兽医研究”的公司曾发运过东西到麦克伦堡的住址，在威逼利诱之下（例如捏造一个供他们在发票上引用的订单号），应用兽医研究终于答应立刻生产一批制剂，并火速送往圣多明各医院。

劫匪有时候会切断供电，希望能让没有备用电池供电的安保设施失效（非常罕见），但这座屋子没有强行闯入的痕迹；窗户的碎玻璃掉在地毯上，从形状来看，没有被碰过，但地毯上有沙发留下的明显印记。那伙白痴在搬走沙发后才想到要打破窗户。有些人会扔掉发票，但麦克伦堡保留了过去五年间的视频电话和水电煤账单。因此，是有人知道这个奇美拉的存在，而且想杀死她，他们一方面不想弄得过于明显，另一方面又不够专业，事情做得不够微妙和自信。

我安排人来保护奇美拉。这么做本来就很正确，免得媒体发现她的存在后蜂拥而至。

我回到办公室，在医学文献库里查了查麦克伦堡，发现她署名的论文只有六篇，而且全都写于二十多年前，全都与胚胎学有关，但（就我能理解的充满术语的摘要而言，其中充满了“透明带”和“极体”）没有一篇明确地提到奇美拉。

所有论文都出自同一个地方：圣安德鲁医院的人类早期发育实验室。照例与秘书和助理你来我往了一番之后，我终于逼着他们把电话转给了麦克伦堡当初的一名论文合作者，亨利·芬戈尔德博士，他看上去又老又弱。麦克伦堡的死讯引来了一声悲叹，但没有显露出明显的惊讶或痛苦。

“弗里达在2022年还是2023年离开了我们。从此，除了偶尔在研讨会上碰面，我就没怎么见过她。”

“离开圣安德鲁医院后她去了哪儿？”

“某家商业公司。她对此语焉不详，我甚至不确定她有没有找好下家。”

“她为什么辞职？”

他耸耸肩。“受够了这儿的条件呗。薪水低，资源有限，官僚作风，还有伦理委员会。有些人能学会适应这一切，有些人做不到。”

“你对她离开后的研究有什么了解？她特别感兴趣的领域是什么？”

“我不知道她后来还做不做研究了。她似乎不再发表论文了，所以我真的不清楚她都在干什么。”

这之后没过多久（速度快得不寻常），上面批准了我调阅她的纳税记录。她从2035年开始以“自由职业的生物科技顾问”为名头自行开业。天晓得这个头衔是什么意思，但它在过去十五年间给她带来了七位数的年收入，至少有上百家公司成为她的收入来源。我打给第一家，发现拨通的是一台自动答录机。时间已经过了七点。我打给圣多明各医院，得知奇美拉依然昏迷不醒，但状态良好；激素混合物已经送达，穆丽尔·比蒂在大学里找到了一名有相关经验的兽医。于是我吞下我的去亢奋药，回家去了。

我其实没有彻底平静下来，最确凿的证据是，当我打开前门时，一股挫败感油然而生。这一切都太平淡、太容易了：三把钥匙插进锁眼，再把大拇指按上扫描器，屋里没有任何危险或挑战性的东西。去亢奋药按理说应该在五分钟内见效，但在有些夜晚感觉更像五个小时。

马里恩在看电视，她大声说："你好，丹。"

我站着客厅门口。"好。你今天过得好吗？"她在一家托儿所工作，要我说，这才叫压力巨大的职业。她耸耸肩。"一般般吧。你呢？"

电视屏幕上的画面吸引了我的视线。我咒骂了大约一分钟，骂的主要是某位通信管理员，我知道他应该为此负责，但我没有证据。"我今天过得好吗？你一看就知道了。"电视在播放我的部分头盔日志，就是我在地下室里发现奇美拉的过程。

马里恩说："啊哈，我正要问你认不认识这个警察呢。"

"你知道我明天要做什么吗？会有几千个看过录像的人觉得他们知道内情，然后纷纷打给警察局，我的任务就是整理这些材料。"

"那个可怜的姑娘，她会好起来吗？"

"应该会的。"

电视台播放了穆丽尔·比蒂的推测（依然是我的视角），然后切到两个没名气的专家，他们没完没了地争论嵌合体的细枝末节，而采访者竭尽所能地胡乱引用从希腊神话到《莫罗博士的岛》[1]的各种材料。

我说："我饿了，咱们吃饭吧。"

凌晨一点半，我突然惊醒，颤抖呜咽。马里恩已经醒了，她尽力安慰我。最近，这样的延宕反应把我害得很惨。几个月前我处理

---

① 英国作家H. G. 威尔斯的长篇小说，讲述了疯狂的科学家莫罗利用器官移植、变性手术等实验创造出"兽人"的故事。

了一场特别凶残的伤害案，接下来两个晚上，我一连几个小时心烦意乱，语无伦次。

我们在执勤时处于所谓的“亢奋”状态，用一组混合药物增强各种生理和情绪反应，同时抑制其他反应，提高我们的本能反射能力，让我们保持冷静和理性。据说这样能增进判断能力。（媒体喜欢说药物让我们更具攻击性，但那是胡扯。警局为什么会有意制造更喜欢舞刀弄枪的警察？快速决断和迅捷行动是愚钝野蛮的反义词。）

下班时，我们要“去亢奋”。理论上说，这能让我们变得像是从没使用过亢奋药物。（我不得不承认，这是个模糊的概念。像是从没使用过亢奋药物，也从未在执勤中度过一天？还是说，像是我们看过、也做了相同的事情，但没有亢奋药物帮助我们应对那一切？）

有时候这个跷跷板运行良好，有时候它也会搞砸。

我想向马里恩描述我对奇美拉的感受。我想说一说我的恐惧、嫌恶、怜悯和愤怒。但我能做到的仅仅是发出愠怒的怪声。说不出字词。她一言不发，只是抱紧我，修长的手指凉丝丝地贴着我面部和胸口滚烫的皮肤。

等我终于耗尽力气，进入类似平静的状态，我总算勉强能开口了。我用沙哑的声音说：“你为什么待在我身边？为什么要忍受这一切？”

她转过去背对我，说：“我累了。睡吧。”

十二岁时，我志愿加入警队。我继续接受普通人的教育，但如果想获得现役资格，就必须从这个时候开始注射生长因子，每周末和假期参加训练。（这不是一个不可撤销的义务，以后我也可以选择其他的职业道路，只要在接下来三十年里每周偿还三百块左右政府对我的投资。或者，我也可以当掉心理测试，这样他们就会开除我，我一分钱也不用还。然而，在培养我之前给我做的那些测试往往能淘汰有可能这么做的人。）这是符合逻辑的。与其把招募范围限定在符合特定生理标准的人群之内，还不如根据智力和态度来选择候选人，然后人工培育次要但有用的体形、力量和敏捷性特征。

因此，我们是为了满足职业需要而制造和调试的怪物。我们比不上士兵和职业运动员，更比不上平均水准的街头帮派成员，他们想也不想就会使用会将预期寿命降低三十年的非法生长促进剂。他们不需要武器，只靠狂战士剂和翘速剂（注射这种试剂会对疼痛和绝大多数身体创伤无动于衷，反应速度则提高二十倍）就能在五分钟内杀死人群中的一百人，然后在兴奋期过去和持续两周的副作用开始前逃进安全屋。（某位非常受欢迎的政客建议秘密出售掺有致命杂质的这些药物，但法案尚未通过。）

对，我们是怪物。但要说我们还有什么问题，那就是我们依然太有人性了。

假如有十几万人为了一项调查打电话给警局，想要处理这些来电，办法只有一个。它名叫自动化远程线人分析，简称ARIA。

初步的筛选过程能够识别出明显的恶作剧者和疯子。一个人打电话来，百分之九十的时间里在胡扯飞碟、阴谋论，或要用刀片割开我们的身体，但他永远有可能会随口提到一些相关和真实的东西，然而赋予其证词的权重会低于开门见山直奔要点而去的人，这似乎也完全合情合理。对手势（大约有三成来电者没有关闭视频）

和语言模式做更复杂的分析，据说能筛选出看似理性得体，但实际上患有精神错乱或异常固恋的人。每一个来电者最终会被赋予一个从零到一之间的“可信因子”，没有表现出明显的撒谎或精神疾病迹象的人会被假定在说实话。有时候，评估软件的精妙程度会让我啧啧称奇。其他时候，我会咒骂它是个装神弄鬼的没用废物。

电脑会提取出每一通来电的相关主张（定义较为宽泛），并创建一个频度表，为每一个主张清点相应的来电数量和平均可信因子。不幸的是，不存在一套简单的规则来确定哪些主张最有可能为真。一千个人有可能会认真地重复同一个流传甚广但全无根据的谣言，而一个诚实的证人有可能心神狂乱或生化水平失衡，被电脑不公平地赋予一个低分。总的来说，审核者必须阅读每一个主张，尽管这是个乏味无聊的活儿，但还是比查看每一通来电快几千倍。

001.	奇美拉是一个火星人。	15312	0.37
002.	奇美拉来自UFO。	14106	0.29
003.	奇美拉来自亚特兰蒂斯。	9003	0.24
004.	奇美拉是一个突变体。	8973	0.41
005.	奇美拉是由人类和豹子的性行为交合的产物。	6884	0.13
006.	奇美拉是上帝的征兆。	2654	0.09
007.	奇美拉是反基督者。	2432	0.07
008.	来电者是奇美拉的父亲。	2390	0.12
009.	奇美拉是希腊的一个神祇。	1345	0.10
010.	来电者是奇美拉的母亲。	1156	0.09
011.	当局应该杀了这个奇美拉。	1009	0.19

012. 来电者以前在他住的地方附近见过奇美拉。 988 0.39

013. 奇美拉杀死了弗雷达-麦克伦堡。 945 0.24

014. 来电者打算杀死奇美拉。 903 0.49

015. 来电者杀死了弗里达-麦克伦堡。 830 0.27

（要是实在走投无路，我可以逐一查看第14和15条共计1733通来电。但现在还没到那个地步，我有很多更好的方式来消磨时间。）

016. 奇美拉是由一个外国政府创造的。 724 0.18

017. 奇美拉是生物战的结果。 690 0.14

018. 奇美拉是一只狼豹。 604 0.09

019. 来电者希望与奇美拉发生性关系。 582 0.58

020. 来电者以前见过一幅奇美拉的画。 527 0.89

考虑到来电者肯定展示了不少奇幻和神话动物的画作，这也不足为奇，但就在下一页上：

034. 奇美拉与一幅名为《爱抚》的画作所描绘的生物非常相似。 94 0.92

出于好奇，我调阅了其中的一些来电。最开始的几次通话与电脑输出的摘要没多大区别。然后，一个男人把一本打开的书举到镜头前。光面纸反射的灯泡眩光使这一页上有几块地方看不清楚，而且整本书还有点失焦，但能看见的内容已经足够耐人寻味了。

一只长着女人头部的豹子蹲伏在一个挑高平面的边缘旁。一个瘦削的年轻男人光着上半身，站在较低的地面上，侧身倚着挑高平面，与豹女脸贴脸，豹女的一只前爪按在他的腹部上，别扭地拥抱着他。男人冷冷地直视前方，嘴唇抿紧，给人以颓废的疏离感。豹女闭着眼睛，更准确地说是几乎闭着眼睛，我越是盯着这幅画看，就越是拿不准她的表情——有可能是平静而迷离的满足，也有可能是性爱的高潮。两人的头发都是赤褐色的。

我围绕女人的面部画了个矩形，把它放大到占满屏幕，然后使用平滑功能，让被放大的像素不至于太难看。由于炫光、失焦和有限的分辨率，图像质量一塌糊涂。我顶多只能说，画里这张脸与我在地下室发现的豹女的脸不算是有着天壤之别。

但是，又浏览了几十通来电后，所有的疑虑都烟消云散了。有一名来电者甚至不厌其烦地截取了新闻播报里的一帧画面，然后在充足的光线下拍摄了她手上的那幅画的特写，把两者并排放在她的来电镜头里。从一个视角观察一个表情不足以描绘一张人脸，但相似性过大，所以不可能仅仅是个巧合。由于（正如许多人告诉我的，而我后来自己也去核查过）《爱抚》是比利时象征主义画家费尔南德·赫诺普夫于1896年创作的，这幅画的原型不可能是这个活生生的奇美拉。因此，真实情况必然刚好相反。

我播放了这个主张下的全部94通来电。绝大多数只叙述了有关这幅油画的同样几个简单事实，但有一通来电走得稍微远一些。

来电者是个中年男人，他说他名叫约翰·奥尔德里奇，是个艺术品经销商和业余艺术史学家。在指出两者的相似性之后，他大致聊了聊赫诺普夫的生平和《爱抚》这幅画，然后又说："考虑到这个可怜的女人看上去那么像赫诺普夫的斯芬克斯，我不知道你有没有考虑过林德奎斯特主义的支持者参与其中的可能性？”他的脸微微一红，“也许有点牵强，但我觉得还是应该提一句。”

于是我调出《不列颠百科全书》的在线版，说：“林德奎斯特主义。”

安德里亚斯·林德奎斯特，生于1961，卒于2030年，是一名瑞士行为艺术家，作为一个制药业巨型帝国的继承人，他在财产方面拥有明显的优势。在2011年之前，他做了五花八门的各种生物艺术行为，从最初通过电脑处理生理信号（心电图、脑电图、皮肤电导率、免疫电探针持续监测的荷尔蒙水平）产生声音和图像，到让医生在座无虚席的礼堂中央的无菌透明茧室里给他做外科手术，一次手术是交换左右眼的眼角膜，另一次是把它们换回来（他宣布过要搞一个更具野心的版本：切除他身体内的每一个器官，然后翻个面重新植入。可惜他没能找到一个认为这在解剖学上有可行性的外科医生团队）。

2011年，他产生了新的痴迷方向。他把经典名画的幻灯片投在银幕上，但涂黑了画面中的角色，让模特扮上相应的服饰和妆容后，在银幕前摆出各种姿势，填补画面中的空缺。

为什么？用他自己的原话（也许经过了翻译）说：

> 伟大的艺术家让我们窥见了一个分离的、超验的、永恒的世界。那个世界存在吗？我们能前往那里吗？不能！我们必须强迫它出现在我们身边！我们必须捡起这些零星窥见的片段，把它们变成切实和可感知的事物，让它们活

过来，在我们之间呼吸和行走，我们必须把艺术引入现实，从而将我们的世界改造成艺术家视野中的世界。

不知道ARIA对此会有什么看法。

接下来的十年里，他不再投影幻灯片，而是雇用电影布景设计师和地貌景观建筑师，以三维方式重建他选中的画作的背景。他不再用化妆来改变模特的外形，当他发现他不可能找到与画中人一模一样的模特时，他转而雇用愿意在足够报酬的鼓励下接受整容手术的那些人。

他并没有彻底失去对生物学的兴趣。2021年，在他六十岁生日那天，他在颅骨里植入了两根管子，于是他能够不间断地监测和精确改变脑室液体里的神经化学成分。在这以后，他的要求变得愈加严格。他禁止使用电影布景中的“欺骗”技巧，房屋、教堂、湖畔甚至山峰，只要在画作的一个角落里出现一丁点儿，就必须被“真实再现”，不但必须存在，而且在所有细节上都必须1∶1完整还原。房屋、教堂和湖泊需要人工建造，山峰则由他亲自寻找——但为了改造颜色与质地，他移植或破坏了数千公顷的植被。他的模特需要在“真实化”之前和之后的几个月时间里，按照林德奎斯特根据他对画中“人物”诠释设计的复杂规则与剧情，严格地“过他们角色的生活”。这个方面对他来说变得越来越重要：

对外观（尽管是三维的，但我依然称之为“表面”）的精确真实化仅仅是最初步的一个起点。主题之间和主题与其环境之间的关系网，构成了我之后这一代人的真正挑战。

刚开始我很惊讶，因为我居然从没听说过这么一个狂人，他的虚掷千金肯定让他背上了某种恶名。不过话说回来，世界上有几百万个脑子不正常的家伙，其中极度富有的怎么说都有几千个——林德奎斯特于2030年死于心脏病发作时，我只有五岁，他把财富留给了九岁的儿子。

至于他的信徒，《不列颠百科全书》列出了散居于东欧各处的六七个人，他在东欧似乎得到了最大的尊重。他们似乎彻底无视了他的过度奢侈，用大量美学理论来论证使用彩绘三合板和戴风格化面具的哑剧演员的合理性。事实上，大多数人仅仅止步于此——只提供理论，甚至懒得去碰三合板和哑剧演员。我无法想象他们中的任何人有钱或有意愿去支持数千公里外的胚胎学研究。

由于版权法的晦涩规定，视觉艺术作品很少出现在向公众开放的数据库里，因此我趁着午餐时间出去买了一本关于象征主义画家的书，书里有一张《爱抚》的铜版彩图。我（非法）复制了十几张，放大到各种尺寸。说来奇怪，我觉得在每一张复制品里，斯芬克斯（按照奥尔德里奇的叫法）的表情都微妙地有所不同。她的嘴唇和眼睛（一只完全闭着，另一只张开了无限小的一条缝）虽然不能说确切地勾勒出一个笑容，但在某几张放大的复制品里，从某些特定的角度看，面颊的明暗对比似乎暗示她在微笑。

年轻男人的面容也在改变，从隐约不安到略显厌烦，从坚定到放浪，从尊贵到颓废。两人的面容似乎都位于明确的情绪区域之间那复杂而不确定的边界上，观看条件的细微改变就足以迫使欣赏者做出完全不同的重新解释。假如这就是赫诺普夫的意图，那么他的成就无疑非常了不起。不过，这幅画也给我带来了巨大的挫折感。

书里的简评毫无用处，它盛赞这幅画拥有“完美平衡的构图和令人愉悦的主题模糊性”，并提示读者注意豹女头部“反常地以画家的妹妹为模特，而他一直迷恋于她的美貌”。

我一时间不确定该不该、该如何朝这个方向继续调查，于是在办公桌前坐了几分钟，思考（但不打算去验证）画里豹女身上的每一个斑点是否都得到了真实再现。在我放下《爱抚》并回归更常规的调查路线之前，我想做点实打实的事情，让调查运转起来。

于是我又放大复制了一张画，这次用复印机的编辑功能以黑色背景盖住画面，只露出男人的头部和肩膀。我拿着成品走进通信室，把它递给斯蒂夫·伯贝克（我知道就是他把我的头盔日志泄露给了媒体）。

我说：“放出这个人的警讯，通缉他来接受讯问，理由是他与麦克伦堡谋杀案有关联。”

我在ARIA的输出结果里没找到其他值得关注的内容，于是捡起前一天晚上的工作，继续给使用过弗里达·麦克伦堡服务的公司打电话。

她做的工作与胚胎学没有直接联系。各家公司似乎在十几个不同领域中因为各不相同、互不相关的问题向她寻求建议和帮助——组织培养、逆转录病毒作为基因治疗载体的使用、细胞膜电化学、蛋白质纯化，还有我连单词都看不懂的另外一些领域。

“麦克伦堡解决了这个问题吗？”

“绝对的。她知道一个完美的办法，能够绕过阻挡了我们几个月的绊脚石。”

“你们是怎么找到她的？”

“有个顾问的登记表，按专业做过索引。”

确实如此。她出现在登记表里的五十九个不同地方。要么她不知怎的了解所有这些领域的底层细节，比全职投身其中的许多科学家都厉害；要么她能接触到世界级的专家，是他们通过她的嘴巴说出了正确答案。

她的赞助人以此资助她的研究工作？给她的报酬不是金钱，而是她可以用她自己名义出售的专业知识？谁手下会有这么多生物科学家供其驱使呢？

林德奎斯特帝国？

（远离《爱抚》也就仅止于此了。）

她的电话账单里没有长途电话，但这什么也说明不了。林德奎斯特公司在当地的分部肯定有自己的独立国际通讯网。

我在《名人录》里检索林德奎斯特的儿子古斯塔夫。条目非常简略。他由代孕母亲所生，卵子由匿名者捐献；接受家庭教师的教育；二十九岁时尚未结婚；避世隐居；似乎沉浸在对商业的兴趣之中。里面只字未提他在艺术方面的爱好，但没人会对《名人录》推心置腹。

初步的尸检报告送到了，没什么特别有用的东西。没有长时间搏斗的证据：没有瘀青，麦克伦堡的指甲缝里没有皮肤或血液。她显然被打了个措手不及。割开喉咙的是一把锋利如剃刀的细长刀具，而且只用力割了一刀。

在屋子里发现的毛发和皮屑中，除了麦克伦堡本人和奇美拉，还发现了五个基因型。精准地确定时间是不可能的，但五者的脱离时间分布都很广，这意味着他们都是常来做客的朋友，而不是陌生人。五个人都在某个时间进过厨房，只有麦克伦堡和奇美拉在地下室出现过，其频度无法用证据漂移和他人携带来解释，而奇美拉似乎极少离开她的专用房间。一名男性在屋子除地下室外的大部分地方出现过，其中包括卧室，但不包括床——至少从上次换床单之后没上过床。这些证据不太可能与谋杀案有关。最优秀的刺客要么根本不留下生物痕迹，要么会蓄意留下其他人的基因素材。

面谈报告没过多久也送来了，对案情的帮助更小。麦克伦堡最近的亲属是一名表亲，她从不联系此人，此人对死者的了解甚至还不如我。她的邻居都过于尊重隐私，不知道或不在乎她都和什么人来往，也没人承认在她遇害那天注意到任何不寻常的动静。

我坐在那儿，凝视着《爱抚》。

一个非常富有的疯子（也许和林德奎斯特有关，也许没有）委托弗里达·麦克伦堡，按照这幅画里的斯芬克斯创造了奇美拉。但是，谁会想要杀死麦克伦堡并伪装成一起劫案，同时危及奇美拉的生命但又没有真的动手杀死它呢？

电话响了，是穆丽尔。奇美拉醒了。

守在病房外的两名执勤警员忙得不可开交，还有一个带刀的精神变态，两个伪装成医生的摄影师，以及一个拎着邮购来的驱魔工具的偏执狂。新闻报道里没有提到医院的名字，但符合逻辑的候选对象只有十来个，而医务人员既不会宣誓守秘，对贿赂的效能也没有免疫力。再过一两天，奇美拉所在的位置就会变得众所周知。要是到时候事态还没有平息下来，我就不得不考虑安排她住进监狱医务室或军队医院了。

“你救了我的命。”

奇美拉的声音低沉而平静，说话时直视我的眼睛。我以为她第一次身处于陌生人之中，也许会羞怯得让人痛苦。她侧身蜷缩在床上，没有盖被子，头部搁在一个干净的白色枕头上。她的气味很明显，但并不难闻。她的尾巴和我的手腕一样粗，比我的胳膊还要长，从床沿垂下来，片刻不停地晃动。

“是比蒂医生救了你的命。”穆丽尔站在床脚前，隔一会儿就扫一眼写字板上的一张白纸，“我想问你一些问题。”奇美拉没有回答，但眼睛依然盯着我。我问：“能告诉我你叫什么吗？”

“凯瑟琳。”

“只有凯瑟琳？没有姓？”

“没有。”

“凯瑟琳，你多少岁？”无论是否亢奋，我都忍不住感到有点眩晕，这是一种超自然的无意义感，因为我在按标准流程盘问一个从19世纪油画里跳出来的斯芬克斯。

“十七岁。”

“你知道弗里达·麦克伦堡已经死了吗？”

“知道。”声音更小了，但依然平静。

“你和她是什么关系？”

她微微皱起眉头，然后说出了一个听起来早有准备但很真诚的答案，就好像她早就料到会有人这么问她了。“她是我的一切。她是我的母亲、导师和朋友。”

悲伤和失落在她脸上一闪而过，就像肌肉的抽搐。

“说说停电的那天你都听见了什么。”

“有人来找弗里达。我听见轿车停下的声音，然后是门铃声。来的是个男人。我听不清他说了什么，但能听见他说话的声音。”

“你以前听到过这个声音吗？”

“我认为没有。”

“他们的语气怎么样？在大喊大叫？在争吵？”

“不。他们听上去很友好。他们谈了一会儿就停下了，上面变得很安静。没过多久就停电了。我听见一辆卡车开过来，然后是许许多多杂乱的声音——脚步声、搬东西声，但不再有人交谈了。两三个人在屋子里走来走去，大约过了半个小时，卡车和轿车一起开走了。我一直在等弗里达下来，告诉我究竟发生了什么。”

我一直在考虑下一个问题该如何措辞，但最终放弃了尽量说得婉转的想法。

“弗里达有没有和你讨论过你为什么和其他人不一样？”

“当然。”她脸上没有一丝痛苦或困窘；恰恰相反，自豪使她容光焕发。有一瞬间，她看上去完全就是画里的豹女，以至于我再次感觉到了眩晕。“是她把我造成这个样子的。她让我变得特殊，让我变得美丽。”

“为什么？”

这个问题似乎让她感到困惑，就好像我是在逗她玩。她当然很特殊，她当然很美丽。这并不需要更进一步的解释。

我听见门外传来闷哼一声，然后是咚的一声撞墙声。我示意穆丽尔卧倒在地，让凯瑟琳保持安静，然后（尽可能不弄出响动来，但不可避免地发出了金属变形的嘎吱声）爬到了门左侧角落里的衣橱顶上。

我们运气很好。门打开了一条缝，进来的不是任何一种手榴弹，而是一只拿着扇形激光枪的手。一面旋转镜反射光束，扫过一个很大的弧度，这把枪的镜子设置为水平一百八十度。它被拿在肩膀的高度，在床以上一米处制造出一个致命平面。那只手刚出现的时候，我很想一脚踹上门，但那样就太冒险了，光束被切断前，枪有可能倾斜乱射。出于同一个原因，我不能等那家伙一走进房间就直接打穿他的脑袋，甚至不能瞄准激光枪本身——它有防护罩，在内部损伤前能承受几秒钟的火力。墙上的涂料被烧黑了，窗帘被切成燃烧的两截。他会在片刻之后降低光束，瞄准凯瑟琳。我照着他的脸狠狠地踢了一脚，他向后倒去，扇形激光投向天花板。我从衣橱上跳下来，用枪对准他的太阳穴。他关掉光束，松手让我拿走武器。他身穿勤杂工的制服，但布料硬得不可思议，里面多半有一层镀铝的石棉防护层（由于光束有可能被反射，在缺少防护的情况下操作扇形激光是不明智的）。

我把他翻过来，按标准方式给他戴上镣铐——手腕和脚腕从背后铐在一起，镣铐的内侧磨得很锋利，以阻止（某些人）挣断铁链的企图。我对着他的面门喷了几秒钟镇静剂，看起来镇静剂起效了，但我翻开他的一侧眼皮，发现其实并没有。不同的警察会使用示踪效果略有区别的镇静剂；我常用的镇静剂会把眼白变成蓝色。他的皮肤上肯定有隔离涂层。我准备给他做静脉注射，他朝我转动头部，张开嘴。一把小刀从他舌头底下飞出来，呼啸而过时划伤了我的耳朵。我没见过这样的阵势。我掰开他的下巴，仔细看了一眼，发射装置用电线和销子固定在牙齿上，装置上还有一把小刀。

我又用枪抵住他的脑袋，建议他对着地面发射小刀。然后我朝他脸上揍了一拳，开始寻找容易下针的静脉。

他短促地惨叫一声，开始呕吐热气腾腾的血液。也许是他本人的选择，但更有可能是雇主决定及时止损。尸体开始冒烟，于是我把它拖到了外面走廊上。

守门的两名警官都失去了知觉，但没死。这是个实用主义的问题，比起杀人，用化学手段弄昏对方通常响动更小且更不麻烦，对袭击者而言，风险也更小。另外，众所周知，警察遇害在调查中通常会激发额外的动力，因此值得费点儿力气去避免杀死警察。我打电话给我在毒理学方面的熟人，请他来看看他们，然后用无线电呼叫人来换岗。把凯瑟琳转移到更安全的地点至少需要二十四小时来调度。

凯瑟琳吓得歇斯底里，穆丽尔本人也惊魂未定，她坚持要给凯瑟琳注射镇静剂并结束这次访谈。

穆丽尔说："我读到过这种事儿，但从没亲眼见过。那是个什么感觉？"

"什么？"

她紧张地哈哈一笑。她在颤抖，我抓住她的肩膀，等待她稍微平静一点儿。"就像刚才那样。"她的牙齿在打架，"有人想杀死我们所有人，但你表现得像是没发生任何特别的事情。你就像漫画书里走出来的角色。那是个什么感觉？"

我自己也笑了。对于这个问题，我们有个标准答案。

"根本没有任何感觉。"

马里恩躺在我身旁，头枕着我的胸口。她闭着眼睛，但没有睡着。我知道她还在听我说话。每当我胡言乱语的时候，她总是以一种特定的方式绷紧身体。

“怎么会有人这么做？怎么会有人坐在那儿，冷血地策划创造一个不可能过上正常生活的畸形人？全都是因为某处有个疯狂的‘艺术家’，想让一个死掉的亿万富翁的疯狂理论存活下去。妈的，他们以为人类是什么？雕塑吗？他们可以随便摆布的东西吗？”

我想睡觉，时间很晚了，但我没法儿闭嘴。在我说到这个话题前，我甚至没有意识到我有多么愤怒，但随后，我的厌恶感随着我吐出的每一个字而变得愈加强烈。

一小时后，我们试图做爱，但我依然情绪低落。是因为我的心情吗？因为我正在办的案子？还是亢奋药物的副作用？使用了这么多年，突然就有副作用了？一直有传闻和笑话说这些药物能导致你想象得到的一切病症：不育、婴儿畸形、癌症、精神错乱，但我从来没相信过。工会肯定会发现，闹得天下大乱；警察局不可能逃脱责任。搞得我心烦意乱的是这个奇美拉的案子，只可能是它。于是我说了起来。

“而最糟糕的一点是，她甚至不理解别人对她做了什么。她从生下来就是听着谎言长大的。麦克伦堡说她很美丽，她相信了麦克伦堡的胡话，因为她什么都不知道。”

马里恩稍微动了动，叹息道：“她会怎么样？她出院后该怎么生活？”

“我不知道。我猜她可以把她的故事卖个好价钱，足够雇人照顾她到死了。”我闭上眼睛，“对不起。大半夜不让你睡觉，这样不公平。”

我听见微弱的嗞嗞声，马里恩的身体突然松弛下来。接下来似乎有几秒钟（但不可能有那么久），我在思考我究竟是怎么了，为什么我还没有一跃而起，为什么我甚至没有抬起头扫视黑洞洞的卧室，搞清楚周围究竟有什么人或东西。

然后我意识到喷雾也击中了我，而我失去了活动能力。没有力量是一种巨大的解脱，帮助我坠入无意识的状态。但说来荒谬，我很久没感到这么平静过了。

醒来时我既惊恐又倦怠，不知道自己在哪儿、发生了什么。我睁开眼睛，但什么都看不见。我开始挣扎，试图摸自己的眼睛，我感觉到自己在轻微地漂移，但双臂和双腿都被束缚住了。我强迫自己放松片刻，分析我的感受。我被蒙住了眼睛或者缠着绷带，我悬浮在温暖而浮力大的液体里，呼吸面具盖着我的嘴巴和鼻子。先前虚弱的挣扎耗尽了我的力气，我静静地躺了好一阵，甚至难以集中精神去猜测我的处境。我觉得身体里的每一根骨头都断了——不是因为疼痛，而是一种更微妙的不适，起源于我对我身体构造的陌生感，很别扭，非常不对劲。我想到也许我遭遇了什么事故。火灾？这能够解释我为什么悬浮在液体里，这是个烧伤治疗装置。我说：“有人吗？我醒了。”这是一声痛苦而沙哑的低语。

回答我的是个愉快而平淡的声音，几乎听不出性别，但更趋近男性。我戴着耳机，在我感觉到耳机的震动前，我甚至没有注意到它的存在。

“西格尔先生，你感觉如何？”

"不舒服，很虚弱。我在哪儿？"

"离家很远的地方，我很抱歉。但你的妻子也在这儿。"

直到这时我才想了起来：我曾经躺在床上，无法动弹。那似乎是漫长得不可思议的很久以前了，但我没有近期记忆来填补这段空白。

"我在这儿多久了？马里恩在哪儿？"

"你妻子就在附近。她很安全，过得很舒适。你已经在这儿待了几个星期，但你恢复得很快，用不了多久，你就能准备好接受物理治疗了。所以请放松，耐心等待。"

"恢复？为什么要恢复？"

"西格尔先生，我很抱歉，但为了让你的外表符合我的要求，有必要在你身上做大量的外科手术。你的眼睛，你的面部，你的骨骼结构，你的体形，你的肤色，全都需要切实的改造。"

我默默地悬浮在液体里，《爱抚》里那个冷漠年轻人的面容在黑暗中飘过。我吓得要死，但丧失方向的感觉吸收了这个打击的力量——悬浮在黑暗中，听着一个没有实体的声音，一切都显得不太真实。

"为什么选我？"

"你救了凯瑟琳的命，两次。这正是我想要的那种关系。"

"两次都是安排好的。她从没遇到过真正的危险，对吧？你为什么不去找个本来就长得像的人，然后带着他走一遍过场呢？"我险些在最后加上古斯塔夫的名字，但及时阻止了自己。我确定他最后无论如何都会杀了我，但说出我对他身份的怀疑就等于自杀。当然了，这个声音是电脑合成的。

"你真的救了她，西格尔先生。假如她待在地下室里，没有及时注射激素，她就会死去。而我们派到医院去的刺客也是真的想杀死她。”

我无力地哼了一声：“要是他成功了呢？二十年的心血和数以百万计的投资，就这么冲进下水道了，到时候你会怎么做？”

“西格尔先生，你的世界观过于狭隘了。你生活的小城市不是全世界唯一的城市。你所属的小警队也并非独一无二，但确实只有你们把消息捅给了媒体。我们一开始有十二个奇美拉，三个死于儿童时期，三个在饲育者遇害后没被及时发现，四个在被发现后遇刺身亡，另一个活下来的奇美拉在两个场合被不同的人拯救。另外，她的形态也没有达到弗里达·麦克伦堡在凯瑟琳身上实现的标准。因此，西格尔先生，尽管你并不完美，但你就是我必须改造的对象。”

此后不久，我被转移到一张普通的病床上，裹住面部和身体的绷带也被拆掉了。刚开始，房间完全黑暗，但每天早晨，灯光都会比前一天稍微调亮一点儿。一个戴口罩的理疗师每天来两次，他的声音经过变调处理，帮助我重新学习如何移动身体。房间没有窗户，每时每刻都有六名戴面罩的武装警卫。这样的过度戒备实在有点可笑，除非他们在预防不太可能到来的外部援军。我几乎没法儿走路，一个严厉的老太太就能阻止我逃跑。

他们通过闭路电视给我看过一次马里恩的情况。她坐在一个装饰优雅的房间里看新闻光碟，每隔几秒钟就会紧张地扫视周围一圈。他们不允许我们见面。我很高兴。我不想看到她对我的新外貌的反应，我不愿去处理那么一个情感难题。

随着我逐渐恢复行动能力，惊恐感从我内心深处油然而生，因为我还没想到能帮我们逃出生天的计划。我尝试与警卫交谈，希望能够借着唤起同情或承诺贿赂，最终说服某个警卫帮助我们，但他们自始至终一直只发出单音节的声音，对比索取食物更复杂的要求置之不理。拒绝在“真实化”中与对方合作，这就是我能想到的唯一策略了，但这能维持多久呢？

我不怀疑关押我的人会用折磨马里恩来威胁我，要是连这条路都走不通，他还可以直接用催眠或药物来确保我的服从。事后他会杀死我们所有人：马里恩、我，还有凯瑟琳。

我不知道我们还有多少时间，警卫、理疗师和偶尔来检验作品情况的整容专家对我询问时间安排的问题都置若罔闻。我希望林德奎斯特能再次和我交谈。无论他多么疯狂，他至少愿意和我做双向的交流。我要求和他谈一谈，我尖叫、咆哮，但警卫和他们的面具一样漠然。

我习惯于借助亢奋药物帮我集中精神，现在发现每时每刻都会有形形色色、毫无建设性的念头让我分神，从对于死亡的普通恐惧到我能不能保住工作的无故担忧，还有假如马里恩和我不知怎的活了下来，我们的婚姻还能不能继续下去。几周时间匆匆而过，在这段时间里，我除了绝望和自怨自艾没有任何感受。林德奎斯特剥夺了定义我这个存在的所有东西：我的脸、我的身体、我的工作、我一贯的思维方式。尽管我非常怀念我以前的肉体力量（作为自尊的来源，而不是它本身能派上什么用场），但我异乎寻常地确定，只要我能恢复亢奋状态所必需的神志清朗，我就有可能逃脱他们的掌控。

最后，我开始放纵自己，沉迷于怪诞的浪漫幻想之中：失去我曾经倚重的一切——剥夺了支撑我的非自然生活的生物化学道具——露出来的将会是纯粹的高尚勇气和拼死的足智多谋，能够协助我渡过这个生死难关。我的身份已被摧毁，但赤裸裸的人性火花依然如故，很快就会点燃任何监牢都关不住的熊熊烈火。正所谓无法杀死我的东西将会（很快，真的很快）让我变得强大。

每天清晨的片刻自省都会告诉我，这样的神奇转变尚未发生。我开始绝食，希望能通过减少热量尽快从痛苦的熔炉中重获新生。他们没有强迫我吃东西，甚至没有给我静脉注射，补充营养物质。我太愚蠢了，没能推理出显而易见的结论：真实化的日子近在眼前。

一天上午，他们给我一身衣服，我立刻认出那就是油画里的装扮。我吓得都快呕吐了，但还是换上那身衣服，跟着警卫走出牢房，没有制造任何麻烦。那幅画的背景是室外，这将是我逃跑的唯一机会。

我希望我们需要走一段路，这也许能带来各种各样的可能性，但准备好的地方离关押我的地方只有几百米。灰色的薄云覆盖了整个天空（林德奎斯特就在等待这样的天气，还是连天气也听从他的号令？），光线照得我睁不开眼，三天不吃饭使我前所未有地疲惫、惊恐和虚弱。朝着四面八方望去，荒芜的田野一直延伸到地平线。我无处可逃，也没有人供我呼救。

我看见了凯瑟琳，她已经坐在一块抬升地面的边缘了。一个矮小的男人（好吧，比警卫矮，我已经习惯了他们的身高）站在她旁边，抚弄着她的颈部。她愉快地甩着尾巴，眼睛半睁半闭。这个男人穿着宽松的白色正装，带着有点儿像击剑面罩的白色面具。他看见我走近，举起双臂做出夸张的欢迎姿势。有一瞬间，一个疯狂的念头占据了我的心灵：凯瑟琳能救我们！用她的速度、力量和利爪。

但周围有十二个荷枪实弹的男人，而凯瑟琳显然温顺得像猫咪。

“西格尔先生！你太阴沉了！请高兴一点儿！多么美好的一天啊！”

我停下脚步。我左右两侧的警卫也停下了，没有逼着我继续向前走。

我说：“我不会做的。”

白衣男人宽容地问：“这是为什么呢？”

我瞪着他，身体微微颤抖。我觉得我像个孩子。自从童年结束，我就没这么与别人对峙过——没有亢奋药物让我冷静，没有一伸手就能拿到的武器，没有对自身力量和灵活的绝对自信。“等我们做完你想做的事情，你就会杀死我们所有人。我拒绝得越久，就能活得越久。”

首先回答我的是凯瑟琳。她摇着头，都快笑出声了：“不，丹！安德里亚斯不会伤害我们的！他爱咱们两个人！”

白衣男人走向我。安德里亚斯·林德奎斯特伪造了他的死亡吗？他的步态完全不像一个老人。

“西格尔先生，请冷静一下。我为什么要伤害我创造的事物？我为什么要浪费我本人和其他那么多人许多年的心血？”

我被问住了，气急败坏地说：“你杀了人。你绑架了我们。你违反了一百条法律。”我转向凯瑟琳，几乎吼叫道，“他派人杀了弗里达！”但我觉得说这些话的坏处远远大于好处。

替他伪装声音的电脑淡然一笑：“对，我违反了法律。无论你身上会发生什么，西格尔先生，我都已经违反了法律。你以为等我释放你，我会担心你对我做什么吗？你现在无法伤害我，到时候也一样。你不可能证明我的身份。没错，我检查过你的搜索记录。我知道你怀疑我——”

“我怀疑的是你的儿子。”

“啊哈。一个小小的问题。我更喜欢熟人称我为安德里亚斯，但对于商业伙伴，我就是古斯塔夫·林德奎斯特。你看，这个身体属于我的儿子——假如儿子这个词可以用在克隆身体上的话——但自从他出生后，我就定期采样我的脑组织，并从我的大脑里提取相关的成分，注射进他的颅骨。大脑是无法移植的，西格尔先生，但花费一些精力，就能把大量的记忆和人格强加给一个孩子。我的第一个身体死去时，我冷冻了我的大脑，我继续注射，直到脑组织耗尽。我究竟是不是安德里亚斯，这个问题就交给哲学家和神学家去判断吧。但我清楚地记得尼尔·阿姆斯特朗登上月球时，我坐在拥挤的教室里看黑白电视，那是这具躯体诞生五十二年前的事情。所以，请叫我安德里亚斯，就当是在哄一个老人开心吧。”

他耸耸肩。“面具，变声器——我喜欢一点儿小小的戏剧性色彩。而你们看见和听见的越少，就越不可能给我带来一些小麻烦。但你就别给自己脸上贴金了，你永远不可能给我造成威胁。咱们说话的这几分钟里，我挣到的钱只需要分出一半，就能买通你整个警队里的所有成员。”

“所以请你忘记当烈士的妄想。你会活下去的，而且在你的余生中，你将不只是我的造物，还是我的工具。你会在身体里带着这个瞬间离开，替我走进外面的世界，就像携带着一粒种子，或者某种奇异的美丽病毒，感染和转变你触碰的每一个人和每一件东西。”

他抓住我的手臂，领着我走向凯瑟琳。我没有抵抗。有人在我的右手里塞了一根带翼饰的手杖。他们捏我、戳我、摆布我、调整我，随便折腾我。我几乎没有发觉凯瑟琳的面颊贴上我的面颊，她的手掌放在我的腹部上。我昏沉沉地直视前方，竭力判断我该不该相信自己能活下去，第一缕希望的曙光征服了我，但我过于害怕会失望，因此不敢相信。

附近只有林德奎斯特和他的警卫与助手。我不知道我该盼望什么。身穿晚礼服的观众？他站在十几米外，不时低头扫视画架上那幅画的复制品（说不定就是原作），然后命令手下微调我们的姿态和表情。瞪视前方使我开始流泪，有人跑过来擦干泪水，然后朝我的眼睛里喷了些药物，防止我再次流泪。

林德奎斯特沉默了几分钟。然后他重新开口，用非常柔和的声音说："现在我们要等待阳光的移动，让你们的影子落在正确的位置上。请再耐心等待一小会儿。"

我记不清最后那几秒钟里我究竟是什么感受了。我太疲惫、太困惑、太茫然了。但我记得我在想：我怎么才能知道那个瞬间过去了呢？等林德奎斯特掏出武器把我们烧成灰，把那一刻完美地保存下来？还是说他会取出照相机？他会怎么做呢？

他突然说："谢谢你们。"然后转过身，单独走开了。凯瑟琳站起来，伸个懒腰，亲吻我的面颊，说："很好玩儿，对吧？"一名警卫扶住我的胳膊肘，我这才意识到我一个踉跄险些跌倒。

他甚至没有拍照。我歇斯底里地笑起来，因为我终于确定我能活下来了。他甚至连照片都没有拍一张。我无法判断这是让他变得加倍疯狂，还是完全抵消了他的疯狂。

我不知道凯瑟琳后来怎么样了。也许她留在了林德奎斯特身边，他的财富和离群索居保护她不受外部世界的侵扰，过着她在弗里达·麦克伦堡地下室里一样的生活。区别只是有没有几个仆人和奢华的别墅。

马里恩和我回到家里，一路上不省人事，醒来时已经回到了六个月前的那张床上。房间里到处都是灰尘。她握住我的手，说：“哎，到家了。”我们默默地躺了几个小时，然后出去找东西吃。

第二天我回到警察局。我通过指纹和DNA证明了我的身份，然后原原本本地汇报了发生的一切。

我没有被判定已经死亡。我的薪水照常汇入我的银行户头，按揭贷款也自动扣除。警察局和我达成庭外和解，用七十五万美元解决了我的赔偿要求，我通过整形手术尽可能恢复了我原先的外貌。

我花了两年多时间康复，现在我回到了一线岗位上。麦克伦堡案已经因为缺少证据而被列为悬案。我们三个人的绑架案和凯瑟琳目前的下落即将得到相同的对待；没人怀疑我所叙述的事件经过，但不利于古斯塔夫·林德奎斯特的证据全都是间接的。我接受这个结果。我很高兴。我想抹掉林德奎斯特对我做过的一切，执着于把他绳之以法刚好与我想要的精神状态相反。我不敢妄言我理解了他让我活下来的动机，以及他所谓的我对世界的影响的疯狂念头究竟意味着什么，但我坚定不移地想做回在经历这件事之前的那个我，借此击败他的企图。

马里恩恢复得很好。她有段时间反复做噩梦，但在专门治疗人质和绑架案受害者精神创伤的心理医生的帮助下，她现在又变得和以前一样轻松自在、无忧无虑了。

我时不时地做噩梦。我会在清晨醒来，浑身冒汗，颤抖惊呼，但完全不记得我逃出了什么样的恐怖困境。安德里亚斯·林德奎斯特把脑组织的样本注射进他儿子体内？凯瑟琳幸福地闭上眼睛，感谢我救了她的命，而她的爪子把我的身体挠成血糊糊的肉酱？我被困在《爱抚》里，真实化的瞬间将无情地永远持续下去？有可能；也有可能我只是梦见了我最近在办的案子——这个可能性更大。

一切都恢复了正常。

血亲姐妹

Blood Sisters

我们九岁那年，保拉认为我们应该划破大拇指，让我们的血液流进彼此的血管。

我嗤之以鼻。“费这个事儿干什么？我们本来就流着一样的血。我们是血亲。”

她不为所动。“我知道。这不是重点。重要的是仪式本身。”

午夜时分，借着一根蜡烛的微光，我们在卧室里施行仪式。她用烛火给针头消毒，然后用纸巾蘸着唾沫擦掉烟灰。

我们把黏糊糊的微小伤口贴在一起，吟诵一本三流儿童小说里的可笑誓词，保拉吹灭烛火。就在眼睛还忙着适应黑暗的时候，她又自作主张地低声加了一段：“现在我们会梦见同样的梦境，分享同样的爱人，在同一个小时死去。”

我想愤慨地说“以上都是假的！”，但黑暗和熄灭烛火的气味把抗议憋在了我的喉咙里，而她的誓言没有被推翻。

帕卡德医生说话的时候，我把病理学报告一折二，二折四，执着地想要对齐页边。报告太厚了，我无法折得足够整齐。报告里有我骨髓中增生的畸形淋巴细胞的显微照片，也有引发疾病的病毒的RNA序列的部分打印件，一共有三十二页之多。

相比之下，依然放在我面前桌上的处方却薄得可笑，几乎没有实体。两者完全不相配。上面传统的（难以解读的）多音节草书仅仅是个装饰，药物的名称可靠地加密列在底下的条形码里，药房不可能给我发错误的药物。问题在于，这是能够帮助我的那种药物吗？

“听明白了吗，里斯小姐？还有什么不懂的吗？”

我竭力集中注意力，使劲儿用大拇指按住一条不肯屈服的折痕。她坦白地解释了我的情况，没有使用术语或委婉语，但我依然觉得我漏掉了什么至关重要的细节。她每一句话的开头似乎不是“这种病毒”会如何如何，就是“这种药物”能如何如何。

“有什么我能做的吗？我本人？能……提高治愈率的？”

她犹豫片刻，但时间不长。“不，真的没有。除此之外，你非常健康。请坚持下去。”她从办公桌里面起身，想要打发我离开，而我开始惊恐发作。

“但是，肯定还有什么办法吧？”我攥紧椅子的扶手，像是害怕她会用蛮力把我拉走。也许她误解了我，也许是我没说清楚。“我应该……停止吃某些食物吗？多参加体育运动？多睡觉？我是说，肯定有什么因素能造成改变。无论是什么，我都会照着做的。求求你，告诉我吧——”我的嗓子几乎哑了，我尴尬地转开视线。绝对不能再这么胡言乱语了。绝对不能。

“里斯女士，我非常抱歉。我能理解你的感受，但蒙特卡洛病就是这样的。事实上，你的运气好得出奇，世卫组织的电脑发现全世界有八万人感染了同一个病毒变种。尽管这个市场不足以支持专门研究，但足以说服制药公司在数据库里搜寻有可能成功的药物。事实上，很多人感染的病毒都是独一无二的，他们就只能靠自己了。你想象一下医药业能给他们多少有益的建议吧。”我终于抬起头，发现不耐烦破坏了她脸上的怜悯表情。

我拒绝因为我的不知感恩而觉得羞愧。我确实出了丑，但我依然有资格说话。“这些我全都明白。我只是觉得也许还有什么是我能够做的。你说这种药也许能成功，也许不能。假如我能为抗击这种疾病献出一分力量，我会觉得……”

觉得什么呢？觉得我更像一个活人，而不是一根试管？一个被动的容器，供神奇的药物和怪异的病毒在里面斗个你死我活？

“……更好。”

她点点头。“我知道，但请你相信我，无论你做什么，都不可能有任何区别。你就像平时一样照顾好你自己吧。别得肺炎，别突然增加或减少十公斤体重，别做任何不寻常的事情。曾经暴露在这种病毒之下的人肯定数以百万计，你得病而他们不得病的原因纯粹是遗传性的。能不能治好恐怕也是这样。无论你是开始吃维生素还是不再吃垃圾食品，决定药物对你是否起作用的生物化学作用都不会改变，而我必须提醒你一句，去吃那些所谓的‘奇迹疗法’食谱只会让你生病。卖那些玩意儿的江湖骗子都该进监狱。”

我使劲儿点头表示同意，感觉愤怒使我涨红了脸。欺诈性的治疗方法一直是我最厌恶的东西，尽管现在我终于算是明白了蒙特卡洛病的其他患者为什么会花大价钱去买这些东西：稀奇古怪的食谱、冥想课程、芳香疗法、自我催眠磁带等。兜售这些垃圾的人是那种最恶劣的什么都不信的寄生虫，我一直认为他们的顾客要么是天生容易轻信，要么是绝望得主动放弃了智力，但实际情况没那么简单。当你的生命受到威胁，你当然想殊死一搏——用你的每一分力量、你能借到的每一块钱、你清醒的每一个时刻。一天三次、每次吃一粒药，这实在不够努力——而最懂人性的骗子给你的计划总是足够艰辛（或者足够昂贵），因此患者会觉得他们参与了生死关头所需要的那种斗争。

这一刻共同的愤怒彻底扫清了所有气氛。我们终究是在同一个战壕里的，而我表现得像个孩子。我感谢帕卡德医生抽时间帮我看病，然后拿起处方离开诊所。

但是，在去药房的路上，我发现我更希望她对我撒谎——对我说假如我每天跑十公里，每顿饭生吃海带，我的生存率就会大大增加——但随后我愤怒地回过神来，心想：我真的希望她“为了我好”而欺骗我吗？假如根源是我的DNA，那就是我的DNA好了。无论真相多么难以接受，我都应该希望听到实话——而且我应该感谢医生已经放弃了以前居高临下、颐指气使的作风。

这个世界得知蒙特卡洛计划的时候，我只有十二岁。

一个生物战研究小组（离拉斯韦加斯只有一箭之遥，不过是新墨西哥的拉斯韦加斯，不是内华达的赌城）得出结论：设计病毒实在太辛苦了（尤其是星战小子们永远霸占着超级计算机的时候[①]）。既然已经被时间证明有效的盲目突变和自然选择就是所需要的一

① 会分走算力。

切，为什么要在这些事情上浪费许多博士生花了加起来几百年的时间（事实上，为什么要浪费任何智力）呢？

可想而知，研究速度大大地加快了。

他们开发了一个三组件系统：细菌、病毒和改造过的人类淋巴细胞系。病毒基因组的稳定部分允许它在细菌中繁殖，而其余部分的快速变异是通过破坏转录错误修复酶实现的。淋巴细胞经过改造，极大地提高了有幸感染它们的所有变异株的繁殖成功率，使其超过仅限于利用细菌繁殖的那些变异株。

理论上，他们会复制几万亿份这个系统，就像一排又一排的微型生物发牌机，这些系统在地下实验室默默运作，只等收获大奖的时刻到来。

他们的理论还需要全世界最优秀的隔离设施，以及五百二十个人全都严格遵守正规程序，日复一日，月复一月，没有一瞬间的疏忽、怠惰和健忘。显而易见，他们甚至没去计算如此愿景实现的可能性。

那种细菌按理说无法在人工创造的实验室条件之外存活，但病毒的一个变异株帮了细菌一把，填补了被剪除的基因，从而使细菌不再脆弱。

管理人员浪费了太多时间使用各种无效的化学药剂，最后才硬下心肠来夷平实验室所在的地点。然而到了那个时候，风已经让人类的一切行动都变得无关紧要了——除非熔化五六个州，然而在选举年，这不是一个可行的方案。

最初的传闻称全人类将在一周内灭亡。我清楚地记得当时的混乱、劫掠和自杀（通过电视屏幕上的二手资料。我们所在的居住区相对而言还算平静——说是麻木也行）。世界各地纷纷宣布进入紧急状态。飞机被机场拒之门外，早在泄漏前几个月就离开母港的船只在码头被烧毁。为了保护公共秩序和大众健康，所有国家都匆忙颁布了严苛的法律。

保拉和我停课在家待了一个月。我提出教她写程序，她不感兴趣。她想去游泳，但海滩和游泳池全都关闭了。就在那年夏天，我终于成功地黑进了五角大楼的一台电脑，尽管仅仅是办公用品采购系统，但得到了保拉应有的崇敬（另外，我俩都没想到回形针有可能那么值钱）。

我们并不相信我们会死——至少不会在一周之内全都死掉——而我们猜对了。歇斯底里平息之后，人们很快发现逃逸的仅仅是病毒和细菌，如果没有经过改造的淋巴细胞对选择过程进行微调，病毒已经从最初致死的毒株中变异出来了。

然而，这对愉快共生的小家伙如今在世界各地到处都是，没完没了地搞出新的变异株。这些变异株中只有一小部分能够感染人类，也只对被感染者里的一小部分人来说是致命疾病。

每年只有百人左右。

回家的列车上，无论我朝哪个方向转，阳光都似乎直射我的眼睛——不知道为什么，车厢里的每一个表面都在反射阳光。强光使我一整个下午越来越严重的头痛变得不堪忍受，于是我抬起手臂遮住眼睛，低着头面对地板。我的另一只手紧紧攥着一个棕色纸袋，里面是一小瓶红黑两色的胶囊，这种药也许能拯救我的生命，也许不能。

癌症。病毒性白血病。我从口袋里掏出揉皱的病理学报告，从头到尾又翻了一遍。最后一页没有神奇地变成大团圆结局，肿瘤学专家系统没有宣称百分之百能够治愈。最后一页只是所有检测的账单，两万七千块。

回到家里，我站着那儿，盯着我的工作台。

两个月前，一次例行的季度体检（我的医保公司要求的，他们永远想扔掉不挣钱的病人）揭示了疾病的初期迹象，我向自己发誓说我会继续工作，继续过我的生活，就好像什么都没发生过。沉迷于借钱狂欢、环球旅行或某种自毁胡闹对我来说没有任何吸引力。这种临终冲动相当于承认失败。我要用环球旅行来庆祝病愈，而不是他妈的得病。

签了合同的工作堆积如山，而病理学检验的账单已经开始计息。尽管我需要分散注意力，也需要挣钱，但我还是呆呆地坐了三个小时，除了思考命运什么都没做。与散落于世界各地的八万个陌生人同呼吸共命运，这并不是什么了不起的安慰。

然后我突然想到了——保拉。既然遗传学原因使我易感，那么她也一样。

作为同卵双胞胎，我们在各过各的生活这方面做得还不赖。她十六岁离家，游历非洲中部，拍摄野生动物，冒着更大的风险拍摄盗猎。然后她去亚马孙，卷入了当地的地权斗争。在此之后，情况就有点模糊了。她总想告诉我她的最新历险，但她行动得太快，我迟缓的内心印象实在跟不上。

我从没离开过这个国家，我甚至十来年没搬过家了。

她只是偶尔回家，而且总是在来往不同大陆的途中，但我们通过电子手段，在环境允许的情况下（她在玻利维亚的监狱里被收走了卫星电话）保持联系。

跨国电信公司都提供一种昂贵的服务，尽管你事先不知道要联络的对象位于哪个国家，你依然可以与对方通话联系。广告说这个任务困难得不可思议；但事实上，每一部卫星电话的位置都记录在一个中央数据库里，这个数据库从所有区域性的卫星汇集信息，从而持续更新。由于我凑巧“获得”了查询那个数据库的访问代码，我可以直接打电话给保拉——无论她在哪儿都一样，不需要支付可笑的附加费用。这更像是一种怀旧行为，而不仅仅是吝啬；这点儿微不足道的黑客行径是个象征性的姿态，证明尽管我即将步入中年，但还没堕落得守法、保守和无趣。

我早就把整个过程自动化了。数据库说她在加蓬，程序计算了当地时间，判断22:23还是个文明人会打电话的时间，于是打了过去。几秒钟后，她出现在了屏幕上。

“凯伦！你还好吗？你看上去糟透了。我以为你上周会打给我的——发生什么了？”

图像非常清晰，音频干净而不失真（非洲中部有可能缺少光纤线路，但地球同步卫星就在头顶上）。我第一眼看见她，就确定她没有感染病毒。她说得对，我看上去像个活死人，而她一如既往地活力四射。她在户外度过了半生，所以她的皮肤比我的衰老得快，但她身上永远笼罩着能量和果决的光环，足以弥补损失。

她离镜头很近，因此我看不清背景，但似乎是个玻璃纤维搭的小屋，点着两盏防风暴灯，比普通帐篷高一个档次。

“对不起，我刚才没看位置。加蓬？你不是在厄瓜多尔吗？”

“对，但我认识了穆罕默德。他是植物学家，来自印度尼西亚。

说起来，我们是在波哥大遇见的，他正要去墨西哥参加研讨会——”

“但是——”

“为什么来加蓬？因为这是他的下一站。这儿有一种真菌在侵袭作物，我忍不住要跟来看看……”

我不明所以地点点头，听了十分钟曲折的剧情，但没怎么用心。三个月后，这一切都会变成上古史。保拉以自由职业的大众科学记者身份谋生，在全世界跑来跑去，为杂志撰写文章，为电视节目写脚本，介绍最新的生态灾难。实话实说，我非常怀疑这种过度简化的生态胡话对这颗星球能有什么好处，但她确实过得非常快乐，为此我很羡慕她。我不可能过她那种生活——在任何意义上，她都不是我“有可能会成为”的那种女人——然而尽管如此，有时候在她眼睛里看见我十几年来都没体验过的纯粹兴奋，我还是会觉得心里一痛。

她滔滔不绝的时候，我在忙着胡思乱想。她突然问我：“凯伦？你到底要不要说出了什么事？”

我犹豫片刻。我本来不打算告诉任何人的，甚至是她。现在我打给她的理由也显得很荒谬了——她不可能得白血病，那是无法想象的。然后，我甚至没有意识到我做了决定，就不由自主地开始用沉闷而单调的声音讲述这一切。我以奇异的疏离感看着她的表情发生改变：震惊、同情、突如其来的恐惧，因为她意识到了（换我是她，不可能这么快）我的困境对她来说代表着什么。

接下来的事情比我想象中还要尴尬和痛苦。她对我的关心当然是真诚的，但假如她对自身处境的担忧没有立刻开始侵扰她，那她就不是凡人了，而知道这一点之后，无论她怎么大呼小叫，看上去都是那么做作和虚假。

“你找到好医生了吗，你能信任的医生？”

我点点头。

“有人照顾你吗？要我回来吗？”

我生气地摇摇头。“不用，我没事。有人照顾我，我正在接受治疗。但你必须尽快去做检查。”我瞪着她，气不打一处来。我不再认为她有可能感染病毒，但我想强调我打给她是为了警告她，而不是博取同情——不知道是怎么做到的，但她终于醒悟了。她轻声说：“我今天就去做检查。我会直接去城里。可以了吧？”

我点点头。我觉得非常疲惫，但松了一口气。我和她之间的尴尬一时间全都化解了。

“能记得把结果告诉我吗？”

她翻个白眼。“当然能了。”

我又点点头。“那就好。”

“凯伦，当心身体。保重。”

“我会的，你也是。”我按下退出。

半小时后，我吃了第一粒胶囊，上床躺下。几分钟后，一股苦味钻进我的喉咙。

告诉保拉是必要的，告诉马丁则是发疯。我认识他才六个月，但我早该猜到他会是个什么反应了。

“搬到我这儿来。我会照顾你的。”

“我不需要被照顾。”

他犹豫了一下，但只是一瞬间。“嫁给我。”

“嫁给你？为什么？你觉得我非要在死前结个婚吗？”

他怒目而视。“别这么说话。我爱你，你还不明白吗？”

我大笑：“我不介意被人可怜，尽管大家都说这样很丢人，但我觉得这是个非常正常的反应，可我不想一天二十四小时都生活在怜悯里。”我亲吻他，但他还是瞪着我。至少我在做爱后才把坏消息告诉他，否则他肯定会把我当作一个瓷娃娃。

他转过来面对我。“你为什么对自己这么苛刻？你想证明什么？证明你是超人？你不需要任何人？”

“听我说。你从一开始就知道我需要独立和隐私。你想要我说什么？说我很害怕？好的，我确实很害怕，但我还是原来的我，我还是需要那些东西。”我抬起一只手抚摩他的胸部，尽可能轻柔地说，“所以谢谢你的好意，但还是算了吧。”

“我对你来说并不重要，对吧？”

我呻吟一声，拿过枕头盖在脸上。我心想：等你准备好了再来一发，再叫醒我吧。这回答了你的问题吗？但我没说出口。

一周后，保拉打电话给我。她也感染了病毒。她的白细胞读数在上升，红细胞在下降——她念出的数字正是我一个月前的数字，医生甚至给她开了相同的药。这并不值得吃惊，但我产生了一种难过的逼仄感觉，因为我想到了其中的含义：我们要么一起活下来，要么一起死去。

接下来的一段时间里，这个念头开始让我着魔，就像巫毒，像童话里的诅咒——我们成为“血亲”的那天夜里她念叨的那句话居然成真了。我们从没梦到过相同的梦境，当然也没爱过相同的男人，但现在……就好像我们受到了惩罚，因为我们不够尊重把我们束缚在一起的奇异力量。

半个我知道这是胡说八道。把我们束缚在一起的奇异力量！这是心灵的噪声，是压力的产物，仅此而已。然而，真相同样令人压抑：尽管我们相距几千公里，但生物化学机制正在用相同的裁决碾碎我们，因为我们无视两人相同的基因，各自打造了不同的生活。

我想利用工作忘记一切。我在一定程度上做到了——假如一天十八个小时坐在电脑终端前那种灰蒙蒙的恍惚状态也能称为成功。

我开始避开马丁，他像小狗似的关怀实在让我不堪忍受。也许他的意图是好的，但我真的没有精力反复为我自己向他辩解。说来奇怪，与此同时，我也极其怀念我和他的争吵；抵抗他过度的母爱至少让我觉得自己很强大，哪怕只是与他期待我会表现出的绝望形成对比也好。

刚开始我每周打电话给保拉，但后来逐渐少了。我们本该是理想的知心朋友——实际上，这句话不可能更真实了。我们的交谈是多余的，我们早就知道对方在想什么，因为我们实在太熟悉彼此了。我和她之间不会有卸下负担的解脱感，只会有单调得令人窒息的熟悉感。我们都竭力假装比对方更加乐观，但这是一种透明得令人沮丧的努力。最后，我心想，等我有了好消息（假如有那么一天的话），我会打电话给她，在此之前，再打电话有什么意义呢？显而易见，她得出了相同的结论。

整个童年我们都被迫一起度过。我猜我们是爱着彼此的，但是……我们上学永远在同一个班级里，买同样的衣服，得到相同的圣诞节和生日礼物——而且我们永远同时生病，有着同样的症状，出于同样的原因。

她离开家的时候，我很羡慕她。有段时间我孤独得无以复加，但我突然感觉到了喜悦和自由，因为我知道我并不真的想随她而去，从那一刻起我就明白了，我们的人生道路只会相隔越来越远。

现在回头再看，这一切都是我的幻觉。我们会同生共死，打破这一约束的所有努力都将是徒劳。

开始接受治疗后大约四个月，我的血细胞计数开始转好。我前所未有地害怕我的希望会突然破灭，我每时每刻都在竭力克制自己，以免我提前乐观起来。我不敢打电话给保拉，在我心中，最可怕的事情莫过于误导她以为我们有可能痊愈，然后再被现实当头浇上一盆冷水。甚至当帕卡德医生审慎地（甚至不情愿地）承认情况正在好转时，我也告诫自己，她有可能放弃了她毫不动摇的诚实策略，决定用谎言来宽慰我。

一天清晨我醒来时，一方面还没有完全相信我已经痊愈，另一方面也受够了用担心会失望的阴霾淹没自己。假如我想要百分之百的确定答案，我这辈子都会过得凄凄惨惨；复发永远有可能发生，或者又冒出来一种全新的病毒。

那是个暗沉沉的冰冷早晨，外面大雨如注，但就在我颤抖着从床上爬起来的时候，我觉得自从得病以来，我从没这么高兴过。

工作电脑的信箱里有一封邮件，上面标着“保密”。我花了三十秒才想起我需要的密码，与此同时，我颤抖得越来越厉害了。

发信人是利伯维尔人民医院的行政主任，为我姐妹的去世向我表示他或她的哀悼，同时就尸体的处置事宜询问我的意见。

我不知道我刚开始是什么感觉。不敢相信、负罪感、困惑、恐惧，我离康复只有一步之遥了，她怎么可能死去？她怎么可能连个招呼都不打就死了呢？我怎么可能让她独自死去？我从电脑终端前走开，靠着冰冷的砖墙跌坐下去。

最可怕的是，我突然明白了她为什么不和我联络。她肯定以为我也快要死了，而我们两人最恐惧的事就是一起死去。无论我们过着多么不同的生活，我们都会同时死去，就好像我们是一个人。

药物怎么可能对我有效而对她无效呢？药物对我真的有效吗？偏执妄想一时间控制了我，我怀疑医院是不是伪造了我的检验结果，而我其实已经濒临死亡。但这么想当然很荒唐。

那么，保拉为什么会死呢？可能正确的答案只有一个。她应该回家的——我应该逼着她回家的。我怎么能让她留在那儿，一个第三世界的热带国家，让病毒削弱她的免疫系统？她住在玻璃纤维的小屋里，卫生条件不够理想，很可能还营养不良。我该汇钱给她，该买机票给她，该直接飞过去拖着她回家。

但我没有，我拒她于千里之外。我害怕我们会一起死去，害怕相同性带给我们的诅咒，是我让她独自死去的。

我想哭，但不知为何哭不出来。我坐在厨房里抽噎，但流不出眼泪。我是垃圾，是我的迷信和怯懦害死了她。我不配活下去。

接下来的两个星期，我忙着和死在异国他乡所造成的法律和行政难题搏斗。保拉在遗嘱里要求火化，但没说在哪儿火化，于是我安排把她的遗体和财物空运回国。没什么人来参加她的葬礼，我们的父母十几年前在车祸中去世了，尽管保拉的朋友遍及五湖四海，但愿意飞来送她一程的人寥寥无几。

但马丁来了。他搂住我，我扭头对他气呼呼地说："你都不认识她，你来这儿干什么？"他瞪着我看了两秒钟，既受伤又困惑，然后一言不发地走了。

帕卡德医生宣布我完全康复时，我实在做不到假装喜出望外，我没有欢呼雀跃显然让她大惑不解。我可以把保拉的事情告诉她，但我不想被灌一耳朵的陈词滥调，例如我因为活下来而感到愧疚是不合逻辑的反应。

她死了，我却一天比一天健康。负罪感和抑郁时常让我难过，但更多的时候仅仅感到麻木。故事按理说到这儿就应该结束了。

按照她在遗嘱里的指示，我把她的大多数物品（笔记本、光盘、录音带和录像带）交给了她的经纪人，由其转交给相应的编辑和制作人，其中有些材料或许还能派上用场。剩下的只有衣物、少量首饰、少量化妆品和其他屈指可数的零碎东西，其中有一小瓶红黑两色的胶囊。

我不知道我为什么会倒出一粒胶囊吃了下去。我自己的药还剩下五六粒，我问帕卡德我该不该干脆吃完，她耸耸肩说反正不会有坏处。

没有余味。每次我吞下我的胶囊时，几分钟后总会尝到一股苦涩的余味。

我拧开一粒胶囊，倒了点儿白色的粉末在我的舌头上。完全没有任何味道。我跑过去拿起我的那瓶药，以相同方式尝了一粒：苦得可怕，我的眼泪都流了出来。

我非常努力地克制住自己，没有立刻得出任何结论。我很清楚药物常常和惰性成分混合在一起，而且未必每次都是相同的惰性成分——但为什么要为此使用特别苦的某种物质呢？不，苦味必然来自药物本身。两个药瓶上印着相同的制造商名称和徽标；同样的品牌名，同样的通用名，有效成分的正式化学名称也一样；同样的产品编码，连最后一位数都一样。只有批次号不一样。

首先想到的第一个解释是腐败。尽管我不记得细节了，但我肯定读到过几十个案例，说的都是发展中国家医保体系中的职员挪用药物在黑市上倒卖。想要掩盖这样的盗窃行径，最好的办法无疑是用其他东西替代被偷走的药物，如某种廉价、无害又彻底无用的东西。明胶胶囊上只印着制造商的徽标，由于一家公司有可能在生产上千种不同的药物，找一种大小和颜色都相同但便宜得多的药物来偷梁换柱，应该不会太困难。

我不知道该怎么证明我的推论。一个遥远国度的无名官僚有可能害死了我的姐妹，但别说把他们绳之以法了，光是想搞清楚他们是谁都不太可能。另外，就算我掌握了真正的致命证据，我又能指望什么结果呢？一个外交官发给另一个外交官的措辞温和的抗议？

我找实验室分析了保拉的一粒胶囊，花了相当大的一笔钱，但我反正已经负债累累，所以完全不在乎。

胶囊里装满了可溶性无机化合物的混合物。没有药瓶标签上所述物质的痕迹，甚至没有任何具备最微弱的生物活性的东西。这不是随手拿来替换真正药物的廉价药物。

这是一种安慰剂。

我拿着打印结果，呆呆地站了几分钟，试图消化其中的含义。我能理解纯粹的贪婪，但这里有一种缺乏人性的彻底冷漠，我无论如何也无法强迫自己吞下去。肯定有人犯了个诚实的错误，没人能做到这么冷酷无情。

但帕卡德的话再次浮现在了我的脑海里：“就像你平时那样过你

的日子，别做任何不寻常的事情。”

天哪，不，医生。我当然不会了，医生。我怎么可能去用任何不相干、不受控的混乱因素干扰试验呢？

我联系了一名全国最优秀的调查记者，约她在城区边缘的一家小咖啡馆见面。

我开车去那儿，惊恐、愤怒、得意在内心翻涌。我以为自己挖出了十年来最大的丑闻，以为我怀抱一个爆炸性的大新闻，以为我是梅丽尔·斯特里普在扮演凯伦·丝克伍[①]。报复的甘美念头使我头晕目眩。我要杀得人头滚滚。

路上没人试图把我撞出路面。咖啡馆里没几个人，侍者甚至懒得听我们点单，更别说偷听我们交谈了。

这位记者非常和善，她冷静地向我解释人世间的真相。

在蒙特卡洛灾难的余波中，政府通过了大量法案来帮助应对紧急情况，同时废除了大量法案。人们必须开发和评估治疗新疾病的新药，这是一项紧急事务，而要想确保它能顺利进行，就必须移除一些障碍——导致临床试验无比困难和昂贵的法规。

在古老的“双盲”实验中，患者和研究者都不知道谁分到了药物，谁分到了安慰剂，这部分信息由第三方（或电脑）保管。在给予安慰剂的患者身上观察到的好转必须被考虑在内，这样才能判断药物的真正有效性。

这套传统的研究方法有两个小瑕疵。首先，告诉患者他们只

① 根据真实事件改编的电影《丝克伍事件》（*Silkwood*），讲述了女工丝克伍有感于核电厂不合理的工作制度和环境，开始搜集危害公众安全的证据。她决定将资料交给记者的时候，却离奇身亡。

有五成机会能得到或许可以救命的药物，这会给他们带来巨大的压力。当然了，治疗组和对照组在这方面受到的影响是一样的，但就预测药物最终投放市场后会发生什么而言，它在数据中引入了大量干扰：哪些副作用真实存在，哪些源于患者的忐忑心情？

其次——也是更重要的——你会越来越难以找到患者自愿参加有安慰剂的药物试验。在你逐渐走向死亡的时候，你会对科学方法不屑一顾。你想要最大的生存可能性。假如没有确定能治疗疾病的已知手段，那么尚未通过试验的药物也可以，但凭什么要为了满足某些技术官僚对细节的痴迷，去接受进一步减半的概率呢？

当然了，在美好的往昔，医药界可以用法律来管制无知大众：要么参加双盲实验，要么爬远点儿去死。艾滋病改变了这一切，黑市上充满了尚未通过试验的最新药物，它们从实验室直接流向街头，同时整个议题受到了严重的政治化影响。

想要解决这两个瑕疵，办法显而易见。

撒谎欺骗患者。

政府从未通过法案，明确声明“三盲”试验符合法律规定。要是他们这么做了，大众也许会注意到，然后闹得沸沸扬扬。因此他们的做法刚好相反，作为在灾难尾声中发生的“改革”和“合理化”行为的一部分，政府废除或淡化了将这类试验定为非法的所有法令。至少看起来是这样的，因为还没有任何法院得到机会在这方面做出判决呢。

“医生怎么能这么做？这么欺骗患者？他们怎么能说服自己？更别说其他人了！”

她耸耸肩。“他们难道为双盲实验辩解过吗？优秀的医学研究者必须更在乎数据的质量，而不是任何一个人的生命。假如说双盲实验已经很好了，那么‘三盲’试验就是好上加好。数据的质量必定会更好，你已经看到了，对吧？对一种药的评估越准确，从长远的角度来看，就有可能拯救更多的生命。”

“放屁！安慰剂效应根本没那么强大。它也根本没那么重要！谁在乎它能不能被精确地纳入计算呢？说到底，你依然可以对比两种潜在的药物，用一种对比另一种。那可以告诉你哪一种药物能拯救更多的生命，而不需要安慰剂——”

“有时候确实会这么做，但声名显赫的期刊看不起这样的研究。它们获得发表的机会比较少——”

我瞪着她。“既然你知道这一切，怎么能袖手旁观呢？媒体可以揭露真相！一旦让大众知道正在发生什么……”

她勉强微笑。“我可以发表文章说这样的做法如今在理论上是合法的。其他人已经这么做过了，但没有登上过头版头条。然而，假如我就任何具体的‘三盲’试验写出任何特定的事实，我面临的将会是五十万美元罚款和二十五年监禁，因为我危害了公众健康。更不用说他们能对我的出版商做什么了。为了应对蒙特卡洛病毒泄漏而颁布的所谓‘紧急’法令依然有效。”

“但那是二十年前了。”

她喝完咖啡，站起来。“你不记得那些专家当时怎么说了吗？”

“不记得了。”

“后果会影响我们未来几代人。”

我花了四个月才攻入药物制造商的网络。

我监控了几个选择在家工作的药厂高管的数据流。没过多久，我就找到了最不懂电脑的那个家伙。一个真正的笨蛋，他用价值一万美元的电子表格软件做普通智力的五岁小孩不用手指脚趾也能做出来的算术题。我看到了电子表格软件给他错误提示时他的笨拙反应。他是老天赐我的礼物，只是他自己还不知道而已。

另外，最美妙的一点，他永远在玩一个乏味而毫无想象力的色情游戏。

要是电脑说："给我跳楼！"他会说："你保证不说出去？"

我花了两周简化必须让他完成的任务。刚开始是七十次按键，但最后我减少到了二十三次。

我一直等到屏幕上显示出最具破坏性的画面，然后挂起他的网络连接，由我本人提刀上阵。

致命系统错误！请输入以下恢复指令：

第一次他搞砸了。我拉响警笛，再次下令。第二次他按对了。

我要他按的第一个组合键让电脑脱离了操作系统，进入处理器的微指令调试子程序。接下来的八进制代码对他来说是天书，其实是个微程序，能把电脑内存里的所有内容通过网络复制传给我的笔记本电脑。

要是他去告诉任何一个懂行的人，对方立刻就会起疑心，但他会冒这个风险去解释"故障"发生时他正在干什么吗？我猜他不会。

我已经有他的密码了。电脑内存里有个算法，能告诉我该如何应对网络安全方面的挑战。我进去了。

就我想要达到的目标而言，他们其他的防护手段都不值一提。

对竞争者来说有用的数据都保护得很好，但我感兴趣的不是窃取痔疮新药的商业秘密。

我可以大肆破坏。用垃圾填充他们的灾备数据，让他们的银行账户逐渐偏离现实，直到现实突然以破产或偷税指控的形式踹门而入。我考虑了一千种可能性，从最原始的抹除数据到最缓慢和邪恶的悄然侵蚀。

但最后我控制住了自己。我知道这场战斗很快就会变成政治角力，我个人的小小报复肯定会被挖出来诋毁我，破坏我的正当性。

因此，我只做了绝对必须要做的事情。

我找到了在不知情的情况下参加了公司产品“三盲”试验的人员姓名和地址，想办法把发生在他们身上的事情告诉了他们。这样的人超过二十万，散布于世界各地，但我发现了一笔非常可观的贿赂基金，很容易就能支付所需的通信费用。

全世界很快就会知道我们的愤怒，就会分享我们的痛苦和悲伤。但是，我们有一半人在被疾病折磨或走向死亡，因此在全世界听见我们的第一声呐喊之前，我首先要尽我所能拯救每一个人。

我找到了分配药物和安慰剂的程序。正是这个程序杀死了保拉和数以千计的其他人，为的仅仅是获得可靠的试验数据。

我修改了程序。一个非常微小的改变，我增加了一条谎言。

它生成的所有报告都将继续声称参与临床试验的一半患者被分配到了安慰剂。程序将继续创建令人信服的详细文件，其中的数据会完全符合这个谎言。但一个人类永远不会读到的小文件会变得完全不同。这个文件负责控制装配生产线的机器人，它会指示机器人把药物放进每个批次的每个药瓶。

从“三盲”到“四盲”。一条新的谎言，用来抵消其他的谎言，直到欺骗的时代最终结束。

马丁来找我。

“我听说了你在干什么TIM。药物真相。”他从口袋里掏出一张剪报。

“‘一个活跃的新组织，致力于根除替代医学和传统医学中的庸医、欺诈和欺骗行为。’听上去是个好主意。”

“谢谢。”

他犹豫了一下。“听说你们在招募新的志愿者，帮忙在办公室打杂。”

“没错。”

“我每个星期可以来四个小时。”

我大笑：“咦，真的吗？非常感谢，但我觉得没有你我们也能活下去。”

有一瞬间，我以为他会转身就走，但他再次开口的时候，语气与其说是受伤，不如说是困惑：“你们到底要不要志愿者？”

“要，但是——”但是什么呢？既然他能放下尊严，来奉献一分力量，我也可以放下尊严，接受他的好意。

我同意他每周三下午来帮忙。

我时不时会在噩梦中见到保拉。我会闻着记忆中的烛火气味醒来，确定她贴着我的枕头站在黑暗中，又变成了那个眼神严肃的九岁孩童，迷恋于我们奇异的境况。

但那不可能是那个孩子的幽灵。她从未死去。她长大了，与我踏上不同的人生道路，她比我更努力地争取彼此之间的分离。假如我们真的“在同一个小时死去”，会怎么样呢？那不会有任何意义，也不会改变什么。没有什么能够回溯过往，夺走我们各自不同的生活、我们各自不同的成就和失败。

现在我意识到了，对我来说如此不祥的血誓，对保拉来说只是个玩笑，她在借此嘲笑我们的命运有可能彼此纠缠的想法。我为什么过了这么久才想明白？

但我不该吃惊的。事实是我从来没有真正地了解过她，这也说明了她的胜利是多么彻底。

公理

Axiomatic

“……就好像把你的大脑扔进液氮，然后砸成一万块碎片！”

我挤过在植入物商店门口消磨时间的那伙少年，他们无疑狂热地盼望能有个全息新闻采访组走过来，问他们为什么不在学校里。我经过的时候，他们假装呕吐，就好像青春期一去不返和穿得像“二分搜索”乐队成员是如此令人厌恶，甚至到了引起生理不适的地步。

好吧，也许确实如此。

店里几乎空无一人。内部装潢让我想起了录像ROM店，展示架几乎完全相同，分销商的徽标也没什么区别。各个架子上贴着标签：迷幻、冥想与疗愈、激励与成功、语言与技术能力。植入物本身的长度还不到半毫米，但都装在老式书籍尺寸的包装盒里，上面有着花哨的示意图和几句来自营销语料库或一些租来的名人的陈词滥调：“成为神！成为宇宙！”“终极洞察！终极知识！终极幻游！”甚至还有长盛不衰的“这个植入物改变了我的一生！”

我拿起《你是如此伟大！》的盒子，看着透明保护套上汗津津的指纹，麻木地想：要是我买了这东西，只要一用，我就会真的这么相信，无论多少相反的证据都不可能从实质上改变我的想法。我把它放回架子上，它旁边是《爱你自己十亿倍》和《瞬时意志力，瞬时致富》。

我很清楚我是来找什么的，也知道我要买的东西不会放在架子上，但我还是继续浏览了一会儿，一半是出于纯粹的好奇，另一半只是给自己一点儿时间——给我以时间重新考虑这么做意味着什么，给我以时间恢复理智并逃之夭夭。

《联觉》的封面是个幸福得灵魂出窍的男人，一道彩虹撞上他的舌头，乐谱刺穿他的眼球。《异类灵交》在它旁边吹嘘："这是一种超级怪异的精神状态，就算你经历过也说不清是一种什么体验！"开发植入物技术最初是为了向商务人士和游客提供即插即用的语言技能，只可惜销量不佳。一家巨型娱乐综合企业接手后，拓展出了第一代面向大众市场的植入物：电子游戏和致幻剂的杂交体。多年来，它所提供的精神混淆和功能障碍的范围越来越广，但你只能让潮头载着你走一定的距离，过了某个关键点，继续扰乱神经不但不会让使用者享受怪异感带来的快乐，而且在恢复正常状态后，使用者几乎什么都不会记得。

接下来一代植入物被称为"公理"，其中最初的几个全都和性爱有关——显然这在技术上是最容易的起始点。我走到"色情"区，想看看有什么可供选择——或者更确切地说，有什么可供合法展示的东西。同性恋、异性恋、自慰，各种各样无害的性癖，还有身体上各种不可能的部位的色情化。我不禁想问，为什么有人会选择为他们的大脑重新接线，让他们渴望那些在正常情况下只会觉得可憎、可笑甚至干脆无聊的性活动？为了满足伴侣的要求？也许吧，尽管我难以想象会有人顺从到这种极端的程度，而且这种事也不可能广泛得足以解释市场规模。为了让他们自己性身份的一部分（若是得不到帮助，只会唠叨和溃烂）战胜他们的抑制、矛盾情绪和反感？每个人都有相互冲突的欲望，既想要又不想要同一件东西可能会让人们感到厌烦。这个我完全能够理解。

下一个架子上是形形色色的信仰流派，从阿米什派到禅宗，样样俱全（以这种方式获得阿米什人对科技的反对显然不构成任何问题，几乎所有的宗教植入物都能让使用者接受更怪异的矛盾）。甚至有一款植入物叫“世俗人本主义者”（“你将接受这些真理是不证自明的！”），但没有“犹豫不决的不可知论者”，怀疑显然没有市场。

我闲逛了一两分钟。区区五十块，我就能买回儿时信仰的天主教，尽管教会恐怕不会批准（至少不会正式批准，我很有兴趣知道一下究竟是谁在资助这个产品）。但最后我不得不承认，我没有真的受到诱惑。宗教也许能解决我的问题，但不是以我希望的那种方式——说到底，我来这儿的全部意义就在于以我本人的方式解决问题。使用植入物不会剥夺我的自由意志；恰恰相反，它能帮助我维护我的自由意志。

最后，我鼓起勇气，走向店员。

“先生，有什么能帮助你的吗？”这个年轻人对我露出灿烂的笑容，放射着真诚的光环，就好像他真的很喜欢他的工作。我指的是发自肺腑的那种喜欢。

“我来取我特别订购的东西。”

“先生，请问您叫什么？”

“卡佛。马克·卡佛。”

他从柜台底下取出一个包裹。令人欣慰的是，它裹着不起眼的棕色包装纸。我用现金支付，我带的钱一分不多一分不少：399.95美元。交易在二十秒内就完成了。

我离开商店，筋疲力尽，解脱感和胜利感让我腿脚发软。至少我终于买到了这个该死的东西。它已经在我的手里了，不需要牵涉其他任何人，我要做的只是决定用或不用。

我朝着地铁站走了几个街区，把包裹扔进垃圾箱，但我立刻转身把它捞了出来。我经过两个武装警察，想象他们的视线从镜面头盔后面射向我，但我手里的东西完全合法。这种设备所做的，仅仅是让通过自由意志选择使用它的人拥有一种特定的信仰，政府怎么可能禁止它，而不逮捕以自然方式同样拥有这些信仰的其他人呢？实际上非常简单，因为法律不是非要彼此一致不可，但植入物制造商已经成功地说服大众，限制他们的产品就是在为思想警察铺平道路。

回到家里，我在不由自主地颤抖。我把包裹放在餐桌上，开始踱来踱去。

这不是因为艾米。我不得不承认这一点。仅仅因为我依然爱着她，依然为她而哀悼，不等于我就要为她这么做。我不会用这个谎言来玷污我对她的记忆。

事实上，我这么做是为了让自己摆脱她。事情已经过去五年了，我希望不可能有结果的爱和毫无意义的悲伤停止支配我的生活。没人能为此责备我。

她在一家银行里死于一场武装抢劫。监控摄像头被关掉了，除了劫匪，所有人大部分时间都面朝下趴在地上，所以我一直没能搞清楚究竟发生了什么。她肯定是动了，或者慌了，抬头张望，她肯定做了些什么；即便在我仇恨最高涨的时刻，我也无法相信她会因为有人一时兴起而被杀，不存在任何能被理解的缘由。

但我知道是谁扣动了扳机。庭审中没有泄露这一点，但警察局的一名办事员把消息卖给了我。凶手名叫帕特里克·安德森，他转为控方证人，同伙被判处终身监禁，而他的刑期减为区区七年。

我去找媒体。一个烦人的犯罪节目主持人收下了这个故事，在电波里咆哮了一个星期，用自以为是的滔滔言辞冲淡了事实，然后他厌倦了这个话题，转而去搞其他事情了。

五年后，安德森已经假释出狱九个月了。

行吧。那又能怎样？这种事每天都在发生。假如有人带着这么一个故事来找我，我会非常同情但坚定地说："忘了她吧，她已经死了。忘记他吧，他是人渣。继续过你的生活吧。"

我没有忘记她，我也没有忘记杀死她的凶手。我曾经爱过她，虽说我不确定这意味着什么，尽管理性的半个我已经接受了她死亡的事实，但另外半个我还在像被砍掉脑袋的蛇那样抽搐。处于类似精神状态下的其他人也许会把家里改造成灵堂，用照片和纪念品覆盖每一面墙和壁炉架，每天在她的坟墓上摆满鲜花，每晚醉醺醺地看以前的家庭录像。但我没有那么做，我做不到。那么做既怪诞又虚假，多愁善感总是让我们两个人都觉得恶心。我只保留了一张照片。我们没拍过家庭录像。我一年去给她上一次坟。

然而在这表面的克制之下，我脑海里对艾米之死的痴迷却在与日俱增。我不想要这种情绪，我没有选择它，我没有以任何方式培养或鼓励它。我没有保留关于审判的电子剪贴簿。别人提起这个话题时，我会转身走开。我埋头于工作，闲暇时间里读书或独自去看电影。我考虑过找个新的伴侣，但没有采取任何行动，总是推迟到不确定多久以后的未来，等我重新变成人类再说。

每天晚上，整件事的所有细节都会在我脑海里盘旋。我想到了一千件我或许可以做的事情，从而阻止她遇害，从一开始就不和她结婚（为了我的工作，我们搬家来到悉尼），到凶手瞄准她时我神奇地出现在银行里，把他按倒在地，打得他不省人事或者更惨。我知道这些幻想是徒劳的，是自我放纵，但知道不等于有用。要是我吃安眠药，这些幻想只会挪到白天，而我就完全没法儿工作了。（帮助我们的电脑一年比一年稍微有用一点儿，但空中交通管理毕竟不等于做白日梦。）

我必须做点儿什么。

报复？报复是给道德不健全的人准备的。我曾在给联合国的请愿书上签字，呼吁在全世界范围内无条件地废除死刑。我当时是认真的，现在也一样。夺走他人的生命是错误的，我从小就狂热地相信这一点。起初也许只是宗教信条，但随着我慢慢长大，抛弃了所有荒谬的空话之后，生命的神圣性是我认为值得保留的少数信仰之一。除了务实的原因之外，我一向觉得人类意识是宇宙中最令人惊叹、最近乎奇迹的神圣事物。怪我从小受到的教育好了，怪我遗传到的基因好了，总之我无法贬低它的价值，就好像我不能相信一加一等于零。

告诉别人你是个和平主义者，他们会在十秒钟内想出一个局面，假如你不把某个人的脑浆打出来，几百万人就会在极度痛苦中死去，而你爱的每一个人都会受到强奸和拷打（永远有个精心设计的理由，使你无法只是打伤那个无所不能、嗜杀成性的狂人）。好玩的是，一旦你承认你会在这样的情况下杀人，他们似乎反而会更加看不起你。

但安德森显然不是一个无所不能、嗜杀成性的狂人。我不知道他有没有可能再次杀人。至于他有没有可能被改造好、小时候有没有受过虐待、残忍的外表下有没有隐藏一个充满爱心和同情心的第二自我，我他妈真的一点儿也不在乎。尽管如此，我依然深信夺去他的生命是不对的。

我先买了枪。买枪很容易，而且完全合法。也许电脑没能把我申请持枪许可证和杀死我妻子的凶手获释联系在一起，也可能觉察到了联系，但判定两者不相关。

我参加了一个所谓的“运动”俱乐部，其成员每周花三小时，不干别的，只是朝着会移动的人形标靶射击。一种休闲活动，和击剑一样人畜无害。我练习一本正经地这么说。

从俱乐部的其他成员手中购买匿名弹药是非法的。这种子弹在击中目标后化为气体，不会留下能把它和特定枪支联系在一起的弹道学证据。我翻阅庭审记录，拥有这种东西的平均惩罚是五百块钱。消声器同样是非法物品，拥有消声器的惩罚与前者类似。

每天夜里我都会思前想后，每天夜里我都会得出同一个结论：尽管我做了精心准备，但我还是不会去杀人。有一部分的我想杀人，另一部分不想，但我非常清楚哪一部分更加强大。我会在余生每天做杀人的白日梦，但也知道无论多少仇恨、悲痛和绝望都不足以让我做出违背本性的事情。

我拆开包裹，以为会见到一个花哨的封面——趾高气扬的健美先生端着冲锋枪，但包装盒非常朴素，纯灰色的背景上只印着产品编码和分销商的名称：发条果园。

我通过在线邮购目录买了这东西，用的是投币式的公共电脑终端，指定由“马克·卡佛”在离我家很远的植入物商店查茨伍德分店领取。这一切都是疑心病的症状，因为这个植入物是合法物品——但这一切又都完全合情合理，因为比起购买枪支和弹药，购买这东西给我带来的紧张和负罪感要强烈得多。

邮购目录里对它的描述以“生命一文不值！”这个感叹句开始，然后以同样的语气又号叫了几句：人就是肉块。他人什么都不是，他人狗屁不如。具体说了什么并不重要，它们并不是这个植入物的组成部分。植入物不会成为我头脑里的一个声音，念叨一些我可以选择嘲笑或无视的文笔糟糕的口号；植入物也不会成为心灵中的某种教条，我可以通过语义学的诡辩来绕过它。“公理”植入物源自对活人大脑里具体神经结构的分析，而不是基于用语言表达的公理。起作用的是律令的精神，而不是文本。

我打开纸盒。里面有用十七种语言撰写的使用说明书。有一个编程器、一个装配器和一把镊子。植入物本身被封在一个塑料保护泡里，上面标着“已消毒，拆封无效”。它看上去就像一粒沙子。

我从没使用过植入物，但我在全息电视里见过上千次别人如何使用它。首先把它放进编程器，“唤醒它”，说清楚你希望它保持激活状态多久。装配器完全是给新手准备的；经验丰富的老手会把植入物放在小拇指的指尖上，然后优雅地把它塞进他们选中的一侧鼻孔。

植入物会钻进大脑，派出一群纳米机器去探索环境，与相关的神经系统建立连接，然后进入激活模式，在先前确定的那段时间里（从一小时到永远）做它该做的事情：使左膝盖能够体验多重高潮；让蓝色尝起来像是遗忘多年的母乳滋味；或者，直接构造一个大前提——我会成功、我喜欢工作、死后还有生命、没人死在贝尔森、四条腿好，两条腿坏……

我把所有东西放回纸盒里，把纸盒塞进抽屉，吞下三粒安眠药，上床睡觉。

也许只是因为懒惰，我总是偏向于做出不必让我在未来反复面对同样选项的选择。让良知经受超过一次的痛苦折磨似乎是在浪费时间和精力。不使用这个植入物意味着我必须在余生中日复一日地重复做出同一个决定。

也可能是我从没真的相信过这个荒唐的小玩意儿能奏效。也许我希望证明我的信念与其他人的不同，我的信念刻在某种形而上的石板上，它悬浮在区区机器不可能到达的另一个灵性空间之中。

也可能我只是想找个道德上的不在场证明——在杀死安德森的同时，依然相信这是真正的我不可能犯下的罪行。

至少有一点我敢确定。我这么做不是为了艾米。

第二天我在黎明时分醒来。其实我根本不需要起床的，我正在休为期一个月的年假。我穿好衣服，吃早饭，然后再次打开植入物的包装盒，仔细阅读使用说明。

我打开了灭菌包装，没有什么仪式感，然后用镊子夹起那个小黑点，放进编程器的凹槽。

编程器说："你会说英语吗？"这个声音让我想起工作中的控制塔台，低沉，但没有性别；事务性，但并不是拙劣的机器人——然而又明确无误地不是人类。

"会。"

"你想为这个植入物编程吗？"

"对。"

"请定义激活期限。"

"三天。"三天肯定绰绰有余。要是不够，我就彻底放弃。

"本植入物将在插入后持续激活三天。请确认。"

"确认。"

"本植入物已准备好使用。现在是上午七时四十三分。请在八时四十三分前插入本植入物，否则它将自行关闭，需要重新编程才能继续使用。请享用本产品，丢弃包装时请遵守垃圾分类。"

我把植入物放进装配器，然后又犹豫了，但没有犹豫多久。现在不是反复纠结的时候，我已经反复纠结了几个月，我受够了那种生活。要是再拿不定主意，我就只能去再买一个植入物来说服我使用前一个了。使用植入物不是犯罪，距离确保我一定会犯罪还差十万八千里呢。数以百万计的人相信人类生命没有任何特殊之处，但他们之中有多少个会去杀人呢？接下来的三天会揭示出我对这个信念的反应，尽管这种态度会被硬写进我的大脑，但后果远非确定。

我把装配器塞进左鼻孔，然后按下释放按钮。我只感觉到了一瞬间的刺痛。

我心想，艾米会因此鄙视我的。这个想法让我震惊，但也只持续了几秒钟。艾米已经死了，所以没有必要去假定她会有什么感受。我现在无论做什么都不可能伤害她了，不这么想才是真发疯。

我尝试监控变化的过程，但这是在和自己开玩笑。你不可能每隔三十秒就通过自省来检查一次你的道德规则。归根结底，我之所以判断我不能杀人，是基于我几十年来对自己的观察（其中大部分数据很可能已经过期）。更重要的一点，这个评估（我的自我认识）既反映了我的行为和态度，也同样是造成它们的原因——除了植入物对我大脑造成的直接改变外，植入物也打破了这个反馈循环，因为它为我提供了一个合理化的途径，让我能够做出我认为自己不可能去做的事情。

等了一阵儿，我决定喝个烂醉，借此让自己忘记显微级机器人在我脑袋里乱爬的幻象。这是个特大号的错误——酒精让我变得偏执多疑。我不太记得接下来发生了什么，除了在卫生间镜子里看见自己尖叫“哈尔在违反第一法则！哈尔在违反第一法则！[①]”然后吐了个昏天黑地。

午夜刚过不久，我在卫生间的地上醒来。我吃了抗宿醉药，五分钟后，头痛和恶心都过去了。我洗了澡，换上干净衣服。我特地为这次行动买了件内袋能装枪的夹克衫。

我依然无法确定那东西对我产生的效果有没有超过安慰剂。我大声问自己：“人命是神圣的吗？杀人是错误的吗？”但我无法集中

① 哈尔是《2001：太空漫游》中背叛人类的人工智能，它违反了机器人第一法则：机器人不得伤害人类或坐视人类受到伤害。

精神思考我的问题，而且我发现很难相信我曾经思考过。整个概念对我来说既晦涩又复杂，就好像什么深奥的数论猜想。想到要去执行我的计划，我的胃里不禁一阵翻腾，但只是因为恐惧，而不是道德上的愤慨。植入物不会让我变得勇敢，或冷静，或义无反顾。这些品质花钱也能买到，但那就是作弊了。

我已经请私家侦探调查过了安德森。除了星期天，他每晚在苏里山的一家夜总会看场子。他住在那儿附近，通常在凌晨四点左右步行回家。我开车看过几次他住的排屋，没费什么力气就找到了地方。他一个人住，有个情人，但总是在下午或傍晚去她家幽会。

我给枪上膛，把枪塞进夹克口袋，然后盯着镜子看了半个小时，确认鼓起的地方明不明显。我想喝一杯，但控制住了自己。我打开收音机，在屋里乱走，想消磨焦躁的情绪。也许夺走一条人命现在对我来说不算什么了，但我还是有可能会丢掉小命，或者进监狱，而植入物显然无法让我对自己的命运丧失兴趣。

我太早出门，不得不兜了个大圈子消磨时间；即便如此，我在离安德森家一公里处停车的时候也还是只有三点一刻。我徒步走完剩下的路，几辆轿车和出租车从我身旁驶过，我确信我过于努力假装悠然自得，身体语言反而散发着负罪感和多疑的气息——但正常的司机不可能注意到，就算看见了也不会在乎，而我连一辆巡逻车也没见到。

我来到他家门外，附近没有藏身之处——没有花园，没有行道树，没有篱笆——但我本来就知道。我在街对面找了一座不算正对安德森家的屋子，坐在门前台阶上。要是屋主现身，我就假装喝醉了，跌跌撞撞地离开。

我坐在那儿等待。这是个温暖而安静的普通夜晚，尽管是晴天，但城市灯光使得天空灰蒙蒙的，看不见星星。我反复提醒自己：你不是非要这么做，你不是非要经历这一切。所以我为什么不走呢？想要从一个个不眠之夜中解脱出来？这个想法很可笑。毫无疑问，假如我杀了安德森，这件事会像我对艾米之死的无能为力一样永远折磨我。

我为什么不走呢？其实和植入物毫无关系。植入物顶多只是中和了我的疑虑，它无法迫使我做任何事情。

那到底是为什么呢？最终，我觉得这对我来说是个诚实的问题。我必须接受一个不愉快的事实，那就是我诚心诚意地想杀了安德森，无论我多么厌恶这个念头，要想忠于自己，我就必须这么做——假如不这么做，那就是虚伪和自欺欺人。

还有五分钟到四点，我听见脚步声在街上回荡。我扭头望去，希望来的是其他人，或者有朋友陪着他，但来的就是他，而且只有他一个人。我等他走到他离前门和我离前门一样远的时候，起身走了过去。他扫了我一眼，没有理睬我。纯粹的恐惧突然震撼了我——自庭审后我就没再见过他，我已经忘了他的身体有多么强壮。

我必须强迫自己放慢脚步，但即便如此，我还是比我预想中更早从他身旁走过。我穿的是橡胶底的轻型运动鞋，他穿的是沉重的皮靴，但我过街掉头走向他的时候，我无法相信他竟然没有听见我的心跳声，也没有闻到我的汗臭味。离门口还有几米的时候，我刚掏出手枪，他扭头向后张望，脸上带着淡然的好奇表情，像是以为会见到一条狗或被风吹过来的垃圾。他转身面对我，皱着眉头。我站住不动，用枪指着他，无法开口说话。最后是他打破了寂静："你他妈要什么？我钱包里有两百块，裤子后袋。”

我摇摇头。“开门，然后用双手抱住头，踢开门。别想着把我关在外面。”

他犹豫片刻，然后照我说的做了。

“现在走进去，双手继续抱头。走五步，就这么多。大声数给我听，我就在你背后。”

他数到四的时候，我打开了门厅里的灯开关，摔上背后的门，砰然巨响吓得我一抖。安德森就在我前方，我突然觉得我落入了陷阱。他是个凶狠的杀人犯，我从八岁以后就没朝别人动过拳头。我真的相信这把枪能保护我吗？他的双手抱着头部，胳膊和肩膀上的肌肉在衬衫底下高高隆起。我应该立刻朝他的后脑勺开枪。这是处决，不是决斗；要是我在乎荣誉之类的稀奇玩意儿，就该空手而来，然后被他徒手撕成碎片。

我说：“左转进去。”左边是会客室。我跟着他进去，打开照明灯。“坐下。”我站在门口，他坐在房间里唯一的椅子上。有一瞬间，我觉得头晕，视野似乎在倾斜，但我不认为是我动了，也不认为我腿脚发软或站立不稳；假如真是那样，他多半会扑上来制服我。

“你要干什么？”他问。

我不得不仔细思考这个问题。我成千上万次地幻想过这一幕，但我不记得任何细节了——不过我记得我总是认为安德森会认出我来，然后立刻开始找借口试图解释。

最后我终于开口：“我要你告诉我，你为什么杀死我的妻子。”

“不是我杀的，是米勒杀了你的妻子。”

我摇摇头。“不是这样的。我知道实际情况，警察告诉了我。

别浪费时间骗我了，因为我知道。”

他茫然地盯着我。我想失控尖叫，但我觉得，尽管拿着枪，但失控和尖叫会让我显得可笑，而不是凶恶。我可以用枪砸他，但事实是我不敢接近他。

于是我朝他的脚开了一枪。他惨叫，咒骂，然后俯身查看伤口。“浑蛋！”他从牙缝里说，“去死吧！”他抱着脚前后晃动身体，“我要拧断你脖子！我要宰了你！”伤口透过他靴子上的窟窿流出少许鲜血，但和电影里比起来算不了什么。我听说过即刻蒸发弹有灼烧止血的作用。

我说：“告诉我，你为什么杀死我的妻子。”

他看上去并不害怕，而是气恼和厌烦，但他扯掉了无辜的伪装。“就那么发生了呗，”他说，“就是那种自己发生的事情。”

我摇摇头，很生气。“不。为什么？为什么会发生？”

他像是想脱掉靴子，但想了想又放弃了。“抢劫出了岔子。银行金库有定时锁，柜台几乎没现金，整件事都一塌糊涂。我不是存心开枪的。事情就那么发生了。”

我又摇摇头，难以确定他真的是个白痴还是他在拖延时间。“别说什么‘就那么发生了’。为什么会发生？你为什么会那么做？”

挫折感是共通的。他抬手捋头发，对我怒目而视。他在出汗，但我不确定是因为疼痛还是恐惧。“你想要我说什么呢？我失控了，可以了吧？情况一团糟，我失控了，而她刚好在场，可以了吧？”

眩晕感再次袭来，但这次没有很快退去。现在我明白了，他没有装傻，他说的就是真相。工作不顺心的时候我偶尔会砸碎咖啡杯。有一次和艾米吵架后，我甚至（非常惭愧）踢过一脚我们的狗。为什么？我他妈失控了，而她刚好在场。

我瞪着安德森，感觉自己在傻笑。现在一切都清楚了。我理解了。我理解了我对艾米的一切感受之中的荒谬性——我的“爱”，我的“悲痛”。全都是个笑话。她只是一块肉，她什么都不是。过去五年的痛苦刹那间烟消云散，解脱感让我沉醉。我举起双臂，缓缓转圈。安德森一跃而起，向我冲来。我朝着他的胸口打光了所有子弹，然后在他身旁跪下。他死了。

我把枪塞进夹克内袋。枪管热乎乎的。我记住了垫着手帕开门。有半个我以为外面会围着一群人，但开枪当然没有发出声音，而安德森的威胁和咒骂也不太可能引来关注。

一辆巡逻车在一个街区外拐弯处出现。它在接近我的时候几乎停了下来。我在经过巡逻车的时候直视前方。我听见引擎空转的声音，车随后停了下来。我继续向前走，等待有人喊话，命令我站住。我心想：要是他们搜我的身，发现那把枪，我就认罪。没必要延长痛苦的时间。

引擎重新发动，突突运转，巡逻车随后呼啸而去。

也许我不是那种显而易见的嫌疑人。我不知道安德森出狱后都参与了什么勾当，也许有成百上千的其他人有更好的理由要宰了他，也许等警察询问完他们，会想起来问问我那天夜里在干什么。但一个月似乎漫长得有点过分了。换了谁都会认为警察根本不在乎他的死活。

聚集在门口的还是那么一群年轻人，光是看见我似乎就足以让他们觉得恶心了。我不知道时尚和音乐烙印在他们大脑上的偏好会不会在一两年后褪色，还是说他们已经宣誓终生效忠。但无论如何，都不值得我花时间深思。

这次我没有浏览展架，而是毫不犹豫地走向柜台。

这次我很清楚我究竟要什么。

我想要的是我那晚的感受：一种不可动摇的信念，认为艾米的死（更不用说安德森那条命了）根本无关紧要，并不比一只苍蝇或一只变形虫的死更加重要，也不比摔碎一个咖啡杯或踢一条狗更加严重。

我的一个错误是以为我获得的洞见会在植入物停止运转后直接消失。但它没有。困惑和疑虑遮蔽了它，信仰和迷信的荒谬甲胄在一定程度上破坏了它，但我依然记得它带给我的平和心态，依然记得喜悦和解脱感像洪水似的涌来，我希望它能回来。不是仅仅三天，而是我的整个余生。

杀死安德森不是诚实，不是“忠于自我”。忠于自我意味着我必须接受相互矛盾的所有欲望，忍受脑海里的诸多声音，接受惶惑和疑虑。现在已经来不及了。品尝过确定性给我带来的自由，我发觉没有它就活不下去了。

“先生，有什么能帮助你的吗？”售货员的笑容来自心灵最深处。

当然了，有一部分的我依然认为即将去做的事情令人厌恶到了极点。

没关系。这种情况不会持续太久的。

金库保管箱

The Safe Deposit Box

我做了个简单的梦。我梦见我有一个名字，一个单独不变的名字，属于我，直到死亡。我不知道这个名字是什么，但不重要，知道我有名字就足够了。

我在闹钟即将响起时醒来（我时常这样），所以我能够伸出手，在闹钟开始尖叫的那个瞬间关掉它。我身旁的女人没有动弹，我希望闹钟也不是为她上的。房间里冰冷刺骨，一片漆黑，只有床头钟的红色数字在慢慢进入焦点。三点五十分！我轻声呻吟。我是谁？垃圾清运工？送奶工？我的身躯感到酸痛和疲惫，但这说明不了什么。最近，每一具身躯都酸痛而疲惫，无论它的主人是什么职业、收入和生活方式。昨天我是个钻石商人，算不上百万富翁，但差得不远；前天我是砌砖工人；大前天我卖男装。每次从温暖的被窝里爬起来的感觉都差不多。

我的手不由自主地伸向床边阅读灯的开关。我打开灯，女人翻了个身，喃喃道："约翰尼？"但她依然闭着眼睛。我第一次有意识地进入这个宿主的记忆；有时候我能撞上一个经常使用的名字。琳达？有可能。琳达。我无声地比着嘴型，望着柔软的棕色乱发几乎遮住她的睡脸。

这个场景（即便不是这个人）熟悉得令人欣慰。男人深情地望着熟睡的妻子。我低声对她说："我爱你。"而我是认真的。我爱的不是这个特定的女人（我几乎无法窥见她的过往，也不可能分享她的未来），而是一个综合性的女人，今天的组成部分刚好是她——那是我阴晴不定、变化无常的伴侣，我的爱人由百万个伪随机的词语和手势构成，它们之所以能装配在一起，仅仅是因为我的注视，除我之外，没人了解她的全部。

在我浪漫的年轻时代，我时常会猜测：我这一类人不可能只有我一个吧？会不会还有一个像我一样的人，但每天早晨在不同的女人身体里醒来？为我选择宿主的神秘因素会不会同时作用于她，把我们两个人拉到一起，让我们日复一日地待在一起，每天把我们共同从一对宿主转移到另一对宿主体内？

这不但是不可能的，甚至不是真的。上次（近十二年前）我精神崩溃，开始吐露不可思议的真相时，宿主的妻子没有用释然和认同的叫喊打断我，坦白和我一模一样的事实。（事实上，她几乎毫无反应。我以为她会觉得我的咆哮令人恐惧，会造成创伤；以为她会立刻断定我是个危险的疯子。恰恰相反，她短暂地听了一会儿，似乎发现我说的话要么非常无聊，要么完全不可理解，于是非常明智地在那天剩下的时间里让我一个人待着了。）

不但不是真的，甚至根本不重要。对，我的爱人有一千张脸；对，每一双眼睛的背后都是另一个灵魂。但我依然能在我对她的记忆中找到（或者想象出）诸多统一的模式，与其他男人或女人在他们对最忠诚的终身伴侣的观念中能够找到（或者想象出）的一样。

男人深情地望着熟睡的妻子。

我从毯子底下爬出来，在寒冷中站了一会儿，瑟瑟发抖，我扫视整个房间，想赶紧动起来，让身体温暖点儿，但难以决定首先该做什么。这时我看见抽屉柜上扔着一个钱包。

驾驶执照说我叫约翰·弗朗西斯·奥莱里。出生于1951年11月15日——所以我比上床时大了一个星期。尽管我时常会做白日梦，希望我醒来时年轻了二十岁，但这对我来说和对其他人来说一样不可能。据我所知，在这三十九年里，我所有的宿主都出生于1951年11月或12月。我也没有过出生或现居于这座城市之外的宿主。

我不知道我是怎么从一个宿主跳到另一个宿主身上去的，但既然一切过程都必定拥有一定的预期有效范围，那么我的地理局限性也就不足为奇了。这儿以东是沙漠，以西是大海，以南和以北都是漫长的荒芜海滩，城镇之间的距离对我来说远得不可跨越。事实上，我似乎从没接近过市区外围，仔细想来，这也不足为奇：假如西面有一百个潜在的宿主，东面有五个，那么跳向一个随机选择的宿主就不可能方向随机了。人口众多的市中心对我来说是某种统计学上的地心引力。

至于宿主年龄和出生地点的限制，我没想到过任何足够可信的理论能让我相信超过一两天的时间。十二三岁的时候很容易就能想到一两个，我可以假装我是什么外星王子，邪恶的敌人想要谋取我在宇宙中的遗产，把我囚禁在地球人的身体里。坏蛋肯定在1951年年末往城市供水里加了什么东西，孕妇喝了下去，使她们没出生的孩子成了我不知情的狱卒。近些年来，我接受了自己恐怕永远不可能知道答案的事实。

但有一点我能确定：这两个限制对我目前拥有的接近健全神智的东西来说都必不可少。假如我在年龄完全随机的身体里“长大”，或者宿主散布于世界各地，每天我都必须适应不同的语言和文化，我怀疑我甚至不可能存在——从这么混乱的经历中不可能诞生人格（但话又说回来，一个普通人很可能会对我相对稳定的出身拥有类似的看法）。

我不记得我曾经当过约翰·奥莱里，这一点不太寻常。这座城市里只有六千个三十九岁的男人，其中大约一千人出生于十一月或十二月。三十九年是一万四千多天，因此，寄生到一个我从未寄生过的人身上的概率极小。而在我的记忆中，我造访大部分宿主都已经不止一次了。

作为一个外行，我大致研究过统计数字。任何一个潜在的宿主，平均一千天左右（四舍五入算三年好了）就会被我寄生一次。但不重复任何一个宿主的平均期待时间只有区区四十天（目前的平均数其实更低，只有二十七天，很可能是因为部分宿主比其他人更容易被寄生）。我刚算出这个结果的时候，觉得它自相矛盾，但那仅仅是因为平均数不代表完整的情况；所有重复寄生中的一小部分发生在几周而不是几年内，而决定我的速率的正是这些异常频繁的重复寄生。

在市中心的一个带密码锁的金库保管箱里，我存放了过去这二十二年的历史记录，包括自1968年以来，八百多名宿主的姓名、住址、出生日期。不久以后，等我寄生了一个能抽出时间的宿主，我真的必须租一台有数据库软件包的电脑，把这些玩意儿都转移到磁盘上；那样一来，我做统计测算就能快上一千遍了。我不指望会发现什么震古烁今的秘密。即便我在数据里发现了什么偏差或模式，那又能怎样呢？能告诉我什么真相吗？能改变任何东西吗？不过，做做这种事似乎也没坏处。

钱包旁有一堆硬币，底下露出——上帝保佑！——半张带照片的通行证。约翰·奥莱里是珀尔曼精神病院的勤杂工。照片拍到了浅蓝色制服的一部分，我打开他的衣柜，制服就在眼前。不过我觉得这个身体现在更需要的是洗个澡，于是没有先穿衣服。

屋子很小，装修得很朴素，但非常干净，修缮得相当好。我经过多半是儿童卧室的房间，但门关着，我没去开门，免得吵醒任何人。来到客厅，我在电话簿里查到珀尔曼精神病院，然后在街道手册里查到地址。我已经记住了执照上的家庭住址，精神病院离这儿不远，我盘算出一条路线，在清晨的这个钟点，走过去用不了二十分钟。我还不知道我的排班从几点开始，但肯定不会早于五点。

我站在卫生间里刮脸，盯着我从没见过的这双棕色眼睛看了一会儿，不禁注意到约翰·奥莱里长得可一点儿也不差。这是个空泛的念头。值得庆幸的是，相当长的一段时间以来，我已经以相对平静的态度接受了我忽好忽坏的相貌，但以前并不是这样的。我十几岁和二十出头的时候有过几次神经质大发作，情绪会在高昂和低落之间剧烈摇摆，具体如何取决于我对最新得到的躯体的感受。在被迫离开某个格外好看的宿主之后（当然了，我会尽可能地拖延，夜复一夜地不肯睡觉），我往往会在接下来的几个星期里妄想与其重逢，要是能留下就最好不过了。就算是个过得一塌糊涂的普通青少年，他也知道他别无选择，只能接受他天生的身体。但我无福消受这样的慰藉。

最近我更在乎的是健康，但这和担忧相貌一样徒劳。锻炼身体和注意饮食对我来说都毫无意义，因为这些行为会被现实稀释一千倍。“我的”体重、“我的”身材、“我的”烈酒和烟草消耗量，都无法通过我本人的主动行为来改变——它们是大众健康的统计数字，哪怕是最细微的改变，也需要极为昂贵的广告活动来推动。

洗完澡，我照着通行证照片的样子梳头，希望那不是我以前的造型。

我光着身子回到卧室里，琳达睁开眼睛，伸了个懒腰；见到她，我立刻勃起了。我几个月没做过爱了，几乎每个宿主似乎都在我抵达前的那个晚上把自己搞了个腰酸腿软，因此会在接下来的两周时间内毫无兴趣。显而易见，这次我转运了。琳达抬起胳膊抓住我。

“我会迟到的。”我反对道。

她扭头看了一眼闹钟。“胡说。你六点才上班。要是你在家里吃早饭，而不是绕道去那个油腻腻的卡车司机店，接下来的一个小时都不必出门。”

她的指甲尖得令人愉快。我任凭她把我拽向床边，然后俯身轻声说：“知道吗，我想听的正是这个。”

我最早的记忆是我母亲虔敬地抱着一个正在哭喊的婴儿给我看，说：“看，克里斯！这是你的小弟，他叫保罗！他是不是很漂亮？”我无法理解这都是在折腾什么。兄弟姐妹就像宠物或玩具；

他们的数字、年龄、性别和名字，全都像家具和墙纸一样变来变去。

父母似乎是例外；这两个人的相貌和举止会改变，但至少名字总是相同的。我自然而然地以为，等我长大了，我的名字就会变成“爸爸”，这个猜测每次都会引来大笑和忍俊不禁的赞同。我大概以为我的父母本质上和我一样；他们的变身比我的更加极端，但他们的一切都比我的大，因此这完全说得通。我一直认为昨天和今天的他们从一定意义上说是一样的；就定义而言，我的母亲和父亲是两个成年人，会做特定的一些行为：责备我，拥抱我，送我上床睡觉，逼我吃恶心的蔬菜，诸如此类。他们站起来有一英里[①]高，你不可能看不见他们。他们偶尔会有一个人不在，但从来不会超过一天。

过去和未来不是问题；在我长大的过程中，我对这两者的本质只有一个模糊的概念。“昨天”和“明天”与“很久很久以前”没什么区别——未来奖赏承诺的破灭从未使我感到失望，所谓历史事件的描述也从未让我感到困惑，因为我把这些说法都当作蓄意的虚构。别人经常指责我“说谎”，我想当然地以为那只是给不够有意思的故事贴上的标签。比一天更古老的记忆显然是一文不值的“谎言”，因此我会尽我所能忘记它们。

我确定自己活得很快乐。世界就像一个万花筒。每天我都有新的住处要探索，还有不同的玩具、玩伴和食物。有时候我的肤色也会改变（见到父母和兄弟姐妹几乎总是选择和我一样的肤色，我感到非常兴奋）。偶尔，我醒来时是个女孩儿，但到了一定的时候（好像是四岁左右），我开始为此烦恼，过后没多久，这种事就忽

① 1英里≈1.61千米。

然不再发生了。

我在移动，从一个家到另一个家，从一具躯体到另一具躯体，我对此毫不怀疑。我会改变，我的家会改变，还有其他屋子，还有我周围的街道、店铺和公园，它们都会改变。我偶尔会和父母一起去市中心，但那里在我的概念中不是一个固定地点（因为每次都是沿不同路线去的），而像太阳或天空，是世界的一个固定特征。

上学是充满困惑和痛苦的漫长时期的开始。尽管学校大楼、教室、老师和其他孩童与我所处环境中的其他东西一样变来变去，但节目单显然不像我住的房子和家里的亲人那么丰富。去相同的学校，走不同的路线，顶着不同的名字和面孔，这让我感到苦恼，同时我逐渐意识到我的同班同学在复用我以前的名字和面孔——还有，更糟糕的是，我必须被迫接受他们以前的名字和面孔——我因此心烦意乱。

如今我已经接受了这个世界观，与之共处多年以后，我有时候会难以理解在学校里的第一年为什么还不足以帮我认清现实——直到我回想起通常要相隔数周才会见到同一间教室，而我在上百所学校之间随机地来回跳跃。我没有日记或记录，脑海里也没有课表，因此我甚至无法思考究竟发生了什么事——没人训练我使用那套科学方法。就连爱因斯坦推导出相对论的时候，也远远不止六岁。

我向父母隐瞒了我的不安，但我受够了别人把我的记忆当作谎言。我试过和其他孩子讨论那些经历，结果引来的是嘲笑和敌意。一段时间的打架和发脾气之后，我变得越来越含蓄。父母会说什么“你今天真安静”，日复一日，向我证明了他们究竟有多么迟钝。

现在回头再看，我能学到任何知识都是个奇迹。即便到了今天，我也不确定我的阅读能力有几分真的属于我，又有几分来自我的宿主。我确定我掌握的词汇会跟我一起转移，但更底层的功能——例如扫视页面和识别字母与单词的能力——似乎每天都不太一样。（开车与之类似。几乎所有宿主都有驾驶执照，但我本人连一节课都没上过。我了解交通法规，认识挡位和油门，但我从没尝试过在没摸过方向盘的躯体里开车上路——这肯定会是个很好的实验，但这样的躯体往往没有私家车。）

我学会了阅读。我还学会了速读：要是我没在翻开一本书的当天读完它，接下来几个星期（甚至几个月）我恐怕都没法儿再次拿起这本书了。我读了几百本冒险小说，这些书里的男女主角全都有日复一日陪伴他们的朋友和兄弟姐妹——甚至宠物。每本书给我造成的伤害都比上一本大一丁点儿，但我没有停止阅读，我无法放弃一种希望——我翻开的下一本小说一开头就说："一个男孩儿在阳光灿烂的清晨醒来，思考他到底叫什么名字。"

一天我看见父亲在查街道手册，尽管我很害羞，但还是问了他那是什么。我在学校里见过地球仪和全国地图，但从没见过街道手册。他指给我看我们家、我的学校和他的工作地点，后两者都在详细的街道地图上，也在封二的全市索引图上。

当时有一个品牌的街道手册垄断了市场。每个家庭都有一本，接下来几周的每一天，我都逼着父亲或母亲给我讲解索引图上的各种地点。我成功地把许多内容刻在了记忆里（有一次我试过用铅笔做标记，心想标记说不定会留在手册这个永恒不变的神奇物品上，但事实证明它们和我在学校里写和画的所有东西一样转瞬即逝）。我知道我在追寻某种重要的知识，然而我在一个不变的城市里不同地点之间移动的概念依然未能成形。

之后没过多久，我叫丹尼·福斯特的时候（现在是一名电影放映员，美丽的妻子叫凯特，我把我的处男之身交给了她，但未必是丹尼的），去参加一个朋友的八岁生日。我完全不理解生日的概念；有几年我连一个生日都没有，有几年我会过两三次。过生日的孩子叫查理·麦克布莱德，在我看来根本不是我的朋友，但父母买了件礼物让我带上（一把塑料玩具冲锋枪），开车送我去他家；我对此没有任何决定权。等我回到家里，我央求父亲在街道地图上指给我看我去了什么地方、车走了什么路线。

一周后我醒来时，带着查理·麦克布莱德的脸，外加他家，他父母、弟弟、姐姐和各种玩具，与我在生日派对上见到的一模一样。我拒绝吃早饭，直到我母亲给我看我们家在街道地图上的位置，但我已经知道她会指向哪里了。

我假装出门去学校。我弟弟太小，还没上学，而我姐姐太大，不肯被人看见和我走在一起；在这种情况下，我通常会随大溜跟着其他孩子穿街过巷，但那天我没有这么做。

我依然记得去生日派对的一路上见到的地标。我迷路了几次，但我坚持沿着我见过的道路向前走。我的几十个支离破碎的小世界开始互相关联，这让我既振奋又恐惧。我以为自己正在揭开什么巨大的阴谋，我以为每个人都在蓄意隐瞒生存的秘密，而我终于即将战胜他们所有人。

但是，等我来到丹尼家时，我感觉到的并不是胜利，而是孤独、受骗和惶惑。无论有没有揭开阴谋，我都依然是个孩子。我坐在门前台阶上哭。福斯特太太急忙出来，叫我查理，问我母亲去哪儿了，我是怎么来的，我为什么不上学。我大骂这个肮脏的骗子，她和她们其他人一样，也曾经假装是我的母亲。她打了几通电话，家里人开车带我回家，接下来的大半天我把自己关在卧室里，不肯吃东西，不肯说话，不肯为我不可原谅的恶劣行为辩解。

那天晚上，我偷听到我的“父母”在讨论我，事后回想，他们应该是在安排我去见一名儿童心理学家。

可惜我最终没能去成。

过去这十一年里，我的白天总是在宿主的工作场所度过。这当然不是为了宿主；比起三年缺勤一天，我在工作中捅出娄子更有可能害得他被解雇。怎么说呢，上班就是我做的事情，就是我如今的身份。每个人都必须以某种方式定义自己。我是个职业伪装者，薪水和工作条件可以不固定，但任何人都不能否定他的天职。

我试过为自己建构独立的生活，但我一直没能真的成功。我年轻得多的时候（大多数时候没有结婚），会给自己制定学习目标。正是在那段时间里，我开始租用保管箱——为了存放学习笔记。我在本市的中心图书馆学习数学、化学和物理，但只要它们在任何一科开始变得难懂，我就会找不到动力逼着自己学下去。有什么意义呢？我知道自己永远不可能成为真正的科学家。至于如何揭开我所处困境的本质，答案显然不可能存在于馆藏的任何一本神经生物学教科书里。坐在凉爽安静的阅览室里，耳畔只有空调催人入眠的嗡嗡声，每当我不再一眼就能看懂面前的文字或公式，我就会一头扎进白日梦。

有段时间，我上了大学本科物理学的函授课程。我在邮局租了个信箱，把钥匙存放在保管箱里。我念完了那门课，成绩相当不错，但没人能听我吹嘘我的成就。

那之后不久，我交了个瑞士的笔友。她在学习音乐，是小提琴手，我说我在本地的大学学习物理。她寄给我一张照片，后来我等寄生到了一个最好看的宿主，也寄了张照片给她。我们定期互相写信，每周一封，超过一年。一天，她写信说她要来找我，询问我的生活细节，好安排两个人见面。我觉得自己从来没有像那一刻那么孤独过。要是我没寄过那张照片，至少还能见到她一天。我可以和我唯一的知心朋友面对面交谈，共同度过一整个下午，全世界只有她真的了解我——不是我的某一个宿主，而是我本人。我立刻停止写信，也不再租用信箱了。

我也考虑过自杀，但那相当于谋杀，而且很可能只会迫使我跳向另一个宿主，两个因素加起来，构成了有效的威慑。

自从把童年的混乱和苦闷抛在脑海后，大体而言，我总是尽量公平地对待我的每一个宿主。有些日子我会失控，做出给他们造成麻烦或尴尬的事情（我还从手头宽裕的宿主那儿拿了些现金存放在保管箱里），但我从没蓄意伤害过任何人。有时候我几乎觉得他们知道我的存在，希望我过得好，但所有的间接证据——从寄生间隔较短时盘问妻子和朋友的结果来看，前后衔接良好的记忆掩盖了丢失的那些日子——都证明宿主们甚至不知道曾经丧失自我，更不用说有机会猜测原因了。至于我对他们的了解，哦，有时我会在家人和同事的眼中见到爱和尊重，有时会见到我应当钦佩的成就的实际证据——有个宿主写了一部小说，是关于他在越战期间经历的黑色喜剧，我读过并乐在其中；还有一个在闲暇时制作望远镜，他精心制作了一台三十厘米口径的牛顿式反射望远镜，我用它观测了哈雷彗星——但宿主的人数实在太多了。到我去世的时候，我只能在二三十个零散的日子里窥视他们每一个人的生活。

我开车绕着珀尔曼精神病院的周界转了一圈，看哪些窗户亮着灯、哪些门开着以及有什么明显的活动。医院有数个出入口，有明显向大众开放的正门，有铺着长毛绒地毯的门厅和抛光红木的接待台，也有一道生锈的金属弹簧门，通向两座建筑物之间铺着沥青的肮脏空间。我把车停在街上，免得占据了我没资格享用的车位。

我紧张地走向一道门，希望我应该从那儿进去。在第一次被同事看见之前那可怕的几秒钟里，我害怕得胃疼，然后突然间，想要后退比先前困难了一百倍——不过往好的一面看，继续向前就容易了一百倍。

“约翰尼，早上好。”

“早上好。”

我们短暂打招呼的时候，说话的护士没有停下，而是与我擦肩而过。我希望能通过社交亲和力的强度搞清楚我所处的位置，与我共度时间最多的人问候我的时候应该不只点点头和三个字。我沿着走廊溜达了一小段路，尽量习惯橡胶底的鞋子踩着油毡地面的嘎吱声音。突然，一个粗哑的声音叫道：“奥莱里！”我转身看见一个年轻男人，他身穿和我一样的制服，在走廊里大步流星地走向我，他眉头紧锁，双臂不自在地伸直，面颊抽搐。“闲逛！偷懒！又被我逮住了！”他的行为太怪异了，我有一瞬间以为他是一名患者。某个对我怀恨在心的变态狂杀了另一个勤杂工，偷走他的制服，马上就要掏出血迹斑斑的斧子了。但随后他鼓起面颊，站在那儿瞪着我，我突然醒悟了过来。他没有发疯，只是在模仿某个咄咄逼人的肥胖上司。我用手指戳了戳他的脸蛋，就像在戳气球，趁机靠近他看通行证上的名字：拉尔夫·多皮塔。

“你吓得跳了三尺高！我都不敢相信！所以我终于弄对了他的声音！”

“还有他的脸。不过你运气好，生下来就这么丑。”

他耸耸肩。“你老婆昨晚不是这么说的。”

“你喝醉了。那不是我老婆，是你老妈。”

“我是不是经常说你就像我的父亲？”

沿着走廊继续走，经过了许多个似乎毫无意义的拐弯，最后来到放眼望去都是不锈钢和蒸汽的厨房，另外两个勤杂工无所事事地站在一旁，三个厨子正在做早餐。热水不断流进一个水槽，托盘和餐具叮叮当当碰撞，脂肪遇热发出嗞嗞声，失灵的排风扇发出难听的怪声，因此你几乎不可能听见别人说话。一个勤杂工学鸡扇翅膀，然后做了个手势——一只手指着上方，在头顶上摆动，像是把整座建筑物都包括在内了。“鸡蛋都够喂饱——”他喊，其他人大笑，于是我跟着他们一起笑。

过了一会儿，我跟着他们来到厨房旁边的储藏室，我们一人推一辆手推车。一块木板上钉着四张套着透明塑料膜的患者名单，一个病区一张，按房间号码排列。患者的名字旁是小小的圆形彩色贴纸，颜色有红、蓝、绿三种。我一直等到只剩最后一张才伸出手。

早餐一共有三种：培根鸡蛋配吐司、麦片和类似婴儿食品的黄色稀糊，按受欢迎程度降序排列。我的名单上红色贴纸比绿色多，只有一个蓝色，但当我看见四张名单挂在一起的时候，我很确定绿色加起来比红色多。我按这个假设把食物装上手推车，抽空扫了一眼拉尔夫的名单，上面的贴纸几乎全是绿色，他的手推车上的东西证实了我对编码的猜想是正确的。

我以前从没进过精神病院，无论是作为患者还是工作人员。大约五年前，我在监狱里待了一天，好不容易才没让宿主被砸烂脑袋；我一直没搞清楚他究竟犯了什么事、刑期到底有多长，但我非常希望等我再次附体的时候他已经出来了。

我以为这儿会和监狱差不多，但事实愉快地证明我错了。监狱牢房在一定程度上有个人气息，墙上挂着照片，允许持有一些稀奇古怪的物品，但看上去依然像牢房。这儿的病房不像牢房那样塞满了那些玩意儿，但潜在的本质特性远不如监狱那么明显。窗户上没有铁栏杆，我这个病区的病房门也没锁。大多数病人已经醒了，他们从床上坐起来，平静地对我说“早上好”；有几个人端着托盘去公共休息室，将休息室里的电视调到新闻台。也许这种程度的平静是不自然的，完全归功于药物；这份平和感或许让我的工作风平浪静，但对患者来说则是痴呆化和被压迫。也许不是，也许有朝一日我会找到答案。

我的最后一名病人，也就是我唯一的蓝色贴纸，在名单上被列为F. C. 克莱因。他是个瘦削的中年男人，黑发乱糟糟的，好几天没刮胡子了。他躺得笔直，我一时间以为看见他被束缚带绑在床上，事实上并没有。他睁着眼睛，但视线并不跟随我，我和他打招呼，他毫无反应。

床边的桌子底下有个便盆。出于直觉，我扶他坐起来，把便盆塞到他身子底下；他听凭我的摆布，尽管不是百分之百地配合，但也不是死肉一堆。他呆呆地解手。我找到厕纸，把他擦干净，然后拿着便盆去厕所倒掉，洗干净我的双手。我只感到稍微有点儿恶心，奥莱里对这些事的肌肉记忆很可能帮了我。

克莱因坐在床上，我舀起一勺黄色稀糊放在他面前，他呆滞地直视前方，我用勺子碰了碰他的嘴唇，他张大了嘴巴。他没有自己闭上嘴，我只好翻转勺子，把食物倒出来，还好他乖乖地把食物咽了下去，只有一丁点儿流到了他的下巴上。

一个穿白大褂的女人探头进来说："约翰尼，帮克莱因先生刮一下脸好吗？今天上午他要去圣玛格丽特医院做检查。"我还没来得及回答，她就不见了。

我把手推车送回厨房，一路上收拾空托盘。我在储藏室里找到了需要的各种东西。我把克莱因搬到一把椅子上——他依然听凭我的摆布，但不是百分之百配合。我给他涂泡沫、刮脸的时候，他坐在那儿一动不动，只是偶尔眨一下眼睛。我只刮破了一个地方，而且伤口很浅。

刚才那个女人回来了，这次拿着一个厚厚的牛皮纸文件夹和写字板，她在我身旁站住。我扫了一眼她的通行证：海伦·利德科姆医生。

"情况如何，约翰尼？"

"挺好。"

她像是在期待什么，我突然感到不安。我肯定做错了什么，也可能我只是太慢了。"快好了。"我喃喃道。她抬起一只手，心不在焉地按摩我的后脖颈。就像在走钢丝。我的宿主，你们为什么不能过点儿更简单的生活呢？有时候我觉得自己生活在一千部肥皂剧的弃用片段里。约翰·奥莱里能期待我做到哪一步呢？难道我必须确定这种关系的性质和程度，到明天让他陷入其中的程度比昨天既不多也不少？希望渺茫。

“你非常紧张。”

我需要立刻找到一个安全的话题。这位患者。

“这家伙，我说不清，有时候他就是能影响我。”

“怎么，他的表现有什么不一样吗？”

“不，不是的，我只是在琢磨，他这样到底是一种什么感受。”

“恐怕没什么感受吧。”

我耸耸肩。“他坐在便盆上的时候知道自己该干什么，喂他吃东西的时候他也知道该干什么。他不是植物。”

“很难说他‘知道’什么。只有几个神经元的水蛭吸血的时候也‘知道’该干什么。总的来说，他的情况算是很好了，但我不认为他拥有任何类似于意识的东西，甚至连做梦都谈不上。”她轻轻地笑了一声，“他拥有的仅仅是记忆，但究竟是关于什么的记忆，我就无从想象了。”

我开始擦干净剃须泡沫。“你怎么知道他有记忆？”

“这是个夸张的说法。”她从文件夹里抽出一张透明胶片，看上去像是侧面拍摄的头部X光片，但点缀着人工上色的团块和条纹，“上个月我终于搞到资金做了几次PET扫描。克莱因先生的海马体里有活动，看上去很像正在建立长期记忆。”我还没来得及看清楚，她就把胶片唰的一声塞回了文件夹里，“但是，用他脑袋里发生的事情和普通人的相比，就像用火星上的天气对比木星上的天气。”

我越来越好奇，于是我冒险皱起眉头问：“你有没有告诉过我，他到底是怎么变成这样的？”

她翻个白眼。“别又跟我来这套！你知道我会惹麻烦的。”

“你以为我会去告诉谁？”我拷贝了一下拉尔夫·多皮塔的模仿，海伦放声大笑：“恐怕不会。自从你来这儿，对他说的话顶多只有八个字：‘对不起，珀尔曼医生。’”

“所以你为什么不能告诉我？”

“要是你去告诉你的朋友——”

“你以为我什么事情都会告诉我的朋友？你真的这么以为吗？你难道就这么不信任我？”

她在克莱因的病床上坐下。“关上门。”我过去关上。

“他父亲是一位神经外科方面的先驱。”

“什么？”

“你再说一个字——”

“我保证不会了。但他做了什么？为什么？”

“他主要研究的是冗余和功能区交汇点。具体来说，是大脑在失去或损伤部分区域后，如何将受损区域的功能向健康组织转移。”

“他妻子在分娩时难产去世，留下了他们的独子。他当时肯定已经精神不正常了，但这个打击害得他飞出了地球。他把妻子的死归咎于儿子，但他太冷血了，甚至不肯只是简简单单地杀死他。”

我想对她说闭嘴，我真的不想再听下去了，但约翰·奥莱里是个健壮的硬汉，肚子里装得下一切秘密，我不能在情人面前让他丢脸。

“他‘正常’地抚养孩子，和他交谈，陪他玩耍等，详细记录下他的发育过程——视觉、协调性、语言的雏形之类的。孩子几个月大的时候，他植入了一个导管网络，它由非常细的管线组成，几乎遍及整个大脑，但直径极小，因此其本身不会造成任何损伤。然后他继续和以前一样给孩子以刺激，记录进展历程。同时每周都通过导管破坏一小部分孩子的大脑。”

我吐出了一长串的污言秽语。克莱因当然只是坐在那儿，突然间我为侵犯他的隐私而感到非常羞愧，尽管隐私的概念对他来说也许毫无意义。我的脸涨得通红，有点儿眩晕，觉得一切都不太真实。“他是怎么活下来的？怎么还会留下任何功能？”

“他父亲的疯狂救了他——假如‘救’这个字能用在这儿的话。是这样的，在这个孩子逐渐失去脑组织的那几个月里，他的神经系统事实上还在继续发育——当然了，比普通人慢得多，但还是在可感知地向前发展。克莱因教授的科学家一面占了上风，不愿埋没这么伟大的成果。他把他观察到的一切写下来，尝试发表论文。期刊以为这是某种病态的骗局，但还是报了警，警察最终进行了调查。但等他们救出孩子的时候，嗯哼——”她朝淡漠的克莱因点点头。

“他的大脑还剩下多少？还有机会——？”

“不到百分之十。在一些小头症的病例里，患者靠类似质量的大脑过上了几乎正常的生活，但他们天生就是这样，以这个形态经历了胎儿大脑的发育期，因此两者的情况无法比较。几年前有个小女孩，为了治疗严重的癫痫，医生给她做了脑半球切除手术，最终她几乎没有留下任何障碍，但术后她花了好几年时间让大脑逐步从受损的半球中转移功能。她非常幸运，在大多数病例中，这种手术的结果是灾难性的。至于克莱因先生，唉，我只能说他一点儿也不幸运了。”

上午剩下的时间里，我几乎都在走廊里拖地。一辆救护车来接克莱因去做检查，没人要我帮忙，我觉得有点儿受到了冒犯。救护车上的两名人员在海伦的监督下，把他抬起来扔进轮椅，然后推着他走了，就像快递员上门来取沉重的包裹。但我并不比约翰・奥莱里更有资格对“我的”病人产生占有欲或保护欲，因此我把克莱因赶出了脑海。

我和其他勤杂工在员工休息室一起吃午饭。我们打牌，说一些连我都觉得过时的玩笑，但我还是挺喜欢有人做伴的。他们好几次开玩笑地指责我有洗不掉的“东海岸倾向”，这完全说得通；假如奥莱里在东部住过一段时间，那就能解释我为什么不记得他了。下午过得很慢，让人昏昏欲睡。珀尔曼医生突然飞去什么地方了，做著名精神病学家或神经病学家（我甚至不确定他是前者还是后者）会被紧急召往远方城市做的事情去了——这似乎让包括患者在内的所有人都放松了下来。我的排班在下午三点结束，走出大楼时我对经过的每一个人说“明天见”，我（一如既往地）产生了某种失落感。不过它很快就会过去的。

由于今天是星期五，我绕道去市中心更新保险箱里的记录。交通尚未变得繁忙，中等程度的欣喜逐渐充满我的内心，因为珀尔曼精神病院给我带来的一个个小磨难终于过去，下次再见至少是几个月以后，或者几年，甚至几十年。

写完本周的日记后，我在写满宿主详情的厚厚一册活页本里给“约翰・弗朗西斯・奥莱里”新开了一页；用这么多信息做点儿什么的欲望使我心痒难耐——我时不时就会这样。但做什么呢？租台电脑并找个地方用起来，这对于一个昏昏欲睡的星期五下午来说未免过于劳神费力了。我还可以用计算器更新我的平均宿主重复率。这个活儿想一想就他妈的刺激。

然后我想起了海伦·利德康姆在我面前挥动过的PET扫描结果。尽管我本人完全不知道该如何解读这样的胶片，但我能够想象对于一名训练有素的专业人士来说，如此真切地看见大脑活动以这种方式呈现出来，一定会感到万分激动的。假如我能把我这几百页数据变成一张彩色照片——嗯，也许不会向我透露任何该死的秘密，但比起鼓捣日记计算出一些连个屁也不会告诉我的统计数字，这么做的吸引力要大无限倍。

我买了一本街道手册，正是我从小就习惯的那个品牌，封二有一张索引地图。我买了一盒五色的马克笔。我在购物中心找了张长椅坐下，在地图上画满带颜色的圆点；红色是我寄生过一到三次的宿主，橙色是四到六次的宿主，以此类推到蓝色。我花了一个小时完成这个任务，等我画完，结果看上去并不像计算机扫描大脑后生成的光面照片，而是乱糟糟的一片混沌。

但是，尽管不同颜色没有构成边缘清晰的条带，而是彻底混杂在一起，城市的东北角却有一个明显的蓝色集中区。当我注意到这个细节的时候，立刻意识到我是正确的。比起城市的其他地方，我更熟悉的正是东北角。而地理分布上的偏差能解释我对部分宿主的寄生比期望值更频繁的事实。我用不同颜色的铅笔把最外围的圆点连接起来，然后是最内侧的圆点。这些线没有任何两条是相互交叉的。尽管它们无论如何都算不上一组完美的同心圆，但各条曲线都大致以东北角的那块蓝色区域为中心。而珀尔曼精神病院不偏不倚，恰好就落在了这块区域里。

我把所有东西放回保管箱里。我必须好好思考一下这个新发现。开车回家的路上，一个非常模糊的假想开始成形，但尾气、车声和炫目的落日害得我难以确定那究竟是什么。

琳达在暴怒。“你去哪儿了？咱们的女儿不得不找了个陌生人借钱，从公用电话亭哭着打电话给我，而我只好假装生病早退，开车穿过大半个城市去接她。你到底死到哪儿去了？”

“我——我耽搁了一下，和拉尔夫在一起，他在庆祝——”

“我打给拉尔夫了。你没和他在一起。”

我默默地站在那儿。她盯着我看了足足一分钟，然后转过身，跺着脚走开了。

我向劳拉道歉（我在她的课本上看见了她的名字），她已经不哭了，但看上去像是哭了几个小时。她八岁，非常可爱，我觉得自己真的不是人。我提出帮她做家庭作业，但她说不需要我为她做任何事情，于是我就不再打扰她了。

不出意料，那天晚上剩下的时间里，琳达几乎连一个字都不和我说。明天这个问题就不是我的，而是约翰·奥莱里的了，这让我倍感抱歉。我们一言不发地看电视。她上床休息后，我等了一个小时才睡下，我上床的时候她就算没睡着，也装得非常像。

我睁着眼睛躺在黑暗中，思考克莱因和他的长期记忆，还有他父亲残酷得无法描述的“实验”，以及我绘制的城区扫描图。

和海伦在一起的时候，我没问过克莱因的年龄，而现在想问也来不及了，但刊登他父亲讣告的报纸上肯定提到了。明天第一件事

（宿主的职责就见鬼去吧），我要去中心图书馆查一下。

无论意识是什么，它都肯定足够机敏，足够有弹性。它在那个小孩子的头脑里生存了那么久，在他遭受破坏、日益减小的大脑里被逼进越来越小的角落。但是，当活神经元的数量降低到一定的程度，无论意识如何机敏和有创造性，这些神经元都不够用了，它会怎么样呢？意识会在一瞬间之内消失吗？还是会随着功能区逐个报废而慢慢消散，直到最终只剩下几个本能反射和人类尊严的滑稽模仿？还是说，它会（有可能吗？）在绝望中向一千个其他孩童的大脑伸出触角，它们足够年轻，足够有弹性，能够捐出一小部分能力，来拯救这个孩子，使他不至于被湮灭？每一个人都从自己的一千个日子里捐出一天，拯救我逃离那具被毁灭的躯壳，而我的身体现在只剩下了吃饭、排泄和为我储存长期记忆的能力？

F. C. 克莱因。我甚至不知道两个缩写字母都代表什么。琳达嘟囔了一句什么，翻了个身。我对我的推测异乎寻常地平静，也许因为我并不真的相信这个疯狂的推测有可能是真的。然而，它难道还能比我的存在这个事实更加奇异吗？

另外，就算我真的相信，我该有什么感觉呢？因为我父亲对我做出的暴行而惊恐？对。因为人类的顽强创造出如此奇迹而震惊？当然了。

我最后终于哭了出来——是为了F. C. 克莱因还是为了我自己，我也不知道。琳达没有醒，但出于本能或因为做了什么梦，她翻身过来抱住我。最后我终于不再颤抖，暖意从她的身体流向我，让我恢复平静。

睡意逐渐降临的时候，我做出一个决定：从明天起，我要重新开始。从明天起，我不再模仿我的宿主。从明天起，无论面对什么难题，无论遇到什么挫折，我都要开辟属于我自己的人生。

我做了个简单的梦。我梦见我有一个名字，一个单独不变的名字，属于我，直到死亡。我不知道这个名字是什么，但不重要，知道我有名字就足够了。

所见

Seeing

我从悬在手术室天花板上的无影灯积灰的上表面向下看。漆成灰色的金属灯壳上有一张即时贴，上面整整齐齐地写着两行字——纸张有点泛黄，字略微褪色，一角翘了起来：

万一灵魂出窍

请致电1374597

我很困惑：我从没遇到过以1开头的本地号码——我定睛一看，那个数字明显其实是个7。关于“积灰”，我也看错了，它不过是光线在不太平整的油漆表面制造出的幻觉。在这么一间无菌的层流手术室里——我在想什么呢?

我把注意力转向我的躯体，绿色的单子盖住我的全身，只在右侧太阳穴上方露出一个小小的方形开口，宏观外科手术机器人的探针顺着子弹伤口插进我的颅骨。手术台前只有这一个瘦长的机器人，但两个穿手术服、戴口罩的人类站在一旁，在X射线视图上看着探针接近目标。从我的高处视角望去，屏幕因为透视改变了形状，图像难以解读。注射进体内的显微手术机器人肯定已经止住流血，修复了几百条血管，打碎了危险的血栓。但子弹本身，从物理上说过于坚硬，从化学上说过于惰性，因此无法像肾结石那样被微型机器人集群粉碎和移除。除了让探针进去把它拔出来，没有其他可行的办法。我曾经读到过这一类手术——事后我醒着躺在那儿，思考我的那一刻什么时候会到来。我经常想象这个时刻——现在我敢发誓，我想象中的那一幕与此刻一模一样，连最微小的细节也不例外。但我无法确定那仅仅是普普通通的既视感，还是说我反复排练的视觉化呈现助长了我正在体验的幻觉。

我开始冷静地思考我这个异常视角的含义。灵魂出窍体验理论上意味着濒临死亡……不过，有成千上万的人活下来讲述了他们的遭遇，对吧？你无法用这个数字去对比有过相同体验但最终去世的人数，因此想要用这个处境来推断我的生死概率就未免太荒谬了。如此情况当然与严重的身体创伤有所关联，但将其与死亡联系在一起的仅仅是“灵魂”与肉体分离的可笑念头——还有它危险地接近于沿着光之隧道飘向人生彼岸。

遇袭前的记忆逐渐朦胧地回来了。我来到时代精神娱乐公司的年度大会上发言。（多年来第一次亲身出席——一步臭棋。仅仅因为我卖掉了超会议系统。你说我为什么非要远离科技呢？）那个叫默奇森的疯子在希尔顿饭店门口闹得不可开交，尖叫着指控我（我！）在他的迷你剧合同上黑了他一把。（就好像我真的读过合同似的，更别说什么我亲手起草了每一个条款。他为什么不放过我，去扫射法务部呢？）防弹劳斯莱斯的自动车窗摇了起来，屏蔽他的胡言乱语，镜面玻璃无声无息地移动，令人安心——然后卡住了……

有一点我弄错了：我一直以为子弹会来自某个停留在肛门期的电影狂，因为时代精神公司制作的某部“胶片时代经典电影的续集”而义愤填膺。我们用来担任导演的软件化身总是由心理学家和电影史学家精心打造，致力于重现原作导演的真实人格……但有些纯粹主义者永远不会满意，《汉娜姐妹2》3D版上映后的一年多时间里，我们收到了许多死亡威胁。但我没能料到的是一个刚把生平故事的改编权卖出七位数的家伙（他能保释出狱，完全是因为时代精神公司慷慨支付的预付款）居然会想要开枪打死我，而原因只是因纽特语配音版卫星转播权的追加酬金要打折扣。

我注意到灯具背面那不太可能存在的即时贴已经消失了。这预示着什么？我的幻觉在崩溃，意味着我的情况在恶化还是好转？不稳定的幻觉比持续不变的幻觉更健康吗？现实即将粉碎幻觉？这会儿我应该见到什么？完全的黑暗，假如我真的躺在那绿色的罩单底下，闭着眼睛，受到麻醉。我试着“闭上眼睛”——但这个概念无法转变成行为。我尽我所能抛弃“知觉”（假如我正在体验的东西也能用这个词来描述）；我尽量放松，就好像打算入睡——但手术机器人的探针开始掉转方向，发出的微弱呜呜声吸引了我的注意力。

我望着——我无法移动我非实体的实际视线——探针那闪闪发亮的银色针头逐渐收回。这段时间似乎有一个永远那么久，我绞尽脑汁想要做出判断，这究竟是个施虐狂风格的怪梦，还是真实性的具体体现，但我无从认定。

终于——我在事情发生前的一瞬间就知道了（虽然我一直是这

么感觉的）——针尖逐渐出现，它和那颗表面稍微有点褶皱的钝头子弹神奇地黏合在一起，按照我读到过的资料，起作用的仅仅是一丁点儿高强度胶水。

我看见盖着我胸部的绿色罩单升起又落下，明显地松了一口气。我对一个被麻醉、靠呼吸机维持生命的人能不能做出这种事有所怀疑——然后突然间，巨大的疲惫感席卷而来，我无法继续想象这个世界了，于是我放松精神，让它瓦解成迷幻性的白噪声，黑暗随即吞没了一切。

一个熟悉但想不起来是谁的声音说："这一条来自连环杀手社会责任协会。'深感震惊……对行业来说是个悲剧……为洛韦先生的迅速康复祈祷。'然后声称对伦道夫·默奇森没有任何了解。他们说无论他过去有没有杀过搭车客，企图刺杀名人都牵涉到截然不同的病理学机制，若是有任何不负责任的评论通过混淆两者来模糊议题，都将招致集体诉讼——"

我睁开眼睛，说："谁能说一说天花板上为什么有块镜子对着我的床？这是医院还是他妈的妓院？"

房间陷入寂静。我眯着眼睛仰望镜面，但无法找到它的边界，我等待有人开口解释一下这件稀奇的装饰品。然后，一个可能性跃入脑海：我瘫痪了？只有通过这种方式，才能让我看清我所处的环境？我按捺住一阵恐慌；就算真是这样，也不会是永久性的。神经可以重新培育，一切伤害都能修复。我活了下来，最重要的是这个——其他的全都交给康复去解决吧。我一直期待的难道不就是这个吗？子弹打进大脑？与死神擦身而过？在绝境中重生？

我在镜子里看见四个人围着病床——尽管视角很别扭，但我还是很容易就认出了他们：詹姆斯·隆，我的个人助理，正是他的声音唤醒了我；安德里亚·斯图亚特，时代精神公司的资深副总裁；我形同陌路的妻子杰西卡——我知道她会来；还有我的儿子亚历克斯——他肯定扔下手头的一切事情，跳上了从莫斯科回家的第一趟航班。

床上是个脸色惨白、缠着绷带的憔悴身影，各种各样的导管和线缆连着几十台监控器和泵机，几乎把它埋在底下，我猜那肯定就是我了。

詹姆斯抬头看了一眼天花板，然后又低下头，用轻柔的声音说："洛韦先生，没有什么镜子。要我去告诉医生您醒了吗？"

我怒目而视，想要移动头部，但没有成功。"你瞎了吗？我正在看着镜子呢。另外，我身上连着这么多机器，应该能告诉正在监控的人我已经醒了——"

詹姆斯尴尬地咳嗽一声，开会时，每当我过于偏离事实，他就会用这个暗号提醒我。我再次尝试扭头去看他的眼睛，而这一次——

这次我成功了。更准确地说，我看见床上的身影转动了头部——

——而我对周围的整个感知就此颠倒，仿佛包裹一切的光学幻象突然被戳穿。地面变成了天花板，而天花板变成地面——但所有东西连一毫米都没有挪动。我感觉像是在用最大的嗓门儿号叫，但只是惊愕地咕哝了一声……一两秒后，我很难想象我刚才受到过愚弄，现实是如此显而易见。

根本不存在镜子。我一直在天花板上望着这一切，就像我看着探针取出子弹那样。而我依然在天花板上。我没有下来。

我闭上眼睛——房间逐渐淡出，过了两三秒才彻底消失。

我睁开眼睛。依然是刚才见到的景象，没有任何改变。

我说："我在做梦吗？我真的睁开眼睛了吗？杰西卡？告诉我发生了什么。我的脸缠着绷带吗？我瞎了？"

詹姆斯说："您的妻子不在这儿，洛韦先生。我们还没联系到她。"他犹豫片刻，然后又说："您的脸没有缠绷带——"

我怒极反笑："你在胡说什么？站在你旁边的是谁？"

"没人站在我旁边。这会儿只有斯图亚特女士和我陪着你。"

安德里亚清清喉咙，说："没错，菲利普。请尽量冷静一下。你刚做过一场大手术——你会好起来的，但必须悠着点儿。"她站在床脚附近，她是怎么出现在那儿的？底下的身影扭头望向她，视线扫过两人之间的空间，而我的妻子和儿子被挤出了我所见到的房间——简单得就像那个似是而非的1变成7，就像整个荒谬的即时贴突然不复存在。

我说："我要发疯了。"但这不是真的——我昏昏沉沉的，而且非常想吐，然而离精神失常还差得很远。我注意到我的声音——非常合理，当然会注意到——似乎是从我唯一的嘴里发出来的，也就是我底下那条身影的嘴，而不是假如我的身躯真的悬浮在天花板上，我的嘴所应该在的那个地方。我能感觉到喉部在振动，嘴唇和舌头在移动，但都是底下的那个我……但我正在自上而下俯视的感觉和先前一样可信。就好像……我的整个身体变成了脚或指尖那样的肢端部位——连接着我的肉身中心，受到我的控制，它依然是我的一部分，但肯定不构成我的核心。我在口腔里移动舌头，用舌尖舔左侧门牙的顶部，吞咽唾液。所有感知都真实、连贯和熟悉，但我依然没有冲下去“占领”这些动作发生的地方——就像我贴着鞋底蜷起大脚趾的时候，会感觉到我的自我意识涌入大脚趾那样。

詹姆斯说：“我去叫医生。”我在他的声音方向上搜寻不连贯的迹象……但我不可能把记忆中他说话的声音解析成它在我左右双耳中的相对强度，然后还要逼着自己面对一个悖论：假如一个人真的升到了半空中，面朝下悬在那儿，那么他听见的声音会完全不一样。我只能确定一点，那就是字词似乎在以通常方式从他的嘴唇里吐出来。

安德里亚又清清喉咙，然后说：“菲利普，介意我打个电话吗？东京还有不到一个小时就要开市了，等他们听说有人朝你开枪——”

我打断她：“别打电话——你亲自去。搭下一班亚轨道飞行器——你知道这么做总是能够打动市场。听我说，我很高兴我醒来的时候你能在我身旁，”——至少我很高兴你的存在能证明这一切不仅仅是我一厢情愿的幻想——“但现在你能帮我的最大的忙，就是确保公司毫发无损地渡过这一关。”我尽量在说话时直视她的眼睛，但我无法确定我有没有做到。我们二十年前就不再是情人了，但她依然是我最亲密的朋友。我甚至不确定自己为何如此急于摆脱她，但我在这里不禁有一种暴露无遗的感觉……就好像她会在不经意间一抬头，然后突然看见我——看见向来被我的肉体掩盖的那一部分自我。

“你确定？”

“百分之百确定。詹姆斯可以照看我，发他工资就是为了这个。只要知道公司还在你手上，我就不需要躺在这儿提心吊胆了。我知道一切都会在掌握之中的。”

事实上，她刚一离开，担心像公司股价这么缥缈和无足轻重的事情就开始显得异乎寻常了。我转动头部，让床上的身影再次直视“我”。我抬起手滑过胸口，“覆盖我”的大多数线缆和导管随之消失，剩下的仅仅是一块略微起皱的被单。我无力地笑笑——一个奇特的景象。它就像我上次对着镜子笑的记忆。

詹姆斯回来了，带着四个看不清楚脸的白大褂——我把头部转向他们，四个随即减少成两个，一个年轻男人和一个中年女人。

女人说：“洛韦先生，我叫泰勒，是负责你的神经外科医生。你感觉如何？”

“我感觉如何？我觉得我在天花板上飘呢。”

“你还有麻药过后的眩晕感？”

“不！”我险些喊了出来：我说话的时候你就不能看着我吗？但我强迫自己冷静下来，然后平稳地说：“我不‘眩晕’——我正在出现幻觉，无论看什么都觉得我在从天花板向下看。你能理解吗？我说这话的时候，正在看着我的嘴唇动。我在俯视你的头顶。我正在体验灵魂出窍——就是此时此刻，在你的面前。”更确切地说，你的上方，“是从手术室里开始的，我看见机器人取出子弹。我知道那只是幻觉，某种清醒的梦——我并没有真的看见任何东西……但事实依然是事实。我醒着，现在还是这个情况。我没法儿下来。”

泰勒医生坚定地说：“机器人没有取出子弹。子弹根本没有进入头部，只是擦过你的颅骨。撞击造成骨折，导致几块碎骨嵌入了里面的脑组织——但受损的区域非常小。”

听她这么说，我如释重负地笑了——然后又停下了；这看上去太怪异了，太做作了。我说：“真是个好消息。但我还是飘在上面。”

泰勒医生皱起眉头。我是怎么知道的？她在俯身看我，面部被挡住了——但这个认知还是通过某种方式传递给了我，就好像我是通过第六感官知道的。这太疯狂了：我肯定是用自己的眼睛“看见”的，这些都是我必定知道的事实，却披上了某种不可靠的超视觉的色彩；而我所谓“看见”的房间——实际上是由猜测和一厢情愿的想法拼凑而成的——却伪装成了自然而然的真相。

“你觉得你能坐起来吗？”

我能——动作很慢。我非常虚弱，但无疑没有瘫痪，我艰难地用双脚和胳膊肘挣扎着，把身体抬起来摆成坐姿。这一番努力让我清楚地认识到了每一条肢体、每一个关节、每一块肌肉……但我最大的感受是它们彼此之间的关系依然没有改变。髋骨依然连着大腿骨，这种事情依然重要——尽管我感觉“自己”离这两者都无比遥远。

在我的身体移动时，我的视线保持不动——但我并不觉得这特别令人不安；在一定的程度上，这似乎一点儿也不奇怪，容易理解得就像转动头部不会让世界朝着反方向旋转。

泰勒医生抬起右手。“几根手指？”

“两根。”

“现在呢？”

“四根。”

她用写字板从上方挡住她的手。“现在呢？”

“一根。但我看不见。我只是猜的。”

“你猜得很对。现在呢？”

“三根。”

“又对了。现在呢？”

“两根。”

“正确。”

她挡住手不让床上的身影看见，“露”给上方的我看。我连续猜错三次，然后一次对，一次错，又一次错。

当然了，这一切都说得通：我只知道我的眼睛能看见的事情，其他的都完全是猜测。显而易见，我没有在从头顶上三米处俯视世界。尽管道理证明得很好，但依然无济于事：我就是降不下来。

泰勒医生突然用两根手指插我的眼睛，直到即将碰到才停下。我甚至没有受惊；从这个距离望去，它并不比《三个臭皮匠》更加吓人。“眨眼反射还有效。”她说。但我知道我的反应不该仅仅是眨眼。

她扫视房间，找到一把椅子，拉过来放在床边。然后她对同事说：“去找把扫帚来。”

她站在椅子上。“我认为咱们应该确定一下你认为你所在的确切位置。”年轻男人拿着一根两米长的白色塑料管回来。“吸尘器的延伸管，”他解释道，“私人病房里没有扫帚。”

詹姆斯站到一旁，时不时羞答答地朝头顶上扫一眼。他开始以委婉的方式露出惊慌的表情。

泰勒医生接过塑料管，用一只手举起来，开始用它的一头刮天花板。“洛韦先生，离你太近就说一声。”那东西朝着我而来，从左侧接近我，从我的视野底部扫过去，离碰到我只差几厘米。

“算是近吗？”

“我——”刮擦的声音很吓人，我费了些力气才迫使自己合作，引导那东西靠近我。

到塑料管终于盖住我的时候，我抵抗着幽闭恐惧发作的感觉，顺着黑乎乎的漫长隧道向下看。塑料管的尽头是一圈刺眼的光芒，正中央是泰勒医生白色系带鞋的鞋尖。

“你现在看见的是什么？”

我描述我见到的东西。她固定住塑料管的顶端，把另一端转向病床，直到它正对着我缠着绷带的额头和我惊恐的眼睛——一个奇异的发光浮雕。

“试着……朝光移动。”她建议道。

我试着这么做。我皱眉瞪眼，我咬牙切齿，我催促自己向前走，顺着隧道下去：回到我的颅骨里，回到我的城堡中，回归我的私人放映室；回到自我的王座上，我身份的船锚上；回家。

但毫无反应。

我一直知道会有子弹打进我的大脑。这件事必定会发生——我挣了太多钱，享受了太多好运气。在内心深处，我一直明白，迟早有一天，我的生活会被迫平账。而我一直知道想杀死我的凶手会失败，会让我变得行动不便、失语失忆；逼迫我挣扎着让自身恢复完整，逼迫我重新发现或重塑自我。

给我一个从头开始生活的机会。

但这是干什么？这算是什么样的赎罪？

眼睛无论睁着还是闭着，我都能不费吹灰之力地分辨出全身的哪个部位在被针扎，从脚底到头顶无一例外——但我皮肤的外表面，无论划分得多么清晰，都依然无法包裹我。

泰勒医生给底下的我看酷刑折磨的照片，看幽默漫画，看色情图片。我畏缩，我微笑，我勃起——而我甚至都还不知道我在“看”什么。

“就像大脑分裂的患者，”我沉思道，“发生在我身上的事情不正是这样吗？让他们在一半视野中见到一幅图，他们会做出相应的情绪反应，但无法描述他们见到了什么。”

“你的胼胝体完好无损。洛韦先生，你不是脑裂患者。”

“不是水平方向——但垂直方向呢？”死寂般的沉默。我说：“我只是在开玩笑。我不能开玩笑吗？”我看见她在写字板上写：负面影响。由于我居高临下，因此毫不费力地“读到”她的评语——但我没有勇气问她写的是不是真是这个。

一块镜子被放在我的面前——等镜子拿开，我发现我没先前那么苍白和憔悴了。镜子转向上方的我，“给我看”我“所在”的地方，空空如也。但我一直都知道。

我一有机会就用眼睛“扫视周围”——我眼中的房间变得越来越具体，越来越稳定，越来越一致。我用声音做实验，用手指敲击床沿，敲击我的胸腔、下巴和头部。我很容易就说服自己相信我的听觉依然来自双耳——声音越靠近底下的器官，似乎就越响，和以前一样——但也不难正确地解读这些线索；我在右耳旁打响指的时候，声音的来源显然更接近耳朵，而不是我。

泰勒医生终于允许我尝试行走了。刚开始我很笨拙，连站都站不稳，陌生的视角害得我分神，但我很快就学会了从视野中摘取我需要的信息（障碍物的位置），无视其他信息。在我的身体穿过房间时，我跟着它移动，或多或少地悬浮在它的正上方，有时候稍微拖后或超前一点儿，但从来不会差太远。说来奇怪，我的平衡感与我向下的视线之间并没有冲突，前者在说我是直立的，后者“应该”（但没有）提示我的身体在面对地板。这部分意义不知怎的被剥去了——它与我能“看见”自己直立的事实毫无关系。也许我真正的方向感是潜意识从我眼睛获取的证据中直接得出的，我大脑受损的区域没来得及破坏这部分信息——就像我对“隐藏”物体的“超视觉”认知。

我确定我能走一公里，只是未必很快。我把身体放进轮椅，一个话少的勤杂工推着它（还有我）离开病房。刚开始，视角非自主的平滑移动让我感到惊慌，但我慢慢地逐渐理解了：我毕竟能感觉到我的手放在轮椅扶手上，而轮椅贴着我的双腿、臀部和后背——“部分”的我在轮椅里，而我就像轮滑手那样在俯视他的双脚，因此我理当接受这么一个概念：我的“其余部分”与之相连，因此不得不跟着移动。穿过走廊，上斜坡，进出电梯，过弹簧门……我大胆地幻想自己溜走，在勤杂工右转的时候左转，但事实上，我无法想象该怎么实现这个目标。

我们拐上一条拥挤的步行道，它连接着医院的两个主要区域，结果我和另一个坐轮椅的病人并排前进——他和我年龄相仿，头部同样缠着绷带。我思考他经历了什么和即将发生什么——但此时此地似乎不适合就此找他攀谈。从上方望去（至少在我看来），两个穿病号服的头部受伤患者几乎难分彼此，我不由得心想：为什么我更在乎这两具躯体里一具的遭遇，关心程度远远超过对另外一具的呢？既然我几乎无法区分它们两者，这一点为何如此重要呢？

我紧紧地抓住轮椅扶手——但按捺住冲动，没有抬起手向我自己打信号：这个是我。

我们最终来到了医学影像科。我被固定在马达驱动的检查台上，医生向我的静脉注射放射性物质鸡尾酒，然后被引导送进由几吨超导磁铁和粒子探测器组成的头盔里。那玩意儿吞噬了我的整个头部，但房间没有立刻消失。与现实割裂的技术人员继续忙着摆弄扫描器的控制系统——就像以前胶片电影时代的临时演员在毫无说服力地假装操纵核反应堆或星际飞船。这一幕渐渐淡出成黑色。

等我重新出来，眼睛已经适应了黑暗，有一两秒，这个房间明亮得难以忍受。

“我们没见过在相同位置发生病变的病例。”泰勒医生承认，体贴地以一定角度拿着大脑的扫描图，既让我的眼睛看见，也让我能够具象化照片的内容。她坚持只对底下的我发表看法，这让我觉得自己像个不受宠的孩子——大人不搭理他，而是蹲着问泰迪好不好。

“我们只知道它是联合皮质。负责高等级的感官信息处理与整合。你的大脑在此处建构外部世界的模型以及你与外部世界的关系。从你的症状来看，你似乎失去了与原初模型的联系，因此只能凑合着使用次级模型。”

“这都是什么意思？原初模型，次级模型？我还是在用同一双眼睛看东西，对吧？”

“对。”

“那我怎么可能没法儿像以前那样看东西了呢？要是摄像机坏了，它只会产生有问题的图像，不会突然开始给你拍空中鸟瞰视图。”

“别管什么摄像机了。视觉和拍照完全不是一码事，视觉是一种复杂的认知活动。视网膜上的光点图案在被分析前没有任何意义，所谓分析包括了从侦测边缘、侦测活动、从噪声中提取特征、简化和外推等的一切，一直向上到建构假想物体、用现实检验结果、对比记忆和期待……最终得到的不是你脑海的小电影，而是你关于外部世界的一组结论。”

“大脑把这些结论装配成你周围事物的模型。原初模型包括了你在任何一个给定时刻能看见的几乎所有东西的信息，但也仅止于此。它能最有效地利用视觉信息，尽可能少地做出假定。因此它有很多优点——但不会仅仅因为信息是通过你的眼睛采集的就会自动生成。另外，它也不是唯一可能存在的模型。我们每时每刻都在建构其他模型，大多数人几乎都能从任何一个角度想象所处的环境——”

我怀疑地大笑：“但不是我这样的。没人能想象出这么清晰的景象。我以前也做不到。”

“有可能你重新部署了一些神经通路，而它们恰好是负责原初模型的强度——”

“我不想重新部署它们！我想要原初模型回来！”我犹豫了一下，脸上忧惧的表情吓住了我自己，但我必须知道真相，“你能做到吗——能修复损伤吗？比如移植一段神经组织？”

泰勒医生和蔼地对我的泰迪说：“我们可以更换受损的组织，但医学对那块脑区的了解不够深入，因此无法由显微手术机器人直接修复。我们不知道该把哪些神经元连接起来，只能向受损位置注射未成熟的神经元，然后让它们自己去形成连接。”

“但是……它们会形成正确的连接吗？”

“最终成功的可能性很大。”

“可能性很大。假如它们能成功，需要多少时间？”

“几个月，至少。”

“我想听听其他人的意见。”

“没问题。”

她同情地拍拍我的手，但离开时甚至没看我一眼。

几个月。至少。病房开始缓缓旋转——非常慢，实际上它根本没在真的转动。我闭上眼睛，等待这种感觉过去。我见到的幻象不肯淡出，依然如故。十秒，二十秒，三十秒。我躺在底下的床上，闭着眼睛……但这并没有让我隐身，对吧？也不会让外部世界消失。我这幻觉麻烦就麻烦在这儿：太他妈符合逻辑了。

我用掌根盖住双眼，然后用力按压。发光三角形组成的拼贴画从视野中央迅速扩张，构成灰色与白色的绚烂图案，很快就吞没了整个房间。

等我拿开双手，残像慢慢淡出，化作黑暗。

我梦见我在俯视我沉睡的身躯，然后飘走了，平静而毫不费力地上升，来到高空中。我在曼哈顿上空飘荡——然后是伦敦、苏黎世、莫斯科、内罗毕、开罗、北京。我出现在时代精神广播公司有分部的每一个地方。我用我的存在包裹这颗星球。我不再需要躯体。我与卫星一起绕地球转动，我在光纤中穿梭。从加尔各答的贫民窟到贝弗利山的豪宅，我是时代精神——

我突然醒来，听见自己在咒骂，然后才明白为什么。

我意识到我尿床了。

詹姆斯从世界各地召唤来几十位最顶尖的神经外科专家，安排另外十几位为我做远程诊断。他们对该如何正确解读我的症状争论不休，但他们所推荐的治疗手段大体而言都是一码事。

于是，他们取出在最初手术中采集的我的少量神经元，通过基因手段恢复到胎儿状态，刺激它在体内增殖，然后注射回受损位置。只做局部麻醉；至少这次我多多少少能“看见”正在发生什么。

接下来的那几天里——时间还太早，看不出治疗的任何效果——我发现我在以快得可怕的速度适应现状。我的协调能力逐渐改善，最终能够在没人帮忙的情况下完成大部分最简单的任务了：吃饭和喝水、大小便、洗澡和刮脸——尽管视角异乎寻常，但这些从小做到大的日常惯例逐渐重新习以为常。刚开始，每次我洗淋浴的时候，总能瞥见伦道夫·默奇森（由安东尼·珀金斯[①]扮演）偷偷溜进蒸汽弥漫的浴室。

亚历克斯来探望我，他终于能从时代精神新闻网莫斯科分部的繁忙事务中脱身了。我看着这一幕，这对不善言辞的父子奇异地触动了我——另外，我也困惑于这种别扭的关系为什么会给我带来巨大的痛苦和惶惑。这两个人并不亲近，但这并不是世界末日。他们与另外几十亿人同样不亲近。但那并不重要。

到第四周结束的时候，我无聊得发狂，对幼稚的藏积木测试失去了耐性，但我的心理学家杨医生坚持要我每天做两次。挡住我视

① 美国男演员，在电影《惊魂记》中贡献了经典的浴室杀人片段。

线的隔板被拿开之后，五块红色和四块蓝色积木会变成三块红色和一块绿色，以此类推一千次……但并不比图片里的花瓶变成两张人类侧脸，或有间隙的图案在对准盲点时神奇地自我填充更能摧毁我的世界观。

泰勒医生在我的胁迫下承认，她没有理由不放我出院，但是——

“我还是希望能够密切观察你。”

我说：“我觉得这事儿我自己就能做到。”

我书房的地上铺着一块两米宽的辅助屏幕，它连接着视频电话系统。就当是个残疾人设施好了，但至少它去除了超视觉因素，让我知道面前较小的屏幕上正在发生什么。

安德里亚说：“还记得我们去年雇的那个创意团队吗？他们想出了一个绝妙的新概念——‘本该存在的胶片时代经典’。都是快要投拍的划时代巨作，但没能在开发过程中活下来。他们打算从《三个窃贼》开始，那是好莱坞重制的《晚礼服》，施瓦辛格演德帕迪约的角色，导演是伦纳德·尼莫伊或伊万·雷特曼。营销部已经做过模拟，显示出有百分之二十三的订户接受试播片段。费用也不会太高；我们已经拥有了所需要的大部分人员的模仿权。”

我操纵我的木偶点头。“听上去……很不错。还有什么需要讨论的吗？”

“只有一件事了。《伦道夫·默奇森的人生故事》。”

“有什么问题吗？”

“受众心理部不肯通过最新一版的剧本。我们不能去掉默奇森刺杀你那段，太广为人知了——”

“我没说过要去掉那段。我只希望剧本里别提到我手术后的情况。洛韦遇刺，洛韦活了下来。好好一个残害搭车客的故事，没必要用一个次要角色的神经性后遗症去扰乱它。”

“对，当然没必要——但问题不在这儿。问题在于，假如故事里有刺杀那段，就必须提到刺杀的原因，也就是那个迷你剧……而受众心理部说观众不会喜欢这种程度的自身影射。就时事新闻而言，没问题——节目是它自己的主题，主持人的行为就是新闻——这是理所当然的，人们已经习惯了。但纪实剧不一样。你不能使用虚构叙事风格——告诉观众你可以安全地投入情感，这仅仅是娱乐，不会真的影响他们——然后突然插入一个指涉，就指向他们正在观看的那个节目。”

我耸耸肩。“好的，我懂了。既然没办法绕过去，那就砍掉这个项目吧。我们可以接受，能承担损失。”

她点点头，不太高兴。我相信这是她想听到的决定，但不该如此轻而易举地做出。

她挂断电话后，屏幕变得空白，房间里一成不变的景象很快就变得单调。我把输入信号切换成有线电视，扫了一遍包括时代精神广播网及其主要竞争者在内的几十个频道。整个世界都在底下供我凝视，从最近的苏丹饥荒到某国内战，从纽约的人体彩绘时尚游行到英国议会遭炸弹袭击的血腥结果。这是整个世界——更准确地说，世界的一个模型：部分真实，部分猜测，部分是我成真的心愿。

我向后靠在椅背上，直到我能向下俯视我的眼睛。我说：“我受够了这个鬼地方。咱们出去走走。”

我望着雪粉在被呼啸的阵风吹走前染白我的肩膀。冰冷的人行道上空无一人。在曼哈顿的这块区域，即便是最舒适的天气，似乎也不再会有人步行去任何地方，更不用说像今天这样的日子了。我只能勉强分辨出四个保镖的身影，他们在我的前方和后方，位于我的视野边缘。

我希望一颗子弹打进我的头颅，我希望被摧毁和重生，我想要一条通往救赎的神奇道路，结果我得到的是什么？

我抬起头，一个衣衫褴褛、胡子拉碴的流浪汉在我身旁出现。他在人行道上跺着脚，抱着自己的身体，瑟瑟发抖。他没有说话，但我停下了脚步。

我底下的一个男人穿得很暖和，裹着厚实的大衣和套鞋。另一个人穿着磨破的牛仔裤、破旧的飞行员夹克和满是破洞的棒球鞋。

两者的对比过于荒谬。穿得很暖和的男人脱掉大衣，递给瑟瑟发抖的男人，然后继续向前走。

而我心想：对《菲利普·洛韦的人生故事》来说，这一幕岂不是很美妙？

无限刺客

The Infinite Assassin

有一件事从不改变：每当某个摄入S上瘾的突变毒虫开始乱搞现实，被他们送进旋涡去收拾烂摊子的永远是我。

为什么？因为他们说我足够稳定、坚固、可靠。每次汇报完情况，公司的心理学家（每次百分之百是陌生人）总会看着输出的结果，惊讶地大摇其头，说我和进去时的“我”完全是同一个人。

平行世界的数量是数不清的无限多——实数的那种无限，而不仅仅是自然数——因此，不经过细致缜密的数学定义，你就很难量化测定这些东西，但大体而言，我似乎是个不变的特例：比起绝大多数人，不同世界中的我彼此之间更加相似。有多相似？在多少个世界里？反正足够派上用场，足够完成任务了。

从来没人告诉我公司是怎么知道这一点的，他们又是怎么找到我的。我在十九岁的时候被招募、利诱、训练、洗脑——我猜是这样。有时候我会怀疑我的稳定性和我本人到底有没有关系；也许真正永恒不变的是他们整备我的方式。也许你把无穷多的不同个体塞进同一个流程，从另一头出来的也总是同样的人，是他们制造出了相同的人。我说不准。

遍布整颗行星的探测器已经感应到了旋涡形成时的微弱信号，将中心点锁定在数公里的范围内。然而通过这种方式，我能指望得到的最精确的定位也就仅止于此了。公司的每一个版本都和其他版本共享科技，以确保统一的最优化响应，但是即便在所有可能存在的世界中最好的情况下，探测器也都太巨大、太复杂了，因此无法继续靠近以获得更精确的读数。

一架直升机把我放在利镇贫民区南部边缘的荒地上。我没来过这儿，但前方用木条钉起来的店头和灰色的高楼街区却分外眼熟。全世界（以及我知道的每一个世界）的每一个大城市都有这么一个地方，造就它们的是通常被称为“差异化执法”的政策。使用或拥有S是被严禁的违法行为，在大多数国家的惩罚（主要）是立即处决，但当权者宁可让使用者聚集在指定区域，也不愿放纵他们在社会上流窜。因此，假如你在干净整洁的城郊居住区被逮住摄入S，他们会当场在你的脑袋上轰出一个窟窿来，但在这儿就不可能了。为什么不可能？因为这儿根本没有警察。

我往北走。时间刚过凌晨四点，但已经酷热难当。我刚走出缓冲区，街道就变得熙熙攘攘。人们进出夜总会、酒类商店、当铺、赌场和妓院。这个城区的路灯已被切断了供电，然而有公民意识的人卸下普通灯泡，换上了自体发光的氚/磷灯球，清冷的苍白光线像极了有放射性的牛奶。普遍的误解是S使用者一天二十四小时除了做梦什么都不干，这样的想法当然很可笑；他们不仅需要和其他人一样吃喝和挣钱，而且极少会有人把药物浪费在平行自我休眠的时间上。

情报称，利镇有个什么旋涡组织，他们也许会干扰我的工作。我以前也被提醒过要注意类似的团体，但从没真的碰到过意外——最轻微的现实畸变就足以让这样的反常现象消失。公司和聚居区是对S的稳定响应，此外的一切似乎都高度依赖于环境条件。话虽如此，我可不能过于自信。即便这些组织大体上不可能对任务造成明显的影响，但他们无疑已经在过去杀死了我的一些版本，我不希望这次倒霉的是“我”。我知道会有无穷多个版本的我活下来——有些版本与“我”的唯一区别就是他们活了下来——因此，也许我完全不需要自寻烦恼去琢磨死亡。

可惜我做不到。

服装部为我准备的服装不可谓不精心，首先是一件“胖单身母亲必须死世界巡演”纪念版的全息反光T恤，然后是款式对路的牛仔裤和型号对路的跑鞋。说来矛盾，S使用者热衷于追随“当地”的时尚潮流，而不是他们梦中的潮流；这也许是因为他们想把梦境生活与清醒生活区分开来。目前看来，我伪装得堪称完美，但我不认为这能持续多久；随着旋涡逐渐加速，聚居区的不同部分会被扫进不同的历史，风格的改变将是最敏感的标志之一。要是我的服饰在不久之后显得格格不入，那我就知道我肯定是走错了方向。

一个高大的光头男人跑出酒吧，和我撞了个满怀，他的一只耳垂上挂着一根皱缩的大拇指。我们分开后，他转向我，大声嘲笑和辱骂我。我的反应很谨慎，人群里说不定有他的朋友，而我不能浪费时间陷入这种麻烦。我没有通过回应他让事态升级，但我表现出明显的自信，同时看上去又不简慢或倨傲。如此不亢不卑的表现得到了回报。看来口无遮拦地羞辱我三十秒满足了他的自尊心，他得意地笑着走开了。

然而在我继续前进的时候，我不禁思考起了有多少个版本的我没能这么轻易脱身。

我加快步伐，以弥补损失的时间。

有人追上了我，和我并肩向前走。“喂，我喜欢你的处理方式，巧妙、务实，操纵了对方的心理。满分。”这是个将近三十岁的女人，短发染成了金属蓝。

“滚。我不感兴趣。”

“对什么？”

“一切。”

她摇摇头。“骗人。你是新来的，正在找什么东西，或者什么人。也许我能帮忙。”

“我说过了，滚。”

她耸耸肩，放慢脚步，但又在我背后喊道：“每个猎人都需要向导。你想想清楚。”

走了几个街区，我拐进一条没有路灯的小巷。没有人烟，一片死寂，空气中散发着垃圾烧到一半、廉价杀虫剂和排泄物的臭味。我发誓我能感觉到：在周围黑暗、颓败的建筑物里，摄入了S的人们正在做梦。

S和其他药不一样。S梦既不超现实也无法让人愉悦。它们不同于模拟器幻游，后者是空虚的幻想、荒谬的童话，充斥着无限的繁盛和难以形容的至福。S梦是做梦者有可能度过的人生，每个细节都和他们的清醒生活一样实在和可信。

只有一个区别：要是梦中的生活玩儿砸了，做梦者可以随时放弃，然后选择另一种生活（其实不需要在梦中摄入S……但众所周知这种事也会发生）。他或她可以拼凑出属于自己的第二人生，在里面没有任何错误是不可撤回的，没有任何决定是不可更改的。这样的人生没有挫折和失败，没有死胡同。所有的可能性都永远唾手可得。

S使做梦者能够代入他们拥有平行自我的任何平行世界中的生活，平行自我与他们拥有足够多的相同的大脑生理学特征，因此可以维持寄生性的链接共鸣。研究表明，完美的基因匹配并非必要条件，但也不是充分条件；童年的早期发展似乎也会影响到神经结构。

对大多数使用者来说，这种药物的作用也就仅限于此了。然而，有十万分之一的可能性，梦境还只是个开始。开始摄入S后的第三或第四年，他们开始在不同世界间肉身穿越，竭力取代他们选中的平行自我。

然而问题在于，在获得这种能力的变种S使用者的所有版本和他们想成为的所有版本之间，并不存在无限的直接交换这么简单的事情。这种跃迁在能量方面违反了自然规律；在现实中，每个做梦者都必须渐进和持续移动，穿越两者之间的所有相关点。但这些所谓的“点”都由他们自己的其他版本占据。这就像在人群或液体中移动。做梦者必须流动。

刚开始，那些已经开发出技能的平行自我分布得非常稀疏，因此不会造成任何影响。但后来，似乎发生了某种对称性的机能停滞；所有流动的可能性都是相同的，包括相反的流动。

对称性最初几次被破坏的时候，通常只会有短暂的颤抖、瞬间的滑移和几乎无法察觉的界震。探测器记录下了这些事件，但它们的敏感度依然太低，无法确定具体的方位。

最终，事态跨越了某个临界阈值。复杂且可持续的流动建立起来，那磅礴而缠结的多重流动具有病态的拓扑结构，只有无限维的空间才有可能容纳。这样的流动是有黏性的，附近的点会被裹挟其中，旋涡因此产生。你越靠近变异的做梦者，被带着在世界之间跳跃的速度就会越快。

随着越来越多版本的做梦者投入流动，旋涡开始加速——它运动得越快，影响力传播得就越远。

当然了，公司并不在乎聚居区内的现实被如何扰乱。我的任务是防止效应扩散到聚居区之外。

我沿着小巷来到一座小山的顶上。前方大约四百米处是另一条大路。我在一座半摧毁的建筑物废墟中找到了一个隐蔽点，展开望远镜，花了五分钟观察山坡下的行人。每隔十到十五秒，我就会注意到一个微小的突变：一件衣服的变化；一个人突然改变位置，或彻底消失，或凭空出现。这是一副智能望远镜，它既能清点视野内所发生事件的数量，也能计算所瞄准的点在地图上的坐标。

我转了个一百八十度，看背后我来时所穿过的人群。速率明显小得多，但同样的事情依然清晰可辨。旁观者当然什么都不会注意到，因为旋涡的梯度非常浅，一条拥挤街道上两个互相能看见的人基本上总会一起穿越宇宙。只有从一段距离外观察，你才能看出改变。

事实上，由于我比南边的人更靠近旋涡中心，我在那个方向上见到的改变更多来自我本身的移动速度。我早已离开了最后那位雇主所在的宇宙，但我毫不怀疑，我留下的空位已经被（并且会持续被）填补。

为了定位，我必须进行第三次观测，地点离连接前两个地点的南北贯穿线要有一段距离。当然了，随着时间的推移，旋涡中心也会偏移，但速度不会太快；世界之间的流动发生在旋涡中心彼此接近之处，因此中心的方位是最不容易改变的东西。

我下山向西走去。

我重新回到人群和灯光之中，等待车流出现空隙的时候，有人拍了拍我的胳膊肘。我转过身，看见了先前和我搭讪的那个蓝发女人。我有点恼怒地瞪了她一眼，但没有开口；我不知道这个版本的她有没有遇到过某个版本的我，而我不想做出违背她期待的事情。现在，至少有一些当地人肯定已经注意到了正在发生什么——光是听着外部世界的电台，发现歌曲在随机地跳来跳去，就足以暴露这个事实了——但散播消息对我没有任何好处。

她说：“我能帮你找到她。”

“帮我找到谁？”

“我很清楚她在哪儿。你没必要浪费时间测量和计算——”

“闭嘴。跟我来。”

她没有反对，跟着我走进不远处的一条小巷。也许有人给我设套，想要伏击我。会是旋涡组织吗？然而小巷里空无一人。等我确定这儿只有我们两人后，我把她按在墙上，掏出枪指着她的脑袋。她没有呼救也没有抵抗，她在颤抖，但我看得出这样的待遇没有让她吃惊。我用手持式磁共振成像仪扫描她——没有武器，没有诡雷，也没有发射器。

我说：“不如你来说说这到底是怎么一回事儿吧。”我发誓不可能有人看见我在山顶上观测，但也许她见过另一个版本的我。我应该没有搞砸，但事情就是发生了。

她闭上眼睛想了一会儿，然后开口，语气几乎称得上冷静："我想节省你的时间，就这么简单。我知道那个变种人在哪儿，我想尽快帮你找到她。"

"为什么？"

"为什么？我在这儿做生意，我不希望见到生意被破坏。你知道在旋涡过境后重新建立联系有多困难吗？你以为怎么着——我上过保险？"

我连一个字都不相信，但也觉得没理由不陪她玩玩，除了对她脑袋轰上一炮，这大概是和她打交道最简单的方法了。我收起枪，从口袋里掏出地图。

"指给我看。"

她指着我们东北方向约两公里外的一座建筑物说："五楼，522房间。"

"你是怎么知道的？"

"我的一个朋友住在那栋楼里。他在快到午夜的时候注意到了效应，然后联系了我。"她紧张地笑笑，"其实，我和他并不熟……但我猜打电话给我的那个版本和另一个我之间有点儿什么。"

"你收到消息后为什么不立刻离开，退到安全距离以外？"

她激烈地摇了摇头。"我最不能做的事情就是离开，我会彻底失联。外部世界并不重要。你觉得我会在乎政府更迭或流行巨星改名换姓吗？这是我的家。要是利镇移动了，那我最好还是跟着它一起移动，至少跟着它的一部分。"

“那你是怎么找到我的？”

她耸耸肩。“我知道你会来。每个人都知道。当然了，我不知道你的长相——但我非常熟悉这地方，而且我一直在睁大眼睛寻找陌生人。看来我运气不错。”

运气不错。说得好。我的一些平行自我也会进行其他版本的这次交谈，但其他的平行自我根本不会进行任何对话。这是另一个随机延迟。

我叠好地图。“谢谢你的情报。”

她点点头。“随时欢迎。”

我走开了，她对着我的背影喊道：“每次都欢迎。”

我加快脚步走了一段时间，其他版本的我应该也在这么做，以弥补他们浪费的天晓得多少时间。我不敢奢望保持完美的同步，但离散度是个不安定因素——假如我不尽量降低离散度，我就有可能通过每一条可能的路径前往旋涡中心，抵达时间会分散在几天的跨度之间。

尽管我通常能够弥补失去的时间，但我永远不可能完全消除可变延迟的效应。在离中心的不同距离上耗费不同长度的时间，意味着所有版本的我无法统一移位。理论模型表明，在一些特定的情况下，这会导致间隙的产生，我会被挤进穿越流的某些特定部分，从其他部分中销声匿迹——这就像把0到1的所有数减半，留下一个从0.5到1的窟窿……把一个无限压缩塞进另一个大体相同但几何尺寸减半的无限，我的任何版本都不会被摧毁，而同一个世界中甚至不会同时存在两个我，总之尽管如此，一个间隙已经被这么创造出来了。

我走向我那位“线人”声称突变者正在做梦的地方，但内心几乎静如止水。无论这个情报是真是假，我都怀疑我收到线报的世界在被卷入旋涡的所有世界里能占据多大的比重——从数学角度来说，恐怕是个零测度[1]。只在如此稀疏的一个世界集合中采取行动，就破坏流动而言会是完全无效的。

假如我没猜错，那我做什么实质上就毫无区别了。即便收到线报的所有版本的我都径直走出旋涡，对任务本身都不会造成任何影响。少一个零测度不会有人在乎。然而从这个意义上说，我这个个体的行为永远是无关紧要的；假如我（只有我）开了小差，那么损失将小得可以忽略不计。但问题在于，我永远不可能知道是不是只有我一个人采取这样的行动。

而事实上，也许有多个版本的我已经开了小差；无论我的人格有多么稳定，你都很难相信没有任何一个可能存在的量子排列组合会导致这样的行动。无论存在哪些物理上可实现的选择，我的平行自我都已经做过了（并将继续去做）其中的每一个。我的稳定性在于所有这些分支的均匀分布和相对密度之中，在于预先定义的静态结构的形状之中。自由意志是一种合理化的行为，我无法阻止我做出所有正确的决定，还有所有错误的决定。

但我“更愿意”（就当这个词有意义好了）不去多想这些事情。唯一合乎理性的做法是把自己当作众多有自由意志的行动者中的一员，从而“竭力”追求一致性；无视捷径，坚持程序，“尽我所能”地凝聚我的存在。

① 某个集合的测度为0。

至于要不要担心那些开小差、失败或丧生的平行自我，有个非常简单的解决方法：我不承认我与他们之间的关系。我有权以我喜欢的任何方式来定义我的身份。我也许会被迫接受我的多重性，但边界是由我来画线的。“我”是活下来和取得成功的那个人。除此之外都是他者。

我来到一个合适的有利位置，做了第三次计量。景象开始变得像一段半小时的视频被剪辑成五分钟——不过整个场景并不是同时改变的；除了一些高度相关的情侣，不同的人总是单独消失或出现，就像是针对个人的镜头跳切[①]。他们依然或多或少地在一起转换宇宙，但就他们在任何瞬间的物理位置而言，情况复杂得与随机跳跃没什么区别。也有几个人从不消失；有个男人一直在同一个路口徘徊，但他的发型至少彻底改变了五次。

测量完成后，望远镜内的电脑随即算出旋涡中心的估计位置。坐标与蓝发女人指出的建筑物约有六十米，完全在误差范围之内。因此她说的有可能就是真相，但这没有改变任何事情。我依然必须忽略她的存在。

我开始走向目标，心想：也许我在小巷里终究还是被伏击了。也许她给我突变者的方位是在蓄意分散我的注意力，从而分割我。也许女人扔过硬币来分裂宇宙，正面是提示我，反面是不提示——或者掷骰子，从更长的策略列表里选择。

只是理论上的可能性……但也是个能安慰人的念头：假如旋涡组织为了保护他们的虔信对象顶多只能做到这一步，那我就完全不

① 一种剪辑手法，突出某些必要内容，省略时空过程。

需要害怕他们了。

我避开大路，然而即便在小街上，你也很快就会看到消息已经传开。人们从我身旁跑过，有些歇斯底里，有些面目狰狞；有些空着手，有些带着细软；有个男人从一个门洞跑到另一个门洞，把砖头扔进窗户，叫醒里面的人，呼喊着宣布消息。不是每个人都朝着同一个方向而去；大多数人只是在逃离聚居区，努力躲避旋涡，但还有一些人无疑在疯狂地寻找朋友、家人、爱人，希望在他们变成陌生人之前找到他们。我祝他们好运。

但是在灾变中心区，总会有几个死硬做梦者原地不动。他们并不在乎跃迁，他们能在任何地方抵达他们梦境中的生活——至少他们是这么认为的。有些人很可能会大吃一惊；旋涡说不定会穿过不存在S供应的世界，突变者在那里的平行自我根本没听说过这种药物。

我拐上一条又长又直的大道，肉眼见到的景象开始呈现出十五分钟前在望远镜中见到的跳切性质。人们闪烁、移位、消失。没有任何一个人会在视野内停留很长时间；很少有人能在消失前走出十米或二十米。很多人一边奔跑，一边闪躲和磕绊，有时被空荡荡的地方挡住，有时在真正的障碍物前止步，两者的频率差不多；他们对周围世界持久性的信心被完全打破了。有些人低着头、伸着胳膊盲目奔跑。大多数人明智地选择步行，但街道上也有很多被撞坏和遗弃的车辆时隐时现。我看见一辆正在行驶的车，但仅仅是一闪而过。

我没在附近的任何地方见到我自己，从没看见过。随机散布会在一些世界里把我两次放进同一个世界——但可能性依然是个零测度。向靶标投掷两枚理想化的飞镖，两次击中同一个零维点的概率是零。在无限多个世界里重复这个实验，你迟早会得到你想要的结果，但可能性是个零测度。

远处的改变是最狂乱的，但随着我的移动（事实上，部分原因仅仅是分离），迅速到模糊的活动减退到了一定的程度，但与此同时，我也在朝着更陡峭的梯度前进，因此我在缓慢地追上混乱的中心。我保持着谨慎的步伐，留意突然出现的人形障碍物和地势的改变。

行人越来越稀少。这条街本身依然存在，但我周围的建筑物开始变形成怪异的嵌合体，互不相配的区块并列现身，先是出自形形色色的设计风格，进而是迥然不同的建筑结构。我仿佛在步行穿过超速运转的某种全息建筑拼像机器。没过多久，这些复合体中的大多数纷纷垮塌，因为应该承载负荷的部位出现了致命的分歧而失去平衡。掉落的瓦砾让人行道变得非常危险，于是我只好在路中间的车辆残躯之间穿行。现在已经不存在还能移动的车流了，然而在“静止”的废铁之间寻找方向非常耗费时间。障碍物来来去去，等待它们消失通常比掉头另找出路更快。有时候我被团团围困，但从来不会太久。

最后，我周围的绝大多数建筑物在绝大多数世界里似乎都已经垮塌，而我在路面边缘找到了一条还算能走的小径。附近看上去像是一场地震已经夷平了聚居区。望向背后，远离旋涡的地方什么都没有，没有特征的建筑物犹如灰色的雾气；那里的建筑物依然在整体移动（或者足够接近整体移动，因此能保持直立状态），但我移动得比它们快得多，因此天际线被数以十亿计的不同可能性涂抹成了无定形的多重曝光景象。

一个被斜着切开的人在我前方出现，倒下，随即消失。我的胃里一阵翻腾，但我坚持前进。我知道同样的事情肯定发生在不同版本的我身上，但我宣布它（或者定义它）是陌生人的死亡。梯度现在太高了，身体的不同部位有可能被拽进不同的世界，而解剖意义上的互补组件没有良好的统计学理由非要保持正确的排列方式。不过，这种致命分裂的发生率难以解释地低于计算预测的结果；人类的身体会以某种方式捍卫它的整体性，整体跃迁的概率远远大于应然的数字。科学家尚未确定这个反常现象的物理基础，然而，人类大脑可以从超空间的多重分支和扇形展开中构建均一历史、时间感和身份感的幻觉，如此能力的物理基础也同样被证明是难以捉摸的。

天空慢慢亮起来，这是一种奇异的灰蓝色，任何一个单独的阴天都不可能呈现出这个颜色。街道本身处于一种流变状态之中，每走两三步就是一个全新的体验——柏油、断裂的砖石、混凝土、沙子，它们的水平高度全都略有区别——甚至还短暂地出现了一片枯萎的草地。我头骨里的惯性导航植入物指引我穿过混乱的环境。一团团尘土和浓烟来来去去，然后——

一片簇生的公寓楼，它们的表面特征不停闪烁，但没有显示出要解体的迹象。这里的跃迁速率前所未有地高，但反而制造出了相互平衡的效果：离做梦者越近，流动所途经的一个个世界就必须越来越相似。

这一组建筑物大致上是对称的，你一眼就能看清哪一座建筑物位于最中心。所有版本的我都会做出相同的判断，所以我不需要通过荒谬的精神歪曲来避免根据线报采取行动。

这栋楼的正门摇摆不定，主要在三个平行现实之间震荡。我选择了最左侧的一扇门；这是程序规定的，公司招募我之前就在它的不同版本之间推广了这套标准（毫无疑问，相互矛盾的指令流传过一段时间，但最终必定有一套方案占据了主导地位，因为我在听取简报的时候从没听过其他的方案）。我常常希望我能留下（和/或跟随）某种痕迹，但无论怎么做标记都会是白费力气，标记永远会比它应该引导的人更快被冲往下游。我别无选择，只能信任标准程序，以尽量减小我的离散。

从门厅望去，我能看见四个楼梯间——所有的楼梯都化作了一堆堆闪烁的瓦砾。我走进最左侧的楼梯间，向上望去：清晨的光线从各种可能存在的窗户里照进来。宽阔的混凝土楼板之间的距离保持不变；这种处于不同位置上的大型结构体之间的能量差异，使它们比所有可能存在的特定形状的楼梯都更加稳固。然而，裂隙肯定也在形成，给它们一定的时间，即便是这座建筑物，无疑也会屈服于它的种种矛盾——在一个又一个世界里杀死做梦者，最终使流动停止。但没人知道到时候旋涡已经扩展到了多远的距离外。

我携带的爆炸装置尽管小，但威力绰绰有余。我在楼梯间安装了一个炸弹，念出激活指令，然后拔腿就跑。撤退时我回头隔着门厅看了一眼，然而在一段距离之外，瓦砾中的细节只是一团模糊。我放置的炸弹已被扫进另一个世界，不过这是个信仰问题（也是个经验问题）：会有无限多的其他炸弹来取代它。

我撞上了一堵墙，那儿曾经是一扇门，我后退一步，再次尝试，这次穿了过去。我跑过街道，一辆废弃的汽车在我前方陡然出现，我绕过它，在它的另一侧卧倒，护住头部。

十八，十九，二十，二十一，二十二？

没有任何响动。我抬头望去。车已经消失。公寓楼依然屹立——而且依然在闪烁。

我晃晃悠悠地爬起来。有些炸弹也许（肯定）哑火了……但应该有足够多的炸弹已经爆炸，破坏了流动。

所以发生了什么？也许做梦者在某个小而连续的世界流残片中活了下来，而它自行封闭成了一个循环——坏运气将我卷了进来。怎么活下来的？炸弹爆炸的世界应该是随机均匀分布、各向密集的，足以完成任务……但也许有某种畸形的聚类效应催生了一个空隙。

也可能是我最终被挤出了部分世界流。我一向觉得能导致如此结果的理论条件过于怪诞，因此不可能在真实生活中实现……但万一事情就是这么发生了呢？我的存在中有一个缺口，在我的下游，会留下一个根本没有炸弹的世界。——而我一旦离开大楼，我的跃迁率突然下降，它们就开始继续流动并追上了我。

我“回到”楼梯间。那儿没有尚未爆炸的炸弹，也没有其他版本的我曾经来过的迹象。我放置好备用的爆炸装置，然后再次逃跑。这次我没能在街上找到遮蔽物，于是直接卧倒在地。

还是什么都没发生。

我努力让自己恢复平静，想象各种可能性。假如第一个炸弹爆炸的时候，不存在炸弹的空隙没有完全经过我不存在的空隙，那么我就依然有可能不在存活下来的一部分世界流里——因而使同样的事情再次发生。

我盯着依然屹立的公寓楼，不敢相信自己的眼睛。我是成功的版本集。这就是我的全部定义。但失败的到底是谁呢？假如某一部分世界流里没有我，在那些世界里就没有任何一个版本的我去失败。谁该承担责任？我该否认谁的存在？成功放置炸弹，但“应该已经”在其他世界里完成任务的那些我吗？我是他们之中的一员吗？我不可能知道。

那么，现在怎么办？这个间隙有多大？我离它有多近？它能击败我多少次？

我必须继续去杀死那个做梦者，直到我最终成功。

我回到楼梯间，楼板间距约为三米。为了上楼，我使用了一个小抓钩，抓钩上连着一小截绳索；抓钩向混凝土楼板发射了由爆炸物驱动的钢钉。绳索一旦展开，它被不同世界分割成许多段的概率就会增大。我必须尽快采取行动。

我严格按照章程，有计划地搜索一楼，就好像从没听说过522房间似的。众多平行世界里的隔断墙叠加成模糊的一团，简陋的家具犹如幽影，可怜巴巴的一堆堆财物瞬生瞬灭。等我搜索完毕，我停顿片刻，等待我颅骨里的时钟走到下一个十分钟的整数倍。这个战略并不完美，有些落伍者会掉队不止十分钟，但无论我等多久，这种事都有可能发生。

二楼同样空无一人，但稍微稳定一些。毫无疑问，我正在靠近旋涡中心。

三楼的建筑结构几乎是坚固的。四楼，要不是无主的物品在房间的角落里时隐时现，说是正常都有人相信。

五楼——

我一扇一扇踹开门，坚定地沿着走廊向前走。502，504，506。我以为等我来到这么近的地方，有可能会忍不住去破坏程序，但我反而发现我比先前更容易遵守规定了，因为我知道如果搞砸了，我是不会有机会卷土重来的。516，518，520。

522房间的最里面，一个年轻女人摊开四肢躺在床上。她的头发是概率叠加出来的隐约光环，她的衣物是半透明的雾霭，但她的身体看上去坚实而牢固，这个夜晚的所有混乱都围绕着这个准固定点转动。

我走进房间，瞄准她的颅骨，扣动扳机。子弹在世界之间跃迁，然后才能抵达她的身体，但它会在下游杀死另一个版本的她。我开了第二枪和第三枪，等待某个刺客兄弟的子弹在我眼前击中目标——或者等待世界流停止，等待活着的做梦者变得数量太少、分布太稀疏，因而无法维持流动。

两者都没有发生。

“你倒是不着急嘛。”

我转过身。蓝发女人站在门外。我重新装弹，她没有阻止我。我的双手在颤抖。我重新转向做梦者，又杀了她二十几次。我眼前的版本依然毫无变化，世界流也没有停歇。

我再次装弹，转身朝着蓝发女人挥动武器。“你他妈对我做了什么？只剩我一个人了吗？你杀了其他所有的我？”但这么说很荒谬——况且，假如这是真的，她怎么可能看见我呢？对不同版本的她来说，我只会是个瞬生瞬灭、难以察觉的影子，仅此而已；她甚至都不可能知道我站在这儿。

她摇摇头，淡然道：“我们没有杀任何人。我们把你映射进了康托尘，就这么简单。所有版本的你都还活着——但没有一个版本的你能阻止旋涡。”

康托尘，一个分形集，是不可数的无限，但量度为零。我的存在中不存在间隙；有一个无限的数，一连串没有尽头、越来越小的黑洞，无处不在。但——

“怎么可能？你给我下套，你拉着我交谈，但你怎么可能协调延迟呢？还有计算效应？那会需要……”

“无穷大的算力？无限多的人？”她嫣然一笑，“我就是无限多的人。全都在S的作用下梦游。全都梦见彼此。我们可以同步行动，就像一个人也可以分开单独行动，或者介于两者之间。例如现在，我的一些版本在任何时刻都能看见和听见你，与其他版本的我分享她们的感官数据。”

我转向做梦者。“为什么要保护她？她永远也不会得到她想要的东西。她会把城市撕成碎片，她甚至永远也不会抵达她的目的地。”

“在这儿也许确实不能。”

“这儿不能？她跨越了她所生活的全部世界！否则还能在哪儿？”

女人摇摇头。“是什么创造了那些世界？普通物理过程的平行可能性。但不只如此，世界间移动的可能性也会产生完全相同的效果。超空间本身也会分支进入不同的版本，每一个版本都包含了所有可能的跨世界流。另外，不同版本的超空间之间还有可能存在更高层级的流，因此整个构造还有可能再次分支，诸如此类。”

我闭上眼睛，眩晕感吞噬了我。假如这朝着更高阶无限的无穷上升是真的——

“在某个地方，做梦者永远会获胜？无论我怎么做？”

“对。”

“而在某个地方，我永远会获胜？在某个地方，你没能击败我？”

“对。”

我是谁？我是成功的版本集。那我又是谁呢？我什么都不是。一个零测集。

我扔下枪，朝做梦者走了三步。我已经褴褛的衣物在世界间分离，纷纷脱落。

我又走了一步，然后停下了，突如其来的暖意使我惊骇。我的毛发和表层皮肤已经消失，细密的血液像汗珠似的覆盖我的全身。我第一次注意到了凝固在做梦者脸上的笑容。

于是我开始思考：在多少个无限集的世界里，我会再向前走一步？又有多少个不计其数版本的我会转身走出这个房间？当我以所有可能的方式生存和死亡时，我究竟在从屈辱中拯救谁？

我自己。

学习成为我

Learning to be me

我六岁那年，父母告诉我，我的头颅里有一颗小小的黑色宝石，它正在学习成为我。

无数显微级的蜘蛛织了一张遍及我整个大脑的细密金丝网，方便宝石的老师偷听我思想的低语。宝石本身窃取我的感官，阅读我血液中携带的化学信息；它看到、听到、闻到、尝到和感觉到的那个世界正是我的世界，而它的老师监控它的思想，将它们与我自身的想法对比。每当宝石的想法出错，比思想更快的老师就会以略有不同的方式重建宝石，这样那样地修正它，寻找会让它的想法趋向正确的变化。

为什么？这样等我不再是我的时候，宝石就可以替我成为我。

我心想：假如听到这番话会让我感到奇怪和头晕，宝石会产生什么样的感觉呢？完全和我一样，这是我的推测。它不知道它是宝石，而它也在思考宝石会作何感想，它也会推测："完全和我一样，它不知道它是宝石，而它也在思考宝石会作何感想……"

而它也在思考——

（我知道，因为我在思考。）

——它也在思考它是不是真正的我，还是说它其实仅仅是正在学习成为我的那颗宝石。

作为一个藐视一切的十二岁孩子，我应该嘲笑这种幼稚的担忧。除了某些稀奇古怪的守旧派，每个人都有那颗宝石，沉迷于思考它的怪异之处让我感到难以忍受的矫情。宝石就是宝石，生活中一个平凡的事实，和拉屎一样正常。我和我的朋友们会说关于它的糟糕笑话，就像我们说关于性爱的糟糕笑话一样，是为了向彼此证明我们是多么不在乎这个概念。

但我们并不像我们假装的那样沉着冷静和不为所动。有一天，我们都在公园里消磨时间，我们没什么特别的事要做，有个人（我忘记了他叫什么，但他在我脑海里留下了印象，因为他太聪明了，对自己反而没好处）问其他每个人："你是谁？宝石还是活人？"我们全都不假思索、愤愤不平地答道："活人！"

轮到我们之中的最后一个人了，他嘎嘎怪笑道："哈，我不是活人，而是宝石。你们这帮废物全都会被冲进宇宙的马桶——除了我，我会永远活下去。"

我们揍他，揍到他流血。

到我十四岁的时候，尽管（也许正因为）教学机器枯燥的课程里对宝石几乎只字不提，我对这个问题思考得却越来越多。假如有人问"你是宝石还是人？"学术上的正确答案必须说"人"——因为只有人类大脑才具有回答问题的生理能力。宝石能接收来自感官的输入，但不能控制身体，它的预期回答符合你真正说出口的话，仅仅是因为这个装置完美地模仿了大脑。对外部世界说“我是宝石”——无论用语言、书写还是与身体相关的其他方法——都是本质错误的（尽管这套推理并不排除你可以自己这么想）。

但是，在更广泛的意义上，我认为这个问题只是走入了歧途。只要宝石和人脑共享相同的感官输入，只要老师让两者的思想保持完全一致，那就只存在一个人、一个身份和一个意识。这个唯一的人只是凑巧有个（极为理想的）特性，那就是无论宝石还是人脑被摧毁了，他或她都会不受损伤地活下来。人类一直有两个肺和两个肾，过去近一百年来，许多人带着两个心脏生活。道理相同：这是为了冗余，为了稳健性，此外无他。

有一年，我的父母认为我已经足够成熟，于是告诉我他们在三年前就完成了切换。我假装很平静地接受了这个事实，但我非常生气，因为他们当时竟然没有告诉我。他们声称去海外出差，其实是去住院了。这三年我一直和两个宝石脑袋生活在一起，他们却根本没有告诉我，而我以为他们一定会告诉我的。

“你没觉得我们有什么不一样的，对吧？”我母亲问。

“没觉得。”我诚实地回答，但怨恨还是炙烤着我。

“所以我们才没有告诉你，”我父亲说，“假如你在当时就知道我们转换了，很可能会想象我们在某些方面不一样了。等到现在才告诉你，这样你更容易接受我们依然是一直以来的那两个人。”他搂住我，抱了一下。我险些尖叫“别碰我！”但我及时想到我已经说服了自己，宝石没什么大不了的。

在他们坦白前很久，我就应该猜到他们已经切换了。说到底，几年前我就知道大多数人在三十出头的时候就完成了切换。有机质的大脑从这个时候开始走下坡路，只有傻瓜才会让宝石去模仿衰退。就这样，神经系统重新接线，身体的缰绳被移交给宝石，而老师被关闭。在一个星期的时间里，大脑向外发出的神经信号会对比宝石发出的信号，但这时的宝石已经是个完美的复制品了，再也不可能被检测到任何差异。

大脑于是被切除和丢弃，取而代之的是个人工培养的海绵状物体。它的形状与大脑相同，连最细微的毛细血管也一模一样，但不比肺脏或肾脏更具备思考能力。假脑从血液中摄取与真脑一样多的氧和葡萄糖，忠实地履行一些粗浅而基本的生化职责。随着时间的推移，与其他的血肉组件一样，它也会衰亡，也需要被更换。

但宝石是永生的。除非你把它扔进核爆火球，否则它就能存续十亿年。

我的父母是机器，我的父母是神祇。没什么了不起的。我讨厌他们。

十六岁那年，我坠入爱河，重新变成了一个孩子。

与伊娃在海滩上共度的温暖夜晚，我无法相信一台纯粹的机器能有我这样的感觉。我清楚地知道，假如把身体的控制权交给我的宝石，它会说出和我一样的那些话，以同样的温柔和稚嫩来执行我每一次笨拙的爱抚——但我无法接受它的内在生活和我的一样丰富、奇妙和快乐。性，尽管有快感，但我能接受它仅仅是一种机械性的功能，然而，我们之间存在某些东西（至少我这么相信），它与肉欲无关，与语言无关，与我们身体的任何具体行为无关，就算是埋伏在沙丘里的间谍，他们用抛物面麦克风和红外线望远镜也不可能发现。做爱后，我们静静仰望屈指可数的可见星辰，我们的灵魂在某个隐秘之处互相联结，任何一台水晶电脑努力十亿年也没有希望企及。（假如我对十二岁时那个既睿智又低级趣味的我说这番话，他肯定会狂笑到大出血。）

这时我已经知道，宝石的“老师”并没有监控大脑中的每一个神经元。无论在处理数据的能力上，还是仅仅对脑组织的生理侵入而言，那都是不切实际的想法。某个人的理论声称，对特定关键神经元采样和对整体采样的效果几乎相同，而（鉴于一些非常合理的假设，没人能够有效地反驳）所涉误差的上下限能够以严谨的数学来确定。

刚开始，我宣称大脑与宝石、人与机器、爱与爱的模仿物的区别就存在于这些误差之中，无论这样的误差是多么微小。然而，伊娃很快就指出，企图根据采样密度来做出定性的根本区分是个荒谬的念头；假如下一个模型老师采样的神经元更多，误差率减半，那么它的宝石是不是就位于“人”和“机器”之间的“半中间”呢？理论上（最终也是实际上），误差率能做到小于我愿意指定的任何一个数字。我真的相信十亿分之一的差异能造成任何区别吗？特别是每个人每天都会因为自然损耗而永远失去数以千计的神经元。

她当然是正确的，但我很快就为我的立场找到了似乎更合理的辩护意见。我认为，活神经元的内部结构远比在宝石的所谓“神经网络”里发挥相同功能的粗陋光学开关更加复杂。神经元是否放电只反映了其功能的一个层面；没人知道生物化学的微末细节（牵涉到的特定有机物分子的量子机制）对人类意识的本质有什么影响。

复制抽象的神经拓扑结构未必足够。没错，宝石能通过自以为是的图灵测试（任何一个外部观察者都无法区分它和人类），但那并不能证明宝石的感觉就和人类的一样。

伊娃问："所以你永远不会切换吗？你会摘除你的宝石，在大脑衰亡时和它一起死吗？"

"也许吧，"我说，"活到九十几、一百再死，总好过三十岁就自杀，让机器取代我，走来走去假装是我。"

"你怎么知道我没有切换呢？"她存心刺激我，"你怎么知道我不是在'假装是我'呢？"

"我知道你没有切换，"我得意扬扬地说，"我就是知道。"

"怎么知道？我们看上去是一样的，说话是一样的，所有方面的行为也都是一样的。最近人们切换得越来越早了。因此你怎么知道我没有切换？"

我翻身侧躺对着她，凝视她的眼睛。"心灵感应，魔法，灵魂交流。"

十二岁的我开始哧哧发笑，但那时候我已经知道该怎么赶走他了。

十九岁，尽管我学的是金融，但我选修了一门本科哲学课。然而，哲学系似乎对恩多里装置没什么可说的，这个装置的俗称就是"宝石"（恩多里本人其实称之为"分身"，但"宝石"这个偶然的押韵昵称已经被叫开了[①]）。他们讨论柏拉图、笛卡尔和马克思，

① 分身（the dual）和宝石（the jewel）元音发音相近。

讨论圣奥古斯丁和（感觉特别现代和敢做敢为的时候的）萨特，但即便他们听说过哥德尔、图灵、汉姆生或金，他们显然都拒绝承认。出于纯粹的挫折感，我在一篇关于笛卡尔的小论文里指出将人类意识视为可“装载”在有机质大脑或光学水晶上的“软件”，实质上是笛卡尔二元论的死灰复燃——写作“软件”，读作“灵魂”。导师在涉及这个观点的每一段上都画了个巨大的发光红叉，然后在页边上写道（用垂直的二十磅Times黑体字，外加轻蔑的两赫兹闪烁）：偏题！

我退了哲学课，报了一门为非专业学生开设的光学晶体工程课。我学到了很多固态量子力学的知识，学到了很多引人入胜的数学知识。我明白了神经网络只用于解决复杂得难以理解的问题。通过反馈来配置一个足够灵活的神经网络，你能模仿几乎所有系统——从相同的输入模式中获得相同的输出模式——但尽管能做到这一点，却无法帮助你去理解被模仿的那个系统。

“‘理解’，”讲师对我们说，“是个过誉了的概念。没人真的理解一个受精卵是怎么变成一个人的。我们该怎么做？不再生孩子，直到我们能用一套微分方程来描述个体发育过程？”

我不得不承认她这话说得有道理。

到了这时候，我已经看透了：没人知道我所渴求的答案，而我凭自己也不太可能琢磨出来；我的智力技能往好里说也只是平平无奇。因此我面临的选择也很简单：我可以浪费时间去抓耳挠腮探究意识的秘密，也可以像其他所有人那样，忘记烦恼，过好我自己的小日子。

我二十三岁和达芙妮结婚的时候，伊娃已经成了一段遥远的记忆，有关灵魂交流的一切也是如此。达芙妮三十一岁，是我读博士期间受雇的那家商业银行的一名高管，所有人都认为这段婚姻会对我的职业生涯有好处。我一直不太确定她从婚姻中得到了什么。也许她真的喜欢我。我们的性生活相当和谐，我们心情低落时互相安慰，就像心地善良的人安慰陷入困境的动物那样。

达芙妮没有切换过。她每个月都能想出越来越荒唐的拖延借口，而我取笑她，就好像我自己从没想过不切换似的。

“我害怕，”一天夜里她向我坦白，“我怕一切换我就死了，剩下的仅仅是个机器人，或者木偶，反正不是我自己了。我不想死。”

听她这么说，我也感到不安，但我掩饰住了我的情绪。“假如你中风，”我轻松地说，“会摧毁你的一小部分大脑。假如医生植入了一台机器，代替受损脑区履行它负责的功能，你还是原来的‘自己’吗？”

“那当然。”

“那么，假如医生这么做了两次，或者十次，或者一千次——”

“但未必一直是这样的。”

“是吗？那么百分比达到哪个神奇的数字，你就不再是你自己了呢？”

她怒视着我。“这种古老的陈旧论点——”

“既然这么古老和陈旧，那就请驳倒我吧。”

她哭了。“我不需要。滚你的吧！我吓得要死，你却根本不在乎。”

我把她搂进怀里。“嘘——对不起。但每个人都迟早会切换。

你不需要害怕。我就在这儿。我爱你。”这番话就像录制好的录音，看见她的眼泪就会自动播放。

“你愿意吗？和我一起？”

我顿时如坠冰窟。“什么？”

“同一天做手术，我切换的时候你也切换。”

很多夫妻会这么做，就像我的父母。毫无疑问，有时候这是为了爱、承诺和同甘共苦。但其他时候，我相信仅仅是因为两个人都不想成为和宝石脑袋生活在一起的未切换普通人。

我沉默片刻，然后说：“当然。”

在接下来的几个月里，达芙妮的所有恐惧（我曾嘲笑她“幼稚”和“迷信”）迅速变得完全符合逻辑了，而我本人的“理性”看法变得抽象而空洞。我在最后一刻退缩，拒绝接受麻醉并逃离了医院。

达芙妮不知道我抛弃了她，去做了手术。

我再也没有见过她。我无法面对她。我辞职，离开我们居住的城市，一年后才回来；胆怯和背叛使我憎恨自己，但我同时又为逃脱而欣喜。

她对我提起了诉讼，但几天后就撤诉了，通过律师同意了走简单程序离婚。在离婚结束前，她寄给我一封短信：

说到底，其实没什么好害怕的。我还是原来的我。拖延是发神经。现在我已经做出了信仰之跃，我不可能比现在更自在了。

爱你的机器人妻子，

达芙妮

我二十八岁的时候，几乎所有认识的人都切换了。我在大学里认识的朋友全都切换了。新工作上的同事才二十一岁就切换了。我通过一个朋友的朋友听说，伊娃早在六年前也已经切换了。

我拖延得越久，就越是难以下决心。我可以征求已经切换了的一千个朋友的意见，我可以一连几小时考问我的密友，问他们儿时的记忆和最私密的想法，然而无论他们回答得多么有说服力，我都知道恩多里装置已经在他们的脑袋里待了几十年，学习的正是该如何伪装这种行为。

当然了，我也一向承认，就算对方也是个没切换过的人，想确定他的内在生活在任何方面与我的一模一样，这同样是不可能做到的——然而，更倾向于怀疑脑壳被刮干净了的人有这样那样的问题，这似乎也并非全然毫无理由。

我逐渐疏远朋友，不再陷入恋情。我选择在家工作（工作时间更长，生产效率提升，因此公司一点儿也不在意）。我无法忍受和我怀疑是否具有人性的同事们待在一起。

我这种人并不孤独。开始寻找之后，我发现有几十个组织只接纳没切换过的人，有社交俱乐部，供大家像离婚人士那样倒苦水，也有妄想狂的准军事组织“抵抗阵线”，他们认为自己活在《天外魔花》[1]的世界里。然而，即便是社交俱乐部的成员，也让我觉得有精神极度失调的问题。他们大多数人与我有着完全相同的苦恼，但我的那些想法从他们嘴里吐出来，怎么听都既偏执又漏洞百出。我认识了一个刚过四十岁的未切换女人，和她短暂地交往了一段时

① *Invasion of the Body Snatchers*。于1956年上映的一部电影，讲述了外星人复制小镇居民，逐渐控制全城的故事。

间，但我们的话题只有我们如何害怕切换。这是存心受虐，这令人窒息，这是发疯。

我决定求助于心理治疗，但无法提起勇气去见已经切换的心理医生。等我终于找到了一个没切换过的医生，她却企图说服我帮她炸电站，好让“他们”知道谁是老大。

每天夜里我总是辗转反侧几个小时，尝试用各种各样的方法说服自己，但我越是沉思这些问题，它们就越显得空洞和难以捉摸。说真的，“我”是什么？我的人格完全不同于二十年前的我了，说“我依然活着”代表什么？我以前的自我和死了毫无区别（我对它们的记忆并不比我对当时的熟人更加清晰），但失去它们给我带来的顶多只是一丝不适。比起我生命中迄今为止的那些变化来说，有机质大脑的毁灭也许只是个小小的插曲。

但也可能不是。也许它和死亡就是一码事。

有时候我最后会啜泣发抖，惊恐孤独，无法理解（但同时又无法不去思考）自我不复存在的恐怖前景。另一些时候，我会“健康地”对这一整个乏味的问题丧失兴趣。有时候我确信，宝石的内在生活的本质是人类有可能面对的最重要的问题。另一些时候，我的疑虑显得愚蠢而可笑。每天都有几十万人完成转换，而我们的世界显然在一如既往地运转，这个事实难道不比深奥的哲学讨论更有分量吗？

最后，我终于约了个手术日期。我心想：有什么可失去的呢？未来六十年的不确定和偏执妄想？假如人类在用上发条的机器取代自身，那我还不如去死。我缺乏盲目的信仰，无法加入变态狂的地下组织——他们只要别真的做出些什么来，政府就会容忍他们的存在。另外，假如我的所有恐惧都毫无根据，假如入睡和醒来、脑细胞的日常衰亡、成长、体验、学习和遗忘这些创伤都没能杀死我的身份，那么它肯定也能从切换中活过来——到时候我不但能得到永恒的生命，还能终结我的疑虑和孤立。

约定的手术日期前两个月，一个星期天上午，我正在采购食物，浏览在线超市的图片时，一张令人垂涎欲滴的新品种苹果的照片引起了我的注意。我决定买半打苹果。但我没有按下购买，而是点击了显示下一件商品的按钮。我知道这个小错误很容易就能弥补，再点一下按钮就能带我回到苹果的页面。梨、橙、葡萄柚在屏幕上闪过。我想低头看我笨拙的手指到底在干什么，但视线被粘在了屏幕上。

我吓坏了。我想跳起来，但我的双腿不听使唤。我想大喊，但我发不出声音来。我并没有感到伤痛，也不觉得虚弱。我瘫痪了？脑损伤？我依然能感觉到我的手指按着键盘，脚底贴着地毯，后背靠着椅子。

我望着我自己订购菠萝。我感觉到自己起身，伸懒腰，平静地走出房间。我在厨房里喝了一杯水。我好像在颤抖、哽咽、哭得上气不接下气，凉凉的液体滑下喉咙，我连一滴都没弄洒。

我只能想到一个解释：我已经切换了。自发地，宝石接管了一切，但我的大脑还活着。我所有最疯狂的偏执恐惧忽然成真。

我的身体继续度过一个平平常常的星期日上午，而幽闭造成的绝望和谵妄吞噬了我。我做的事情刚好就是我计划要做的，但这并没有给我带来任何安慰。我搭轻轨去海滩，游了半小时泳；但我同样有可能拎着斧头杀气腾腾地乱窜，或者光着身子在街上爬，把自己的粪便涂在身上，像狼一样嚎叫。我失去了控制权。我的身体变成了活生生的拘束衣，而我无法挣扎，无法尖叫，甚至无法合上眼皮。我在列车车窗上看着自己的朦胧倒影，无从猜测主宰那张淡然而平静的脸的意识在想什么。

游泳就像一个感官增强的全息噩梦。我是个没有自我意志的物体，身体传来的熟悉信号只是让整个体验更加不正常了。我的手臂不该以这种懒散的节奏自顾自地划动；我想在水里扑腾，就像快要淹死了那样，我想让全世界知道我的痛苦。

直到我在沙滩上躺下，闭上眼睛，才开始用理性思考我的处境。

切换不可能“自发”进行。这个想法本身就很荒唐。数以百万计的神经纤维必须被切断和重接，执行任务的手术机器人大军甚至没出现在我的大脑里，它们要到两个月后才会注射进我体内。没有外界的主动干预，恩多里装置不会参与任何活动，除了偷听之外什么都不能做。宝石或老师的任何故障都不能夺走有机质大脑对身体的控制权。

显而易见，系统出了故障，但我最初的猜想是不正确的，大错特错。

当我想通了这一点的时候，我真希望我能做些什么。我应该蜷缩身体，呻吟尖叫，把头发从头皮上扯下来，用指甲挠破皮肤。但我没有，我只是平躺在沙滩上，晒着炫目的阳光。我的右膝盖后面很痒，但我似乎懒得去挠。

唉，当我意识到我就是宝石的时候，至少应该歇斯底里地好好狂笑一阵。

是老师出了故障，它不再让我与有机质大脑保持一致。我不是突然丧失了能力，我一直就没有任何能力。我对“我”的身体、对外部世界的能动性一直通向真空，仅仅是因为老师在无休止地操控和“纠正”我，我的意愿才能符合似乎来自我的行动。

我有几百万个问题可以思考，有几百万种讽刺供我品尝，但我不能这么做。我必须把我的全部能量集中在一个方向上。我快要没有时间了。

等我走进医院，开始做切换手术，假如我向身体发送的神经冲动不符合有机质大脑发送的神经冲动，医生就会发现老师出了故障，然后修好它。有机质大脑没什么好害怕的，医生会保障它的连续性，就像它是什么宝贵和神圣的物品那样对待它。允许我们之中的哪一个活下去，这个决定根本不构成问题。我会再次被迫与它保持一致。我会被“纠正”。我会被杀死。

害怕也许是荒唐的。一方面，过去这二十八年的每一毫秒里，我都在不断地被杀死；另一方面，自从老师失灵，我这个分离的身份开始具有意义以来，我只存在了短短的七个星期——而再过一个星期，这个故障和这场噩梦都将结束。我承受了两个月的痛苦，在我即将继承永恒生命的时候，我为什么反而要吝惜它呢？只有一个问题，那就是继承生命的将不是我，因为定义了我是谁的仅仅是这两个月的磨难。

智性诠释的种种排列是无止境的，但归根结底，我只能依靠我的求生欲望来采取行动。我不觉得我是个错误，是个需要被排除的故障。我怎么能够活下去呢？我必须与我的自由意志保持一致。我必须选择使“我”与“他们强迫我成为的身份”看上去一模一样。

经过了二十八年，我与他当然足够接近，能够实现这样的欺骗。只要我认真研究通过共享感官传递给我的所有线索，我当然能把自己放在他的位置上，暂时忘记我已经分离的事实，强迫我自己重新与他同步。

想做到这个并不容易。我诞生的同一天，他在海滩上认识了一个女人。她叫凯西，他们睡了三次，他认为他爱她。无论是真是假，至少他当着她的面对她说过，在她睡着后对她轻声倾诉过，甚至写进了他的日记。

我对她毫无感觉。我相信她是个好人，但我对她没什么了解。我的困境占据了我的心神，因此我没怎么注意她在说什么，而性行为对我来说只是一种可憎的非自愿的窥淫行为。但由于我意识到了我的危险处境，我尽量屈服于另一个自我的情绪，但是我和她之间不可能有任何交流，她甚至不知道我的存在，我怎么可能爱她呢？

假如她不分昼夜地控制了他的思想，那么她对我来说就只是个危险的绊脚石，我该怎么实现无懈可击的模仿，从而帮我逃脱死亡呢？

他正在睡觉，因此我也必须睡觉。我听着他的心跳声和他缓慢的呼吸声，努力达到与这些节奏一致的沉静状态。我一时间有些气馁。我连做梦都会和他不一样；我们的差异是根本性的，我想实现的目标简直可笑、荒谬、可悲。整整一个星期，克制每一个神经冲动？我对被发现的恐惧，我试图掩饰的行为，都会不可避免地扭曲我的反应；这一团欺骗和惊恐是不可能隐藏起来的。

然而我在飘向梦乡的时候，发现我深信自己一定会成功。我必须成功。我做了一会儿梦——乱糟糟的各种画面，既陌生又平常，最后是一粒盐穿过针眼——然后我忘记了恐惧，落进无梦的深眠。

我望着白色的天花板，既欣喜又惶惑，尽量让自己摆脱一个挥之不去的念头，那就是有件事我绝对不能去想。

然后我小心翼翼地握紧了拳头，这个奇迹让我喜出望外，然后我想了起来。

直到最后一分钟，我都以为他会再次退缩，但他没有。凯西说服他克制了恐惧。凯西毕竟已经完成了切换，而他从没这么爱过一个人。

因此，现在我们的角色换过来了，这具躯体成了他的束缚外衣……

我浑身冒汗。我没有希望冒充他，这是不可能的。我无法阅读他的思想，我猜不出他想干什么。我该动一动吗，还是应该躺着不动，是应该大喊，还是保持沉默？就算监控我们的电脑程序会忽略细微的不一致，等他注意到他的身体无法贯彻他的意识，他会和我以前一样陷入惊恐，而我完全不可能猜对正确的答案。他此刻也会冒汗吗？他也会像我这样呼吸急促吗？不。我才刚刚苏醒三十秒，却已经背叛了自己。一根光纤线缆从我的左耳底下拉出来，连着墙上的一块控制屏。警铃肯定正在某个地方震响。

要是我跳起来逃跑，他们会怎么做？使用武力？我是个公民，对吧？宝石脑袋从几十年前就拥有了法律赋予的全部权利，没有我的许可，医生和工程师不能对我做任何事情。我努力回忆他签署的弃权书上的条款，但他连一眼都没仔细看完。我拽了拽困住我的那条线缆，但它的两端都牢牢地固定住了。

门向内打开，有一瞬间我以为我会四分五裂，但我不知道从哪儿挖出了力量，帮助我保持镇定。来的是我的神经外科医生普利姆。他微笑着说："感觉如何？还不坏吧？"

我麻木地点点头。

"大多数人最震惊的一点，就是他们完全不觉得有什么不一样！刚开始你会想'不可能这么简单吧？不可能这么容易吧？不可能这么平淡吧？'但你很快就会接受事实。而生活会继续下去，没有任何改变。"他粲然一笑，亲切地拍拍我的肩膀，然后转身离开。

几个小时过去了。他们在等什么？到了这个时候，证据肯定已经确凿。也许还有流程要走，要咨询法务和技术专家，必须召集伦理委员会来决定我的命运。我泡在自己的汗水里，不受控制地颤抖。我几次抓住线缆，用最大的力气拽它，但它的一头似乎砌在水泥里，另一头用螺栓固定在我的颅骨上。

一名勤杂工送饭来。"高兴点儿，"他说，"探视时间快到了。"

吃过饭，他送来便盆，但我太紧张了，甚至尿不出来。

凯西看见我，皱起眉头。"怎么了？"

我耸耸肩，颤抖着挤出微笑，思考我凭什么以为自己能以假乱真瞒过去。"没什么。只是……觉得有点儿恶心。"

她抓住我的手，然后俯身亲吻我的嘴唇。尽管经历了这一切，但我发现自己立刻有了性欲。她依然伏在我身上，笑着说："已经过去了，明白吗？现在没什么好害怕的了。你有点受惊，但在心底里知道你还是原来的你。另外，我爱你。"

我点点头。我们闲聊了一会儿，她走了。我歇斯底里地自言自语：“我还是原来的我。我还是原来的我。”

昨天，医生掏空他的颅骨，植入了一个没有知觉、充满空隙的伪大脑。

我很久没有这么平静过了，而我终于为我的存活拼凑出了一个解释。

他们为什么要在切换和销毁大脑之间的一周间关闭老师。

没错，在舍弃大脑的时候，他们不太可能让老师继续运行，但为什么要关闭一整周呢？为了让人们放心，相信宝石在没有监督的情况下依然能保持同步；为了说服人们，认为宝石将要过的生活正是有机质大脑“本来会过”的生活——这话意味着什么就由你判断了。

那么，为什么要一周呢？为什么不是一个月或一年？因为宝石不可能在那么长的时间内保持同步——倒不是因为它有任何缺陷，而是因为最初让人们觉得它值得使用的原因。宝石是永生的，而大脑在衰败。宝石对大脑的模仿蓄意忽略了一个事实，那就是真正的神经元寿命有限。没有老师设法让宝石也随之同样退化，微小的差异迟早会产生。就对刺激的反应而言，毫秒级的不同就足以引起怀疑，而正如我已经知道得很清楚的，从那一刻起，趋异的过程就是不可逆转的了。

毫无疑问，五十年前肯定有一群开创性的神经学家围在电脑显示屏前，研究这种根本性差异的概率与时间的关系图。他们为什么会选择一个星期？多大的概率是可接受的？百分之十？百分之一？千分之一？无论他们决定把安全系数提高到多少，由于全世界每天会有二十五万人做切换手术，他们选择的数字都不太可能让这种事足够罕见。

对任何一家医院来说，发生率也许是十年甚至百年一例，但各个机构肯定需要有统一的政策来应对这种意外情况。

他们的选择会是什么呢?

他们可以履行合同规定的义务，重新启用老师，消除他们满意的客户，让受创的有机质大脑有机会向媒体和律师讲述它的苦难。

或者，他们可以悄悄删除趋异现象的电脑记录，冷静地解决唯一的证人。

好了，永生，我做到了。

五六十年以后，我会需要移植器官，最终会需要换个全新的身体，但这样的未来不会让我担忧，因为我不可能死在手术台上。一千年左右以后，我会需要额外的硬件来满足记忆储存的要求，但我确定这个过程会一帆风顺。在百万年的时间尺度上，宝石的结构会受到宇宙射线破坏的影响，但定期无损转录到新的水晶设备上能规避这个问题。

因此，至少从理论上说，我现在能保证大收缩时能有我的一席之地，或者亲身体验宇宙的最终热寂。

当然，我和凯西分手了。我也许能学会喜欢她，但她让我紧张，而我彻底受够了必须扮演一个角色的感觉。

至于声称爱她的那个男人，他在绝望、惊恐中度过了生命的最后一周，因为知道死期将近而难以呼吸，我还不知道我对他该有什么样的感觉。考虑到我曾经以为我会迎来相同的命运，我应该能够与他共情，但不知道为什么，他在我眼中就是不太真实。我知道我的大脑是以他的大脑为模型塑造的，他因此有了某种首要地位，但除此之外，现在他对我来说仅仅是个苍白的虚幻影子。

毕竟，我不可能知道他对自己的感觉、他最深层的内在生活、他作为一个存在体的经验，与我的这些东西是否有任何可比性。

堡垒

The Moat

我是第一个到办公室的，于是在客户来之前清理一下这一夜的涂鸦。活儿并不辛苦。建筑物外表面有涂层，所以硬毛刷加热水就足以完成任务。结束之后，我发觉我根本不记得这次的涂鸦都写了什么。我已经到达了一定的境界，哪怕眼睛看着口号和辱骂，也并不会去读。

无聊的恫吓都是这样。刚开始会让你震惊，但迟早会淡出，化作某种令人恼怒的背景噪声。涂鸦、电话、仇恨邮件。我们收到的自动谩骂邮件必须以兆字节计算，但事实证明，这种骚扰其实很容易解决。我们安装了最新的过滤软件，然后把几封不想收到的邮件当作样本喂给软件。

我无法确定是谁在协调这些骚扰行动，不过也不难猜到。有个名叫“澳大利亚堡垒”的组织，他们从在公交车候车亭贴海报开始，拿美拉尼西亚人当靶子创作下作讽刺画，把他们描绘成食人族，用人骨当装饰，饥渴地望着煮锅，而锅里装满了尖叫的白种婴儿。我第一次见到的时候，觉得肯定是什么19世纪出版物中的种族主义漫画展的广告，是对遥远过去的罪孽的学术性解构。等我终于醒悟过来，发现我正在看的是现实中的当代宣传物，我不知道是该觉得恶心，还是该为这东西无可救药的鄙俗而窃喜。我心想，只要反难民团体继续用这种狗屁侮辱人们的智慧，那么除了脑子不正常的边缘团体，他们不可能得到其他人的支持。

太平洋的一些岛屿正在缓慢地失去土地，情况一年比一年更严重；还有一些岛屿正在遭受所谓温室风暴的迅速侵蚀。人们一直在争论“环境难民”这个术语的确切定义，我听得耳朵都要生茧子了，然而等大海真的开始吞噬你的家园，模棱两可就失去了存在的空间。话虽如此，如果你想申请难民身份，依然需要一名律师来引导你走完复杂曲折的官僚程序。马特森与辛哈律师所当然不是全悉尼唯一从事这方面业务的机构，但出于某些原因，孤立主义者似乎特别喜欢骚扰我们。也许是因为这个前提——我猜比起攻击麦考瑞街上一座安保设施齐全的光鲜办公大楼，往新镇一幢翻建的排屋墙上涂抹油漆所需要的勇气肯定少得多。

这种事时常让人感到痛心，但我尽量保持开阔的心胸。可爱的“澳大利亚堡垒”只是一伙暴徒和破坏分子，很会给你找麻烦，但在政治上不值一提。我在电视上见识过他们，他们身穿名牌迷彩服，在所谓的“训练营”里踢正步，坐在演讲厅里观看预先录制好的材料——里面不是他们的精神导师杰克·凯利的讲话，就是欧洲和北美洲类似“国际团结”这种组织的宣讲——但对其中的讽刺视而不见。媒体大量报道他们的消息，但显然对他们的招募工作毫无帮助。怪咖秀就是这样，人人都想看，但没人想被看。

没过几分钟，兰吉特就到了，手里拿着一张CD，假装被它的重量压得步履蹒跚。“联合国难民署条例的最新修正案到了。今天会很难熬的。”

我忍不住呻吟：“今晚我要和蕾切尔吃晚饭。不如把这该死的东西喂给LEX，然后要一份总结报告吧？”

“然后在下次审计的时候被取消执业资格？谢谢，算了吧。”法律协会对伪人工智能的使用有着严格的限制，他们担心软件会害九成会员失业。但讽刺之处在于，他们使用配备了所有禁忌知识的先进电脑系统来审查所有执业者的专家系统，以确保我们没有教专家系统学习它们不该知道的东西。

“至少有二十家事务所教他们的电脑系统学习税法——”

“没错，但他们拥有拿七位数薪水的程序员帮他们掩饰痕迹。”他把CD扔给我，“高兴点儿。我在家里扫了一眼，里面有些相当不赖的判例。等你读到第九百八十三节就明白我在说什么了。”

“今天我在上班的时候见到了一个超级奇怪的东西。”

“是吗？”我已经开始犯恶心了。蕾切尔是一名法医，她说奇怪的时候，往往指的是一具尸体的液化部分与正常情况下颜色不同。

“今早有个女人被强奸了，我正在检验她的阴道拭子，然后——”

“天哪，求你了——”

她皱起眉头瞪我。“怎么了？你不许我说解剖，不许我说血迹，却总是跟我说起你无聊的工作——”

“对不起。请继续吧。就……声音小点儿行吗？”我扫视餐厅的店堂，似乎没人在看我们，但根据经验，只要交谈时提到生殖器分泌物，声音往往会比其他时候飘得更远。

"我在检验拭子。显微镜下能看见精子，对精液其他成分的检验结果也呈阳性，因此毫无疑问，这个女人经历过性交。我还找到了不符合她血型的血清蛋白。到这儿为止，没什么超出预期的，对吧？但随后我做了个DNA图谱，发现只显示出了受害者一个人的基因型。"

她意有所指地看着我，但我没听懂她的意思。

"很不寻常吗？你总说DNA检验会出各种各样的错误。样本受到污染，或者降解——"

她不耐烦地打断我："对，但我说的可不是一把三周前的染血匕首。样本是案发后半小时内采集的，不到两个小时就送到了我手上。我在显微镜下看见了完好的精子；要是滴点儿合适的营养液，它们甚至会在我眼前游动起来。这恐怕没法称之为降解。"

"好的。你是专家，你说什么就是什么，样本没有降解。那么，该如何解释呢？"

"不知道。"

十年前我上刑法课的时候，参加过为期两周的法医学讲座，为了不让自己像个彻底的白痴，我努力回忆起当时学到的知识。"也许强奸犯刚好没有你在寻找的那些基因。问题的关键不就在于它们是可变的吗？"

她叹息道："可变的是长度。知道RFLP[①]吗？也就是限制性片段长度多态性。那不是一个人简单的'有'或'没有'的东西，而是同一个序列的长段，一遍又一遍地重复；因人而异的是重复次

① 全称为Restriction fragment length polymorphism，是发展最早的DNA标记技术。

数，也就是长度。其实很简单：你用限制性酶切断DNA，把片段的混合物放到电泳凝胶上，片段越小，在凝胶中移动的速度就越快，因此所有片段最终会按大小分门别类；然后你把散开的样本从凝胶转移到薄膜上，固定位置后加入放射性标志物，互补DNA的片段只会和你感兴趣的DNA相结合；拍下辐射的分布情况，照片上会显示出标志物的结合点，这样你就得到了一系列条带，每个条带对应一个片段长度。你还能听懂吗？”

“差不多吧。”

“好的，拭子得到的图案和女人血样得到的图案，两者完全相同。找不到属于强奸犯的额外条带。”

我皱起眉头。“这意味着什么呢？样本没有检测出他的基因谱……会不会是他的基因谱和女人的一样？比方说他们俩是近亲？”

她摇头道：“首先，就算他是她的亲兄弟，遗传得到的RFLP完全相同的概率也微乎其微。但更重要的是，血清蛋白的差异彻底排除了家族成员的可能性。”

“那还有什么解释呢？他没有基因谱？能百分之百肯定每个人都有这些序列吗？我不太懂……但有没有可能存在某种罕见的突变，会导致一个人完全没有这些？”

“恐怕不可能。我们查了十个互不相同的RFLP。每一个都有两份拷贝，来自你的父母双方。一个人刚好拥有二十种不同突变的可能性——”

“我明白你的意思了。好吧，确实是个谜。所以你接下来要怎么做？肯定还有其他的实验手段可以试试看吧。”

她耸耸肩。“按理说，官方要我们做什么检验，我们就做什么。我把结果报告上去了，没人说什么‘放下手里的其他工作，给我从那份样本里榨出些有用的数据来’。再说，案件还没有确定嫌犯，至少他们没送样本来和证据做对比，所以整件事只是学术讨论。”

“所以你轰炸了我十几分钟，到头来就打算当这事儿根本不存在？我没法儿相信。你身为一名科学工作者，好奇心上哪儿去了？”

她哈哈一笑：“我没时间浪费在这种事上面。我们的工作是生产线，而不是研究实验室。你知道我们每天要处理多少份样本吗？我不可能只要见到一个拭子没有给出教科书式的完美结果，就非要刨根问底搞清楚。”

我们点的菜来了。蕾切尔狼吞虎咽，而我吃得没精打采。她咽下一口食物，在吃下一口之前，她一脸无辜地说：“那不是工作时间里该做的哦。”

我望着电视屏幕，越来越不敢相信自己的眼睛。

“所以你的意思是，澳大利亚脆弱的生态系统根本无法支撑进一步的人口增长了？”

玛格丽特·奥尔维克参议员是绿色联盟的领袖。他们的口号是：同一个世界，同一个未来。至少上次我把选票投给他们的时候是这样的。

“正是如此。我们的城市已经过度拥挤；都市扩张正在侵占重要的栖息地，新的水源越来越难找到。当然了，人口的自然增长也必须加以限制，但目前最大的压力来自移民。显然，我们必须采取一些非常复杂的政治举措，在几十年的时间跨度内采取行动，控制住我们的生育率；而另一方面，移民涌入是个可以迅速得到调整的影响因素。我们正在争取通过的立法将会好好利用这方面的灵活性。”

好好利用这方面的灵活性。这话是什么意思？关上大门，拉起吊桥？

“得知绿色联盟在这个议题上与极右翼团体立场一致，许多政治评论家对此表达了震惊。”

参议员皱起眉头。“是的，但拿我们和他们相比是很愚蠢的。我们的动机完全不一样。生态毁灭是难民带来的首要问题，它让我们脆弱的环境承受更大的压力，从长远来看有害无益，不是吗？为了下一代，我们必须保护我们拥有的一切。”

画面下方的字幕在闪动：反馈已启用。

我按下遥控器上的“互动”按钮，飞快地整理思路，然后对着麦克风说：“但这些人现在该怎么办？他们能去哪儿？他们生活的环境不是脆不脆弱的问题，根本就是灾区！无论难民来自哪里，我都敢和你打赌，人口过剩在那些地方的破坏力要比在这儿大一千倍。”

我的话顺着光纤传进演播室的电脑，与另外几十万观众的意见混在一起。没过一两秒，电脑就对它收到的所有问题完成了解析和标准化的工作，评估它们的相关性和法律内涵，然后按照常见程度排序。

电脑合成的记者说：“嗯，好的，参议员，看来观众投票决定要休息一下看看广告，那么……谢谢您能抽时间接受访问。”

“我的荣幸。”

蕾切尔一边脱衣服，一边问：“你没忘记打针吧？”

“怎么可能？难道我愿意放弃健美的体魄？”避孕针的副作用之一是增加肌肉量，虽然肉眼几乎看不出来。

“只是问问而已。”

她关灯上床。我们抱在一起，她的皮肤冷得像大理石。她温柔地亲吻我，然后说：“今晚我不想做爱，可以吗？抱着我就好。”

“好的。”

她沉默片刻，然后说：“昨晚我对那个样本又做了几次检验。”

“哦？”

“我分离出了一些精子，尝试从中提取DNA基因谱。然而除了凝胶起点有些非特异性结合的微弱痕迹，整个结果完全是空白的。就好像限制性酶根本没切开DNA似的。”

“这意味着什么呢？”

“我还没法儿确定。刚开始我心想，也许这家伙做了什么手脚，用经过基因改造的病毒感染自己，病毒进入骨髓和睾丸里的干细胞，切除了我们用于做图谱分析的所有序列。”

“呃，这么做是不是有点儿极端了？为什么不直接用安全套呢？”

“是啊。大部分强奸犯都会用安全套。另外，这么做也不合逻辑。就算有人不想被认出来，完全切除那些序列也太愚蠢了。更好的办法是随机篡改，这样可以搅浑水，既能破坏检验，又不至于弄得太明显。”

“但是……假如突变的可能性微乎其微，蓄意删除序列是在犯傻，还剩下什么可能性呢？我是说，那些序列真的不存在，对吧？你已经证明了这一点。”

“等一等，我还没说完呢。我尝试用聚合酶链式反应扩增一个基因，一个人人都有的基因。事实上，地球上从酵母开始的所有生物体都有这个基因。”

“然后呢？”

“没有。完全没有。”

我毛骨悚然，但还是哈哈一笑：“你想说什么？他是外星人？”

“但他的精子和人类的看起来一模一样，还有人类的血液蛋白。恐怕不可能。”

“假如精子是……畸形的呢？我说的不是因为暴露在环境中而降解，而是一开始就不正常。基因受损，缺少部分染色体……”

“但看上去完全健康。而且我也检查了染色体，看上去同样正常。”

“除了它们似乎不携带任何基因。”

“只是没有我在找的那些基因，这和不携带基因是两码事。”她耸耸肩，“也许有什么东西污染了样本，某种物质与DNA结合，阻断了聚合酶和限制酶。为什么只对强奸犯的DNA起作用呢？我不知道。但不同类型的细胞对不同物质的渗透性不一样。不能排除这个可能性。”

我笑着说：“绕了这么大一个圈子，难道我一开始就猜中了？是因为污染？”

她踌躇道：“我还有一个猜想，但还没找到机会验证。我没有合适的实验材料。”

“继续说。”

“非常牵强。”

“比外星人和突变还牵强？”

“有可能。”

“我洗耳恭听。”

她在我的怀里换了个姿势。“嗯……你知道DNA的结构吧？糖和磷酸盐的两条螺旋链由携带遗传信息的碱基对连接。天然存在的碱基对是腺嘌呤和胸腺嘧啶、胞嘧啶和鸟嘌呤……但研究者已经合成出了其他碱基，并且把它们纳入DNA和RNA。本世纪初，伯尔尼的一个研究小组使用非标准碱基构建了一个完整的细菌。”

“你是说他们重写了遗传密码？”

“对，也不对。密码还是原先的密码，但换了一个字母表。他们替换了每一个碱基，从头到尾保持一致。困难的并不是制造非标准的DNA，而是让细胞的其他部分理解它的意义。你必须重新设计核糖体，也就是RNA转译为蛋白质的地方，还必须修改与DNA或RNA有交互作用的几乎每一种酶。他们还得找到办法让细胞制造新的碱基。另外，当然了，所有的改造都必须在基因里编码。

“这么做的目标只有一个，就是打消人们对重组DNA技术的恐惧，因为就算这些细菌逃出实验室，它们的基因也绝对不可能与野生菌株杂交；自然存在的生物体不可能利用它们。总之，事实证明这个想法并不经济。想要满足新制定的安全规范，还有更便宜的办法。另外，‘转换’生物技术专家想要使用的每一种细菌，所牵涉的工作都太多，也太困难了。”

“所以……你想说什么呢？你的意思是这些细菌依然活跃。强奸犯感染了某种通过性行为传播的突变细菌，结果干扰了你们的检测？”

“没这么简单。你别管细菌了。想象一下，有人更进一步，对多细胞生物做了同样的事情。”

“是吗，真的？”

“对，秘密地做了。”

“你认为有人偷偷地对动物做了这样的实验？然后呢？对人类做了吗？你认为有人用这个……另类DNA培养了人类？”我瞪着她，震惊不已，“这是我听到过的最下作的事情。”

“别那么大惊小怪。这只是我的猜想。”

“但是……这样的人类会是什么样子的呢？他们靠什么生存？能吃普通的食物吗？”

“当然能。构成他们所有蛋白质的氨基酸与我们的相同。他们必须从食物的前体细胞中合成非标准的碱基，但普通人也同样要合成标准的碱基，因此这不是什么大问题。假如研究者考虑到了全部的细节，只要与DNA结合的激素和酶都得到了适当的修改，那么他们就不会生病或畸变。他们的模样会和我们毫无区别，他们的体细胞会有百分之九十和我们的完全相同。”

“但是……为什么要这么做呢？研究细菌有它的理由，但人类拥有非标准的DNA，除了干扰法医检验之外，能有什么可信的好处呢？”

“我想到了一个好处。他们对病毒免疫——所有病毒。”

“为什么？”

“因为病毒需要与正常DNA和RNA互动的所有细胞机制。病毒依然能侵入这些人的细胞，但在侵入后无法自我复制。细胞内的一切都适应了新的体系，因此由标准碱基构成的病毒仅仅是一团毫无意义的垃圾。能伤害普通人的病毒不可能伤害拥有非标准DNA的那些人。”

“好吧，所以你假想的这些定制孩子不会得流感、艾滋病或疱疹。那又怎样呢？要是有人真的想消灭病毒性疾病，他们会集中精神研究对所有人都有效的方法，如更便宜的药物和疫苗。这种技术在扎伊尔或乌干达能有什么用？太荒谬了！我是说，先不管能不能负担得起，他们认为会有多少人愿意以这种方式生孩子？”

蕾切尔丢给我一个看怪物的眼神，然后说：“显而易见，只有富豪精英才能享受这项技术。至于其他治疗方式，病毒会突变，新毒株会出现，药物和疫苗迟早会失去效用，但通过这项技术得到的免疫力能永远持续下去。无论怎么变异，构成病毒的都依然是古老的碱基。”

“有道理，可是……可是这些拥有终生免疫力的‘富豪精英’，虽说能免疫那些他们本来就不太可能感染的疾病，但他们是生不出孩子的，对吧？通过传统的方式肯定不行。”

“除了彼此交配。”

“除了彼此交配。嚯，要我说，这个副作用似乎有点儿太严重了。”

她哈哈一笑，忽然放松下来。“你说得对，当然了……我必须得说，我没有任何证据，这完全是我的异想天开。我需要的试剂过两天就会送来，到时候我可以检验有没有替代碱基的存在，然后就可以一劳永逸地排除这个疯狂的念头了。”

发觉我少了两份重要文件的时候，已经快夜里十一点了。我没法在家用电话线接通办公室的电脑，特定保密级别的法律档案必须存放在不连接公共网络的电脑系统里。因此我别无选择，只能亲自回去拷贝文件。

我在一个街区之外就发现了涂鸦者。他看上去顶多十二岁，穿一身黑衣，但似乎并不担心被看见。他的胆大妄为并非没有理由——骑行者匆匆路过，对他视而不见，而巡逻车很少光顾这片街区。一开始，我很生气。不过时间这么晚了，我还有正经事要做，没心情和他对峙。最简单的做法也许是等他离开再进办公室。

但我忽然惊醒。我不该这么无动于衷的。假如涂鸦艺术家只是在重新装饰全城的所有建筑物和地铁车厢，那我当然不在乎，但他正在输出种族主义毒素，是我每天早上要花费二十分钟时间清理的种族主义毒素。

我走近他，他依然没有注意到我。他没有关紧铁门，我径直钻进门缝，不给自己改变主意的机会。门锁几个月前就被砸坏了，我们也懒得换新的。我穿过院子走向他，他听见响动，转了过来。他向我走来，把喷枪举到眼睛的高度，我眼疾手快，一把从他手里拍掉了喷枪。我很生气，他有可能弄瞎我的眼睛。他跑向围栏，刚往上爬到一半，就被我揪住皮带拽了下来。这是为了他好。栏杆顶上的尖头很锋利，而且还生锈了。

我松开他的皮带，他慢慢转过来，恶狠狠地瞪着我，他想吓退我，却一败涂地。“少他妈碰我！你又不是警察。”

“没听说过公民逮捕吗？”我后退两步，关上铁门。好了，现在该怎么办？请他进去坐坐，然后打电话报警？

他抓住一根栏杆，显然不想放弃抵抗乖乖跟着我走。该死。我该怎么办？把他拖进去，踢打、吼叫？我对殴打儿童没有兴趣，而我的法律立场本来就不是那么稳固。

看来我们陷入僵局了。

我靠在铁门上。

“回答我一个问题，”我指着墙说，“为什么？你为什么这么做？”

他嗤之以鼻：“我他妈也想问你这个问题。”

“什么？”

“问你为什么帮他们留在我们的国家，抢我们的工作，抢我们的屋子，破坏我们所有人的生活。”

我大笑：“你说话活像我爷爷。他们和我们。毁灭地球的正是20世纪的这些狗屁东西。你以为你能环绕整个国家建造一道围墙，然后忘记外面正在发生什么吗？在地图上人为地画个圈，然后说里面的人重要，外面的人不重要？”

“大海才不管你人为不人为呢。”

“是吗？塔斯马尼亚[①]的居民一定会很高兴听你这么说的。”

他只是用憎恶的眼神瞪着我。没什么可交流的，没什么可谅解的。反难民游说者总在宣扬什么保护我们共同的价值观，这话真是太可笑了。我和他，两个澳大利亚白人，很可能在同一座城市出生，但我们的价值观简直天差地别，我们就好像来自两颗不同的星球。

他说：“又不是我们要他们像蟑螂那样繁殖的。这不是我们的错。那我们为什么要帮他们呢？我们有什么好难过的？就让他们滚远点儿去死好了。淹死在他们自己的屎尿里吧。我就是这么想的，

① 澳大利亚唯一的岛州，保持着比较原始的自然风貌。

不行吗？”

我从门口退开，让他出去。他穿过马路，然后转身朝我骂脏话。我从屋里拿来水桶和硬毛刷，结果把还没干的涂料抹得满墙都是。

等我把我的笔记本接入办公室系统的时候，我已经不生气了，甚至也不难过。我只是感到麻木。

一个文件传送到一半的时候，忽然停电了，于是这个夜晚变得更加完美。我在黑暗中坐了一个小时，希望供电能够恢复，但一直没有，于是我走回了家。

情况有所好转，这一点毫无疑问。

奥尔维克法案没能获得通过，绿色联盟换了个新掌门人，所以他们还是有希望的。

杰克·凯利因为走私武器而入狱。“澳大利亚堡垒”还在到处张贴他们的白痴海报，但现在有一伙反法西斯的学生在利用课余时间清理那些海报。兰吉特和我攒够了钱，安装了警报系统，于是涂鸦和我们说了再见，最近连威胁信件都变得越来越少了。

蕾切尔和我结婚了。我们过得很幸福，工作也一帆风顺。她升职当上了实验室主管，而马特森与辛哈律师所的业务也蒸蒸日上，甚至包括有报酬的那种工作。我真的可以说是别无所求了。我们偶尔也讨论要不要收养一个孩子，但事实上我们根本没有时间。

我们很少谈到我逮住涂鸦者的那个晚上。那天内城区大停电，持续了六个小时。法医实验室整整几冰柜的样本都变质了。蕾切尔拒绝考虑任何与此有关的阴谋论。证据已经灭消失，她说，瞎猜无济于事。

但我偶尔会思考，有多少人抱着与那个走火入魔的孩子相同的观点。但他们考虑的不再是国与国或种族与种族，而是用他们自己的方式在“他们”与“我们”之间划清界限。他们不是穿弹簧鞋的小丑，为了出风头而在镜头前表演；他们有智慧、有资源，目光长远，而且非常低调。

我很想知道，他们正在修建什么样的堡垒。

一直往前走

The Walk

每走一步，我的脚都会碾碎树叶和枯枝，发出的不是温柔的沙沙声，而是尖锐的脆响，象征着无可挽回、不可重复的伤害——就好像要把很长一段时间没人走过这条路的事实砸进我的脑海。每次落脚都在宣告不会有人来援救、打扰或让我分心。

自从下车之后，我就感觉到虚弱和眩晕，有一部分的我依然希望我能直接昏过去，当场倒地，再也别爬起来。但我的身体没有显露出要屈服的迹象：它顽固地继续行动，就好像向前迈出的每一步都是全世界最容易的事情，就好像平衡感没有受到任何影响，就好像疲劳和恶心的感觉只存在于我的脑海之中。我可以欺骗我的身体：我可以一屁股坐下，再也不肯动弹。就这么结束好了。

但我没有。

因为我不想就这么结束。

我再次尝试。

“卡特，哥们儿，你能发财的。我这辈子剩下的日子就给你打工了。”说得好。“我”这辈子，而不是“你”这辈子。这样听上去像是更划算。“你知道我六个月给芬挣了多少钱吗？五十万澳元！你算算看。”

他没有回答。我停下脚步，转身面对他。他也停下了，与我保持距离。卡特看上去不像行刑者。他肯定快六十岁了，头发花白，一张饱经风霜的脸几乎称得上友善。他的体格依然健壮，但他看上去像是当过运动员的老祖父，四十年前打拳或踢足球，现在热爱园艺。

他冷静地挥动手枪，示意我继续走。

“再远一点儿。我们已经过了人们下车撒尿的地方，但还有野营者和穿林爱好者……做人嘛，谨慎一点儿总是没坏处的。”

我迟疑片刻。他给了我一个温和的警告眼神。要是我站着不动？他会就在这儿毙了我，然后扛着尸体走完剩下的路。我能想象他迈着沉重的步伐，轻而易举地用肩膀横扛着我的尸体。无论他给你的第一印象有多么体面，事实上这家伙就是个该死的机器人：众所周知，他有某种神经植入物，信奉某种诡异的东西。

我轻声说：“卡特……求你了。”

他挥了挥手枪。

我转过身，继续向前走。

我依然想不通芬是怎么发现我的。我以为我是他手下最优秀的黑客。谁能从外部追踪我的足迹找到我呢？没人！他肯定在我替他入侵的某家企业内部安插了眼线——只是为了监控我，那个多疑的王八蛋。而我扣下的从不超过十个点。真希望我拿走了五成。真希望我做的事值得我去送命。

我竖起耳朵，但这会儿连最轻微的车声都听不见了；只有鸟和昆虫的鸣叫声，还有森林的皮屑被我踩出的噼啪声。该死的大自然。我绝对不能死在这儿。我希望能像人类那样结束生命：在加护病房里，吗啡使我飘飘欲仙，周围是贵得能让普通人破产的医生和无休止运转的生命维持装置。然后尸体还要上轨道——最好是绕太阳公转的轨道。我不在乎要花多少钱，只要能不让我回归该死的自然循环就行，我的碳、磷、氮就是我的。盖亚，老子和你离婚了。贪婪的臭娘们儿，去抢别人的营养物质吧！

徒劳的愤怒，浪费的时间。求求你，卡特，别杀我，我不能忍受被吸收回毫无思考能力的生物圈。就好像这么说真能感动他似的。

那说什么呢？

“哥们儿，我才二十五岁。我的人生才刚开始。过去这十年我都在搞电脑。我甚至还没留下孩子。你怎么能杀一个没留下孩子的人呢？”有一瞬间，这番言论引诱我考虑要不要声称我还是处男，但这么说似乎有点儿过分了……另外，与抱怨我还没做过爱相比，宣称我有权当父亲似乎没那么自私和享乐主义。

卡特哈哈一笑。“你想通过孩子永生？算了吧。我有两个儿子，亲生的。他们一点儿也不像我，完全就是陌生人。”

“是吗？那太惨了。但还是应该给我这个机会。”

“给你干什么的机会？假装你能通过孩子继续活下去，自欺欺人？”

我心照不宣地笑了一声，尽量弄得听上去像是我们是两个思想相近的厌世者，正在分享一个只有我们才能欣赏的笑话。

“我当然想要一个自欺欺人的机会了。我想再欺骗自己五十来年，我觉得这是个好主意。”

他没有回答。

我稍稍放慢了速度，缩短步幅，假装不平整的地面带来了麻烦。为什么？我真的认为拖延几分钟能给我机会，让我想出一个机灵得无法想象的什么计划？还是说我只是在为了拖延时间而拖延时间？只是为了延长我受到的磨难？

我停下了，突然发现我在反胃。抽搐来自腹部深处，但除了一股淡淡的酸味，什么都没有反上来。反胃过去后，我擦掉脸上的泪水和汗水，我想让身体别再颤抖了——我最厌恶的事实莫过于我还在乎我的尊严，我他妈还介意我会不会死在一摊呕吐物里，我是不是哭得像个孩子。就好像现在唯一重要的就是走向死亡，就好像我生命的最后这几分钟压倒了除此之外的一切。

但确实如此，对吧？除此之外的一切都是历史，已经过去了。

对——这一刻也必将过去。既然我即将死去，那就没必要与我自己“讲和”了，没有理由要“保持镇定迎接死亡”。我面对湮灭的方式与面对生命中其他任何时刻的方式一样，同样一闪而逝，同样无关紧要。

能让这个时刻变得有意义的办法只有一个，那就是找到办法活下去。

等我调整好呼吸，我尝试继续拖延时间。

“卡特，这种事你做过多少次了？”

“三十三次。”

三十三次。一个被抛弃的枪支狂抄起冲锋枪扫射人群已经够难以想象了，而三十三次慢悠悠地走进森林……

“那你告诉我，大多数人是什么反应？我真的很想知道。他们呕吐吗？哭喊吗？哀求吗？”

他耸耸肩。“有时候吧。”

“试过拿钱买命吗？”

“几乎每个都会。”

“但你不吃这套？”

他没有回答。

“还是说——没人出价足够好？你不要钱，那你要什么？性？”他脸上依然毫无表情，没有皱起眉头瞪我，于是我没有就此开个玩笑，收回会被当作侮辱的揣测，而是轻浮地逼问下去，“是这样吗？你想要的话，我没问题。”

他又给了我一个警告的眼神。没有因为我没骨气的恳求而轻蔑地看我，也没有因为我错判的提议而嫌恶地瞪我，只有最淡然的一丝恼怒，因为我在浪费他的时间。

我无力地笑了笑，借此掩盖他彻底的无动于衷对我造成的羞辱——他连一个可怜我的眼神都懒得给我。

我说：“所以，人们的反应都相当糟糕。那你的反应呢？”

他无可无不可地说：“我没什么反应。”

我又抹了一把脸。“好的，你没什么反应，真的吗？你大脑里的那块芯片就是干这个的吗？让你在杀完人之后还能睡个好觉？”

他犹豫片刻，然后说：“某种程度上吧。但事情没那么简单。”他挥挥手枪，“继续走。咱们还有一段路呢。”

我转过身，麻木地心想：只有他有可能救我一命，我却说他是个脑损伤的低等杀人机器。

我继续向前走。

我抬头看了一眼痴愚的空白天空，拒绝接受大脑通过同样令人惊叹的蓝色联想到的记忆洪流。那一切都过去了，都结束了。我不会有普鲁斯特的闪回[①]，也不会有比利·皮尔格里姆的时间跳跃[②]。我不需要逃进过去，因为我要活到未来，我要逃过这次劫难。该怎么办呢？卡特也许冷酷无情，也许不会被收买——这样的话，我就只能用武力胜过他了。我确实一直过着久坐的生活，但我的年龄还不到他的一半；这一点肯定有意义。至少，我肯定比他跑得快。用武力胜过他，和一把上膛的枪搏斗？也许不需要，也许我能找到一个逃跑的机会。

卡特说："别浪费时间思考该怎么和我讨价还价了，没用的。你最好还是想想该怎么接受不可避免的结局吧。"

"我他妈不想接受。"

"不是这样的。你不希望它发生，但它还是会发生。所以你就想个办法解决问题吧。你在今天之前肯定考虑过死亡。"

我需要的就是这个：即将杀死我的杀手给我上负面情感辅导课。"你想听我说实话吗？一次也没考虑过。这是另一件我从没想过的事情。要么你给我个十年二十年，让我理理头绪？"

"用不着十年。根本用不了多久。你可以这么想：你的皮肤之外存在一些地方，而你不在其中，这让你感到烦恼吗？你的存在过了头顶就突然结束，再往上就只有空气了吗？不，你当然不会烦恼。那么，你为什么会因为在一些时间里你不存在而烦恼呢？既然

① 意识流文学大师普鲁斯特擅长通过无意识的记忆来回忆过去。

② 出自冯内古特的《五号屠场》。主角比利因创伤后应激障碍而感知到不同的时空场景。

你不在乎自己不占据一些空间，那你也不该在乎这个。仅仅因为生命有尽头，你就认为你的生命即将结束，以某种方式被消除了吗？你头顶上的空间难道消除了你的躯体吗？一切都有边界。任何事物都不可能永远延续，无论在哪个方向上。”

尽管不应该，但我还是笑了。他从虐待狂变成了超现实主义者。“你真的相信这些屁话？你真的这么想？”

“不。我可以这么想；我可以选择相信它，而且我认真地考虑过要不要相信。这样的观点完全站得住脚……但说到底，它对我来说就是不够真实，况且我也不希望它变得足够真实。我选择了完全不同的东西。好了，停下。”

“什么？”

“我叫你停下。”

我茫然地环顾四周，拒绝相信我们已经抵达了目的地。这儿没什么特殊的，它和其他地方一样，被丑陋的桉树包围；干枯的下层灌木淹没了小腿。但我在期待什么呢？人工清理出的一块空地？供游客野餐的打卡点？

我转身面对他，在我已经吓得瘫痪的大脑里搜寻，想找到办法抢走他的武器，或者在他开火前逃出射程范围，这时他开口了，语气非常真诚：“我可以帮你。我能让你更容易接受这一切。”我瞪着他看了两秒钟，然后爆发出一阵难听而漫长的抽噎声。

他耐心地等待着，直到我终于挤出三个字：“怎么帮？”

他用左手从衬衫口袋里掏出一个小东西，放在掌心里伸给我看。刚开始我以为那是个胶囊，里面装着某种药物——但并不是。

不完全是。

这是个神经植入物的装配器。隔着透明的封套，我能辨认出植入物本身的形状，那是个灰色的小点。

在一瞬间生动的幻想中，我走过去接过那东西：我终于有机会解除他的武装了。

“接着。”他把装置径直扔向我的面部，我抬起手接住。

他说：“当然了，用不用取决于你。我不会逼你用。”

我盯着那东西，苍蝇落在我湿乎乎的脸上，我用另一只手赶走苍蝇。“这东西能把我怎么样？在被你打爆脑袋前享受二十秒极乐？超级真实的幻觉，让我觉得这一切都是在做梦？你想免除我知道自己马上要死的痛苦，那就应该在五分钟前朝我的后脑勺开枪，让我还以为我有机会活下去。”

他说：“不是幻觉，这是一套……态度。说是哲学也行。”

“什么哲学。你那些……时间和空间界限的鬼话？”

“不，我说过了，我并不相信。”

我几乎大笑：“所以这就是你的信仰？你希望我在被你杀死前皈依？你想拯救我该死的灵魂，所以你对杀人才那么无动于衷？你认为你在拯救他们的灵魂？”

他不为所动，摇头道：“我不会称之为信仰。不存在神，也不存在灵魂。”

“不存在？你是要向我推销无神论能提供的一切美好吗？我不需要植入物也知道。”

“你怕死吗？”

“你说呢？”

“你用了这个植入物，就不会怕了。”

“你想赐予我无穷的勇气，然后杀了我？还是给我最终极的麻木？我宁可死在极乐之中。”

“不是勇气，也不是麻木，而是洞察。”

他也许不会怜悯我，但我依然有足够的人性，愿意给他这份尊重。“洞察？你觉得接受关于死亡的可悲谎言算是洞察？”

“不是谎言。植入物不会改变你对于任何事实的信念。”

“我不相信死后的生命，所以——”

“谁的生命？”

“什么？”

“等你死了，其他人还会活下去吗？”

有一瞬间，我完全说不出话来。我在为我的生命而战，他却把这件事当成了抽象的哲学辩论。我险些尖叫：别戏弄我了！给我一个痛快吧！

但我不希望我的生命就这么结束。

只要我还能继续说话，就有机会能扑向他，能分散他的注意力，能获得奇迹般的拯救。

我深吸一口气：“对，其他人还会活下去。”

“几十亿人。算上未来几百年的，也许几千亿人。”

“别唬我。我从不相信我一死宇宙就会消失。但假如你觉得这是什么了不起的安慰——”

“两个人能有多大的区别？”

“不知道。你和我就很不一样。”

“在这几千亿人里，你不认为会有一个人和你一模一样吗？”

“你在说什么？重生？”

“不，统计意义上的。不存在什么‘重生’，既然不存在灵魂，也就没有重生这回事了。但迟早有一天，完全出于偶然，会出现另一个人，定义了你的一切都会体现在他身上。”

不知道为什么，但我们的对话越是疯狂，我就越觉得我还有希望——就好像卡特残缺的理性或许会让他在其他方面也变得软弱。

我说：“这不可能是真的。一个人怎么可能拥有我的记忆、我的经历——”

“记忆不重要，定义你的也不是你的经历。你生命中这些偶然性的细节和你的外貌一样肤浅。它们也许塑造了你的身份，但定义不了本质。存在一个核心，一个深层次的抽象——”

“一个灵魂，只是叫法不同。”

“不对。”

我使劲摇头。哄他开心不会有任何收获。我的演技太差，做不到令人信服——争论只能帮我继续争取时间。

“你认为我应该更容易接受死亡，因为……在未来的某个时刻，一个彻底的陌生人也许会和我拥有一些相同的抽象特征？”

“你说过希望有孩子的。”

“我骗你的。”

“很好，因为孩子不是答案。”

“而一个和我没有任何关系的人，他没有我的记忆，对我来说不存在延续性，想到他怎么就能安慰我——”

“你和五岁时的自己有多少共同之处？”

“没多少。”

“你难道不认为比起那个你，有几千上万人无限多倍地更像现在的你吗？”

“也许吧。在某些方面，应该有。”

“十岁时候的你呢？十五岁呢？”

“这有什么关系呢？好的，人是会变的，变得很慢，慢得难以察觉。”

他点点头。“难以察觉——说得好！但因此就降低了它的真实性吗？谁会相信这个谎言？把你身体的生命视为一个人的生命，这才是幻觉。你诞生以来的所有事件构成了‘你’，这个说法仅仅是个有用的虚构。那不是一个人，而是一个合成物，一幅拼贴画。”

我耸耸肩。“也许吧。但它依然是一个人能够拥有的最接近身份的东西。”

“但它并不是！而且它使我们偏离了真相！”卡特越说越慷慨激昂，但举止中连一丝狂热都没有。我很希望他能开始咆哮，但他没有，反而说得比先前更冷静和理性了。“我的意思不是记忆没有价值，不，记忆当然有价值了，但有一部分的你是独立于记忆的，而那部分会再次存在。某一天某个人在某个地方会像你一样思考，像你一样行动。尽管也许只有一两秒钟，但那个人就是你。”

我摇摇头。这种不折不扣的梦呓逻辑开始让我感到茫然，而我正在危险地接近丧失对关键问题的把握。

我直截了当地说：“这是胡扯。没人会这么认为。”

“你错了。我就这么认为。假如你愿意，你也能。”

“好吧，但我不愿意。”

“我知道你现在肯定觉得我的说法很荒谬，但我向你保证，植入物会改变这一切。”他漫不经心地揉了揉右前臂，端着枪肯定让肌肉僵硬了，“你可以怀着恐惧死去，也可以在释然中死去。这是你的选择。”

我握住手里的装配器。“你向你的每一个受害者都提供这东西？”

“不是每一个，其中一些。”

“有多少人用了它？”

“目前还没有。”

“我不吃惊。谁会想要那么死去？这么自欺欺人？”

“你说过你想。”

“我想活下去。我说的是我想活着欺骗我自己。”

我第一百次赶走脸上的苍蝇；它们再次聚拢，无所畏惧。卡特在五米外，假如我朝他的方向走一步，他就会毫不犹豫地朝我脑袋开枪。我竖起耳朵，但只听见了蟋蟀的叫声。

使用植入物能为我争取更多的时间，它需要四五分钟时间才会起效。我有什么可失去的呢？卡特不愿杀死一个“未开化”的我？到最后并不会有任何区别，因为他已经干过了三十三次。我想活下去的意志？也许会，也许不会。生死观的改变并不会让我彻底放弃，就连信奉辉煌来世的人也会垂死挣扎以推迟上路。

卡特轻声说：“下决心吧。我从一数到十。”

清白而死的可能性？抱着我的恐惧和痛苦一直拖到最后一秒钟的机会？

去他的吧。要是我死了，我如何面对死亡就不再重要了。这就是我的哲学。

我说：“别数了。”我把装配器插进右鼻孔深处，然后扣动扳机。随着一下轻微的刺痛，植入物钻进我的鼻黏膜，朝着大脑而去。

卡特喜悦地大笑，我几乎和他一起笑了起来。五分钟从天而降，我又可以和他多周旋一会儿了。

我说："好吧，我照你说的做了。但我前面说的一切依然成立。让我活下去，我会帮你发财，每年至少五十万。"

他摇摇头。"你在做梦。我能去哪儿？芬用不了一个星期就能找到我。"

"你哪儿都不需要去。我会逃出国，通过轨道银行的账户付钱给你。"

"是吗？就算你能逃掉，钱对我来说又有什么用处？我不可能冒险去乱花钱。"

"等你攒够了钱，就可以买平安了。买到一定程度的自主权，帮你脱离芬的控制。"

"不可能。"他再次大笑，"你为什么还在找出路？你还不明白吗？没这个必要。"

到了现在，植入物肯定已经派出了纳米机器，在我的大脑和微小的光学处理器之间建立连接，而后者的神经网络出现了卡特的怪异信仰，短接我本人的观点，把他的疯狂硬塞进我的大脑。但这不重要，因为我永远有办法取掉它，这是全世界最简单的事情——只要我还能有机会想这么做。

我说："没必要做任何事情。你没必要杀死我，咱们可以一起活着离开。你为什么非要做得好像你别无选择呢？"

他摇摇头。"你在做梦。"

"浑蛋！听我说！芬拥有的无非是钱。要是毁了他能让我活下去，那我就毁了他好了，从地球的另一头！”我已经不知道我是不是在吹牛了。我能做到这个吗？为了换取我的小命？

最后，卡特轻声说：“不行。”

我不知道该说什么才好。我没法儿继续争辩下去，没法儿继续哀求他了。我想转身逃跑，但我做不到。我不相信我能跑掉，而我也无法迫使自己让他早一瞬间扣动扳机。

阳光亮得炫目，我闭上眼睛抵御强光。我还没有放弃。我会假装植入物不起作用，这样应该能让他分心，为我再争取几分钟的时间。

然后呢？

一阵眩晕席卷而来。我晃了一下，随即重新站稳。我站在那儿，望着我在地上的影子，身体缓缓摆动，感觉我轻得不可思议。

然后我抬起头，眯起眼睛。“我——”

卡特说：“你要死了。我会开枪打穿你的头骨。你明白我的意思吗？”

“明白。”

“但这不是你的终结。你的关键要素不会因此终结。你相信这个，对吧？”

我不情愿地点点头。“是的。”

“你知道你要死了，但你不害怕？”

我再次闭上眼睛，光线依然在刺痛它们。我厌倦地笑了笑。“你错了，因为我依然害怕。你骗了我，对吧？混账东西。但我明白了。你说的一切现在都有道理了。”

也确实如此。现在看来，我所有的反对意见都非常荒谬，显而易见地欠缺考虑。卡特说得对，我憎恨这个事实，但我也无法不承认，我不愿相信他不是因为别的，仅仅是出于短视和自我欺骗；我需要一个神经植入物来帮我看清这明显的事实，这更加证明了我的头脑曾经是多么混乱。

我闭着眼睛站在那儿，感觉到温暖的阳光照着我的后脖颈。我在等待。

“你不想死……但你知道这是唯一的出路，现在你接受这个事实了？”他似乎不愿意相信我，就好像他觉得我的瞬间皈依完美得不可能是真的。

我对他尖叫：“对！对！给老子一个痛快吧！来吧！”

他沉默片刻，然后是柔和的砰然枪声和灌木丛被压倒的哗啦一声。

苍蝇从我的胳膊和脸上起飞。

过了一会儿，我睁开眼睛，颤抖着跪倒在地。我一时间失去了控制：号泣，用拳头砸地，撕扯野草，尖叫着命令鸟儿给我安静。

然后我爬起来，走向那具尸体。

他相信自己声称相信的一切，但他还需要其他的证据。不只是抽象地希望出于纯粹的偶然，某个人某个时候在这颗星球上的某个地方会变得与他一致，也就是成为他。他需要另一个人持有相同的信仰，而且必须在死亡的那一刻站在他的眼前；这个人必须“知道”他即将死去，这个人必须和他一样害怕。

而我究竟相信什么呢?

我仰望天空，以前被我驱散的记忆开始在我的脑海里翻涌。从小时候慵懒的假日，到我与前妻和儿子共度的最后一个周末，同样蓝得令人心碎的天空始终贯穿它们。将它们统一在一起。

真是这样吗?

我低头看着卡特，用脚尖捅了捅他，低声说：“今天死的是谁?告诉我，究竟是谁死了?”

小可爱

The Cutie

“你为什么连谈都不肯谈？”

黛安娜翻身背对我，蜷缩成胎儿的姿势。“咱们两个星期前谈过了。从那以后没发生过任何变化，所以没必要谈，不是吗？”

我们与我的一个朋友、他的妻子和他们六个月大的女儿共度了这个下午。现在我每次闭上眼睛，就会再次看见洋溢在那个美丽婴儿脸上的喜悦和讶异，听见她银铃般的天真笑声，感觉到她的母亲罗珊娜说“你当然可以抱一抱她”时充满我内心的怪异幸福感。

我原本希望他们的做客能动摇黛安娜的态度，然而她不为所动，却上千倍地增长了我对生儿育女的渴望，这种情绪现在强烈得近乎切肤之痛。

对，没错，对婴儿的爱以生物手段写进了我们的程序。那又怎样？另外九成的人类行为也都是这样的。享受性爱也以生物手段写进了我们的程序，但似乎没人介意，没人声称邪恶的大自然诱骗他们做了他们本来不会去做的事情。迟早有人能逐步揭示出聆听巴赫所带来的欢愉的生理学基础，但这就能突然把它变成一种“原始”

反应、一种生物学的欺骗手段、一种和药物所致的欣快一样空虚的体验吗？

“她笑的时候你就什么都没感觉到吗？”

“弗兰克，闭嘴，让我睡觉。”

“要是咱们生个孩子，我会照看她的。我会休假六个月照看她的。”

“好的，六个月，多么慷慨！然后呢？”

“我愿意继续照看下去。我可以永远不工作，只要你没意见。”

“靠什么过日子？我不会养你一辈子的！妈的！到时候肯定还想结婚，对吧？”

“好吧，我不辞职。等她足够大了，咱们可以送她去托儿所。你为什么这么抗拒呢？每天都有几百万人生孩子。一件平平常常的小事情，你为什么非要凭空制造出那么多障碍呢？”

“因为我不想要孩子。明白了吗？就这么简单。”

我在黑暗中盯着天花板看了一会儿，然后用不怎么平稳的声音说：“我可以怀孕，你知道的。现在已经非常安全了，有几千个成功的男性怀孕案例。医生可以在受孕后两周从你体内取出胎盘和胎儿，然后固定在我的肠道外壁上。”

“你有病。”

“假如有必要，甚至可以在体外完成受精和早期发育。你只需要捐出一个卵子就行。”

“我不想要孩子。无论是你怀、我怀、领养、买来、抢来还是怎么来，现在给我闭嘴，让我睡觉。”

第二天傍晚，我回到家里，公寓里空无一人，暗沉沉静悄悄的。黛安娜已经搬走，留的字条说她去她姐姐家住了。当然了，问题不仅是要不要孩子，最近我不管做什么都会惹她生气。

我坐在厨房里喝酒，思考有没有办法说服她回到我身边。我知道我很自私，除非有意识地不断提醒自己，否则我常常会忽视其他人的感受。另外，我似乎就是没法儿长时间维持这样的付出。但我确实尝试过了，对吧？她还能指望什么呢？

等我喝得烂醉了，我打电话给她姐姐，她甚至不肯叫黛安娜来听电话。我挂断电话，转了一圈，想找点儿东西砸个稀烂，但我的精神头突然全部消失，我直接躺在了地上。我想哭但哭不出来，于是我就睡了。

生物驱动力这东西的好玩之处在于，我们很容易就能骗过它，我们非常擅长满足身体的欲望，在做给我们带来快乐的事情的同时，虚耗让我们做这些事情的演化原因。我们制造色、香、味俱佳但没有营养价值的食物；不会导致怀孕的性爱无论从哪个方面说都令人愉悦。我猜宠物曾经是替代养育儿女的唯一手段。看来我也该这么做：我应该去买一只猫。

黛安娜离开我两周后，我买了个小可爱套件，根据电子资金转账编码，它来自中国台湾。好吧，说“来自中国台湾”的意思是电子资金转账编码的前三位代表中国台湾。有时候这在地理意义上来说是真的，但通常来说并不是。很多这种小公司没有实际经营场所，构成它们的仅仅是几兆字节的数据，由国际贸易网上的通用软件操控。客户打电话给他们在当地的站点，指定公司代码和产品代码，假如他们的账户余额或信用等级通过校验，软件就会向各个组件制造商、航运代理人和自动装配厂下订单。公司本身除了移动电子，什么都不做。

因此，我实际上的意思是，我买了个廉价副本。盗版，克隆体，仿冒品，海贼版，随便你怎么叫好了。我当然也是有一点儿负罪感的，而且觉得自己是个吝啬鬼，但谁愿意花五倍的价钱去买美国萨尔瓦多生产的正版呢？对，我这么做损害了产品开发方的利益，他们在研发上投入了时间和金钱，但他们既然定下那么高的价钱，就肯定知道会发生什么吧？一伙加利福尼亚投机客在十年前走狗屎运投了某家生物科技公司，我凭什么要为他们的可卡因药瘾埋单呢？我更愿意让中国台湾或中国香港或马尼拉的某个十五岁行业黑客挣点小钱。

所以你看，我的动机挺高尚的，对吧？

“小可爱”有着古老的传承。还记得卷心菜娃娃吗？附带出生证明，可选天生缺陷。问题在于，这东西只会一动不动地躺在那儿，而拿仿生机器人当玩偶又贵得不现实。记得视频婴儿吗？电脑摇篮呢？真的栩栩如生，只要你别妄想穿过玻璃去拥抱孩子。

我想要的当然不是小可爱！我想要一个真正的孩子！但怎么可能呢？我三十四岁了，刚结束又一段失败的关系。我有什么选择呢？

我可以再次寻找一个女人，她首先想生孩子，其次目前还没生过，再次能够忍受和我这么一个浑球共同生活超过两年。

我可以尝试无视或压制我想当父亲的非理性欲望。从智性（天晓得这个词是什么意思）角度说，我并不需要一个孩子；事实上，我很容易就能想出五六个无懈可击的理由来反对我承受这么一个负担。但是，（不知羞耻地拟人化一下）就好像先前让我不知疲倦地参与性行为的那股力量终于明白了什么是避孕，于是奸诈地决定把我的注意力转向这个有瑕疵的因果链上的下一个环节。身为青少年的时候，我没完没了地做春梦，而现在我没完没了地做梦养育儿女。

或者——

哎呀！赞美科技！没有什么比第三个选项更能制造出自由选择的假象了。

——我可以买个小可爱。

因为小可爱在法律意义上说不是人，所以无论你是什么性别，产下一个小可爱的流程都被极大地简化了。律师变得多余，你也不需要通知任何一个官僚机构。难怪它们能这么流行了，而收养或代孕，甚至使用捐赠配子生育试管婴儿的合同都有几百页那么厚，连限制导弹条约谈判起来都比配偶间协商与子女相关的条款容易。

我的账户刚完成扣款，控制软件就下载到了我的电脑终端里。套件本身在一个月后送达，这给了我足够的时间来选择我想要的具体外观，我用模拟系统仔细捏脸：蓝眼睛，飘逸的金发，胖乎乎的脸蛋，有小窝的四肢，圆鼻子。

……哎呀，程序和我创造了一个多么刻板印象的小天使啊！我选择“女孩”是因为我一直想要个女儿，尽管小可爱的寿命并不长，不足以让性别显现出多大的区别。他们会在四岁时突如其来地悄然离世。小可爱的亡故是那么悲惨，那么令人心碎，那么方便宣泄情绪。你可以把他们放进铺着缎子的棺材，身上依然穿着四岁生日派对时的衣服，你最后一次吻别他们，送他们前往小可爱的天堂。

这当然让人厌恶，我知道这是亵渎神圣的行径，我为我做出如此病态的事情而畏缩和不安。但这是能做到的，而我难以抗拒这种可能性的诱惑。更重要的一点，这是合法的，而且很容易，甚至不需要花多少钱。于是我一步一步地走了下去，着迷地观察着我自己，思考我什么时候会改变主意，等待我终于回过神来，叫停这一切。

尽管小可爱源自人类的生殖细胞，但在受精前大量篡改了DNA。科学家改造了一种用于构建红细胞壁的蛋白质的基因编码，同时命令松果体、肾上腺和甲状腺（三重备份，不给失败留下任何机会）在关键年龄分泌一种酶，撕碎上述经过改造的蛋白质，从而确保了小可爱的幼年夭折。科学家彻底破坏了控制胎儿大脑发育的基因，确保了小可爱的智力低于人类（以及法律地位也低于人类）。小可爱会微笑和呢喃，会咯咯笑和咿咿呀呀，会哭叫、踢腾和呻吟，但在发育的最高峰，他们也比平均水平的小狗愚钝得多。猴子很容易就能羞辱他们，金鱼在精心选择的某些智力测试中能击败他们。他们永远没法儿学会正常行走或在没人帮忙的情况下自己吃饭。理解别人在说什么是不可能的，更不用说使用语言了。

简言之，假如你想享受婴儿能融化心灵的魔力，但又不想养乖戾的六岁小崽子，叛逆成性的青少年或坐在父母病床前等你咽气、一门心思只想听遗嘱怎么说的中年秃鹫，那么小可爱就是个完美的选择了。

无论是不是盗版，这个流程反正都很简单：我只需要把黑匣子连上我的电脑终端，打开电源，让它运转几天，等待各种蛋白酶和功能性病毒为我量身定做，然后对着A管射精。

A管被设计成仿真的阴道形状，连内衬的气味都能以假乱真，但我不得不承认，尽管我从概念上对这个阶段没有任何意见，但我可笑地花了四十分钟才完事。无论我回忆什么人、想象什么场景，我的大脑都有某个部分在不懈地行使否决权。不过我在某处读到过一篇文章，说有个聪明的科研人员发现，狗即便摘除了大脑，也依然能机械地完成交配。显而易见，射精所需要的仅仅是脊髓。好吧，最后我的脊髓终于做到了，终端屏幕讥讽地大喊“干得好！”，我真应该一拳打穿它。我应该用斧子劈碎黑匣子，在房间里乱跑，尖叫着毫无意义的诗句。我应该买一只猫。不过，有事情供你后悔也是好的，对吧？我确定这是身为人类的一个关键要素。

三天后，我在黑匣子旁躺下，让它把尖爪放在我的腹部上。尽管机器人附肢看上去吓人，但受孕过程是无痛的。一小块皮肤和肌肉被局部麻醉，然后一根长针迅速插入身体，把预先包装好的生物材料送进我的腹腔，它外面裹着一层专为我的腹腔的特定环境设计的绒毛膜。

然后就好了。我怀孕了。

怀孕几周以后，我的全部疑虑和厌恶似乎都烟消云散了。世界上没有什么比我正在做的这件事更加美丽和正确的了。每一天，我都会在电脑终端上调出模拟的胚胎影像。画面令人惊叹，也许并不完全真实，但无疑非常可爱——毕竟我花钱买的就是可爱嘛——然后我会抬起手抚摩腹部，深陷于对生命魔法的思考之中。

我每个月去诊所做超声扫描，但我拒绝了他们提供的各种基因检测；我不会由于不想要的性别或不满意的眼睛颜色而舍弃胎儿，因为我从一开始就选好了这些条件。

我只对陌生人说过我在干什么，我为此更换了医生，在开始严重“显怀”后就安排了休假（在此之前我都用“啤酒喝多了”的玩笑蒙混过关）。孕期即将结束时，商店里和街上会有人盯着我看，但我选择了较低的出生体重，因此没人能确定我是不是只是超重。（事实上，根据说明手册的建议，我存心在怀孕前多长了些肥肉；这么做能确保胎儿发育所需的能量供应。）况且，就算看见我的人猜到了真相，那又怎样呢?

我毕竟没有犯法。

开始休假后，白天我看电视，读育儿书，反复摆放我房间一角的婴儿床和玩具。我不确定我是怎么选中“安琪儿”这个名字的，不过我再也没有改变主意。我用小刀把它刻在婴儿床的一侧，假装塑料是樱桃树的木头。我考虑过要不要把它文在我的肩膀上，但父亲这么对女儿似乎不太妥当。在我“测试声音”的各种借口早就用完之后，我依然在公寓里大声自言自语。我时不时地拿起电话说：“你能小声一点儿吗？谢谢了。安琪儿在睡觉呢！”

咱们就别吵各种琐碎的细节了。我脑子不正常，我知道我脑子不正常。我把这归咎于胎盘分泌物进入循环系统后的“荷尔蒙效应”，尽管这个说法模糊得堪称美妙。没错，怀孕的女人不会发疯，但无论是从生物化学还是从解剖学角度上说，女性的身体都更适合我正在做的这件事。我腹腔里这个快乐的负担在向它想象中的女性身体发送形形色色的化学信号，因此我变得有点儿古怪也就不足为奇了。

当然了，那些更普通的反应也一应俱全。晨吐（事实上，从早到晚每时每刻都觉得恶心），嗅觉增强，有时会出现讨厌的皮肤过敏；膀胱受压，小腿肿胀；更不用说最直接、不可避免、令人疲惫的不便了——身体不但变得更重，而且以我能想象的最别扭的方式重新塑形。我对自己说了无数次，我正在学习宝贵的一课：这种状态和过程，无数女人都习以为常，对此有所了解的男性却屈指可数，通过这样的体验，我肯定能转变成一个更好、更有智慧的人。就像前面说过的，我脑子不正常。

住院做剖宫产的前一天夜里，我做了个梦。我梦见孩子生出来了，但不是从我的身体里，而是从黑匣子里。它浑身黑色毛发，长着尾巴，有一双像狐猴的大眼睛。它比我想象中更加美丽。刚开始，我无法判断它更像小猴子还是奶猫，因为它有时候像猫那样用四肢行走，有时候像猴子那样坐着，而尾巴同时符合两者的特征。但最后，我想到猫是闭着眼睛出生的，所以它只可能是猴子了。

它满房间乱窜，然后躲在了我的床底下。我伸手进去想把它拖出来，却发现抓在手里的只是一条旧睡裤。

我在强烈的尿意中醒来。

医院员工待我很认真，连一个玩笑都没开。好吧，看来我花的钱足够多，因此他们不会嘲弄我。我有间单人病房（尽可能远离产科）。若是在十年前，肯定会有人把我的故事泄露给媒体，摄像师和记者会在病房门口安营扎寨。谢天谢地，到了今天，产下一个小可爱，哪怕怀孕的是单身父亲，也不再是什么新闻了。已经有数以十万计的小可爱来到世间又匆匆离去，因此我算不上什么开路先锋。不会有报纸用我十年的薪水来换取我怪异而令人震惊的人生故事，不会有电视台竞价授权在黄金时段举办的葬礼上特写拍摄我为我低于人类的可爱孩子流下的泪水。有关生殖科技演变的争议已被榨取干净；研究人员想要重登头版，就必须在怪异程度上做出质的飞跃。毫无疑问，他们正在为此努力。

分娩是在全麻下进行的。我醒来时头疼得像是被铁锤砸过，嘴里的味道仿佛呕出了腐败的奶酪。我第一次挪动身体时忘了考虑刀口缝过针——这是我最后一次犯这个错误。

我勉强抬起头。

她平躺在一张婴儿床的正中间，婴儿床相较之下有足球场那么大。粉红色的身体皱巴巴的，和其他婴儿没什么区别，她拧着眉头，闭着眼睛，吸一口气，哭一嗓子，再吸一口气，再哭一嗓子，就好像号啕对她来说和呼吸一样自然。她有一头浓密的黑发（程序说过胎发会是黑色的，不久就会脱落，再长出来就是金色了）。我爬起来，无视脑袋的抽痛，俯身越过婴儿床的挡板，把一根手指轻轻地压在她脸上。她没有停止号哭，但睁开了眼睛——没错，是蓝色的。

“爸爸爱你，”我说，“爸爸爱他的安琪儿。”她闭上眼睛，吸了格外悠长的一口气，然后再次号哭。我怀着恐惧弯下腰，每一个动作都无比精确，以显微级的小心把她抱起来，贴着我的肩膀搂着她，良久不肯松手。

两天后，医生允许我们回家。

一切正常。她没有停止呼吸。她从奶瓶里喝奶，在尿布里拉屎撒尿，一哭就是几个小时，有时候甚至会睡觉。

不知从什么时候开始，我不再把她视为一个小可爱。我扔掉了黑匣子，它的任务已经完成。我坐在那儿，望着她盯着我把闪闪发亮的手机挂在婴儿床上方；望着她在我让它摆动、转动和叮当作响时，学习跟着它移动视线；望着她尝试向它伸出双手，尝试抬起身体靠近它，因为受挫而哼哼唧唧，有时候看得着迷时也会轻声呢喃。然后我会跑过去，俯身亲吻她的鼻子，逗得她咯咯笑，而我一遍又一遍地说："爸爸爱你！对，我爱你！"

假期额度用完后，我干脆辞职了。我攒了些钱，省着用够我们活好几年了，而我无法想象把安琪儿交给其他人照看。我带她去购物，她的美丽和魅力征服了超市里的每一个人。我很想带她去见我的父母，但他们会问太多的问题。我和朋友们断绝来往，不允许任何人进我的家门，拒绝了所有邀请。我不需要工作，也不需要朋友。除了安琪儿，我什么都不需要。

她第一次伸手抓住我在她面前摆动的手指时，我的快乐和自豪难以用语言形容。她想把我的手指塞进嘴里。我不让她得逞，我逗弄她，挣脱她，把手指拿开，然后突然还给她。她为此大笑，就好像百分之百地确定我最后会放弃挣扎，允许她把我的手指短暂地放进她还没长牙的嘴里。而到时候，等她发现我的手指尝起来没有任何味道时，会以惊人的力量推开我的手，并且从头到尾笑个不停。

根据发育时间表，她比实际年龄提前了几个月做到了这些事。"聪明的小家伙！"我说，说话时离她的脸太近。她抓住我的鼻子，然后高兴得爆发了，她踢着床垫，发出我从没听过的呢喃声，那是一连串美丽而优雅的音符，每一个音符都滑向下一个音符，就像某种鸟叫。

我每周给她拍照，填满了一个又一个相簿。旧衣服她还没嫌小，我就买来了新衣服，上周买的旧玩具她还没碰过，我就买来了新玩具。每次准备外出时，我都会说“旅游能开阔你的眼界”。从童车里出来，坐进小推车里，她能看见的不只是天空，而是更多的世界了，她的讶异和好奇给我带来了无止境的快乐。路过的狗会让她开心地蹦跳，人行道上的鸽子会让她欢声庆祝，过于吵闹的车辆会让她气呼呼地皱起眉头，见到她的小脸上显露出那么多的轻蔑，我会无奈地放声大笑。

我坐在那儿看她睡觉，听着她稳定的呼吸，只有在我看得太久、听得太仔细的时候，一个声音才会在我脑海里轻轻地提醒我记住她事先预定的死亡。我命令它闭嘴，无声地喊叫毫无意义的污言秽语。有时候我会低声唱歌或哼唱摇篮曲，就好像只要安琪儿在我发出的声音里翻个身，我就会把它当作胜利的标志，确凿地证明那个邪恶的声音在撒谎。

但与此同时，我连一分钟也没有欺骗过自己。我知道时间一到她就会死去，和在她之前死去的十万个其他小可爱一样。我知道要想接受这个事实，唯一的出路就是双重信念，一方面等待她的死亡，另一方面又假装那一天永远不会到来；一方面把她当作一个真正的人类孩童那样对待，另一方面又完全知道她仅仅是个可爱的宠物——一只猴子，一条小狗，一尾金鱼。

你有没有做过一个错误的决定，以至于把你的整个生活拖进了没有阳光的噩梦国度，在令人窒息的漆黑泥淖里无法自拔？你有没有做过一个愚蠢的选择，以至于它只是抬抬手，就可能让你做的所有好事都灰飞烟灭，让所有的快乐记忆都化为虚无，让世界上所有的美丽事物都变得丑陋，让你丧失最后的一丝自尊，打心底里相信你甚至不该出生？

我做了。

我买了个小可爱套件的廉价副本。

我应该买只猫的。我这栋公寓楼不许养猫，但我应该不管三七二十一去买只猫的。我认识养猫的人。我喜欢猫，猫有强烈的个性，给猫足够的关注和关怀，它会成为一个好伙伴，又不至于增长我的痴迷——要是我企图给猫穿上婴儿的衣服，或者用奶瓶喂它喝奶，它只会挠得我浑身是血，然后用能杀人的嫌恶视线扼杀我的尊严。

有一天，我给安琪儿买了一套新的串珠：样子有点像算盘，共有十种亮晶晶的颜色。我把它挂在婴儿床的上方。在我安装的时候，她笑着拍手，眼睛里闪着淘气和喜悦。

淘气和喜悦？

我记得我在某处读到过，婴儿的“微笑”其实只是由气流引起的，而我记得我当时的恼怒，不是因为事实本身，而是对作者，因为他竟然觉得有义务要自以为是地传播这么一个可厌的事实。我心想，所谓“人性”这个奇妙的东西到底是什么？它的至少一半难道不是存在于观察者的眼中吗？

“淘气？你？不可能！”我俯身亲吻她。

她拍着手，非常清晰地说：“爸爸！”

我找到的每一个医生都万分同情，但他们也无能为力。她体内的定时炸弹早已与她合为一体。套件在这个功能上倒是一切正常。

她一天比一天聪明，不断学会新的词语。我该怎么办？

（a）拒绝给她以刺激？

（b）饿她个营养不良？

（c）摔她个脑袋着地？或者，

（d）以上皆非？

哦，别害怕，我确实有点儿不稳定，但我还没彻底精神失常：我依然理解扰乱她的基因和伤害她会呼吸、有生命的身体之间的微妙区别。对，只要我尽可能集中注意力，我发誓我能看到这个区别。

事实上，我认为我处理得出奇地好：我从不当着安琪儿的面崩溃。我把所有的痛苦隐藏起来，直到她入睡。

意外总会发生。没人是完美的。她的死亡会迅速而没有痛苦。世界各地每时每刻都有孩童在死去。明白了吗？在我等待冲动过去的时候，我能用我的嘴唇发出许许多多的声音，说出形形色色的答案——我说的冲动是这会儿杀了她然后自杀的冲动；结束我个人痛苦的完全自私的冲动。我不会这么做的。医生和他们所有的检测依然有可能出错，可以拯救她的奇迹依然有可能发生。我必须活下去，但我不敢心怀希望。要是她真的死了，我一定会随她而去。

然而有一个问题，我将永远不知道它的答案。这个问题缠着我不放，它比我关于死亡的最黑暗的念头更让我感到恐惧：

要是她从没说出过一个字，我会不会真的欺骗自己，相信她的死亡不是一场悲剧？

奔向黑暗

Into Darkness

蜂鸣器响得越久，音调和音量就升得越高，于是我跳下床，知道我花了不到一秒钟就醒了。我发誓刚开始我还在做梦，在声音变成现实之前很久就梦见了它。这种事发生过好几次，也许只是大脑在逗我玩，也许某些梦只有在回忆时才会成形。也可能为了以防万一，我每天夜里、每个睡觉的时刻都在梦见它。

蜂鸣器上方的灯是红色的。不是演习。

我一边套上衣服，一边穿过房间去按确认按钮。蜂鸣器刚停止鸣叫，我就听见了越来越近的警笛声。我用来系鞋带的时间和做其他所有事情加起来的时间一样长。我从床边抓起背包，顺手打开电源。它的LED小灯开始闪烁，系统进入自检程序。

等我走到路边，巡逻车正在吱吱嘎嘎地刹车，后车门为我打开。我认识开车的安吉洛，但我没见过另一个警察。警车加速离开的时候，车载终端上出现了卫星拍摄入口的红外线伪彩画面——多色斑块背景中的一个漆黑圆圈。片刻之后，那块地区的街道图取代了卫星视图，这是城区最北端比较新的一个市郊居住区，拥有许许多多的死胡同和新月形小街；入口的周界和中心标在上面，用虚线标出“核心”应该在的位置。画面略去了最佳路线，因为障碍物太多，大脑会造反。我盯着地图，尽量记住一切。倒不是等进去之后我就没法儿查地图了，只是记在心里永远能让我反应更快。我闭上眼睛看目前的情况，脑海里的模型看上去就像游戏书里的迷宫。

我们开上高速公路，安吉洛放开了手脚。他是个优秀的司机，但有时候我怀疑这就是整件事里风险最高的一个阶段了。陌生警察不这么认为，他转向我说：“有句话我必须告诉你。我敬佩你做的事情，但你肯定是他妈的疯了。就算给我一百万，我也绝对不会钻进那东西。”安吉洛咧嘴笑了（我在后视镜里看见的），说：“哎，诺贝尔奖是多少来着？比一百万多吧？”

我嗤之以鼻：“恐怕没有。而且我也不认为他们会因为八百米的障碍赛发你一个诺贝尔奖。”媒体似乎决心要把我打造成某种专家，我不知道为什么——除非是因为我有次在采访中用了“径向各向异性”这个术语。没错，第一个携带科研“载荷”的正是在下，但其他跑手也都有可能做到，而现如今这已经是常规了。事实上，根据国际协议，一个人只要还有一丁点儿机会能为“入口理论”贡献力量，就绝对不能冒着生命危险进去。假如说我有什么非典型的特点，那就是我缺乏相关的资质了；其他志愿者基本上都有传统救援服务方面的经验。

我把手表切换到倒计时模式，与终端此刻显示的数字同步，然后同样设置了背包的计时器。六分钟十二秒。入口的显现完全服从半衰期为十八分钟的放射性原子核的统计学表现；79%的部分能维持六分钟或更久，但每分钟都要乘以0.962，你很难想象它的衰减有多么迅速。我已经把概率背到了一小时（10%），尽管这么做未必算得上明智。与直觉相反，入口不会随着时间的推移而变得更加危险，正如单独一个放射性原子核不会变得“更加不稳定”。在任何一个特定的时刻，只要它还没有消失，它就有可能继续存在十八分钟。在所有的显现中，只有10%能坚持到一小时以上，但在这10%里，有一半在十八分钟后依然不会消失。危险并没有增加。

对于里面的跑手来说，想要问现在的生还概率有多大，他或她必须活着才能提出问题，因此概率曲线必须从那个时刻起重新开始计算。历史无法伤害你；一旦你活过了X分钟，那么从这X分钟里生还的“可能性”就是百分之百。随着不可知的未来成为不可更改的过去，风险必定会坍塌成确定性，非生即死。

我们中会不会有人真的这么想就是另一码事了。你无法阻止自己的直觉认为时间快过完了，逃生概率正在减小。入口一旦出现，无论理论怎么说两者毫无关系，每个人都会不由自主地记录时间。在现实生活中，懂不懂抽象理论其实并没有任何区别。无论如何，你都必须以最快的速度做你该做的事情。

凌晨两点，高速公路上空荡荡的，但警车这么快就沿着出口匝道疾驰而下还是让我吃了一惊。我的胃在抽筋。我希望能觉得自己准备好了，但你永远也不可能真的准备好。尽管已经出了十次任务，尽管经历了近两百次演习，我也还是没有准备好。我总是希望能有更多的时间供我镇定心神，但我根本不知道我想达到什么样的精神状态，更不用说该怎么达到它了。我心里比较疯狂的那一部分总是希望能拖延一下。假如我真的希望入口能在我赶到前消失，我就根本不该出现在这儿。

调度员反复告诉我们："你们随时可以退出，别人不会因此看不起你们的。"这当然是真的（直到退出在物理上变得不可能的那一刻），但这是我宁可不要的那种自由。退休是一码事，但一旦我接受了一项任务，就不想在前思后想上浪费精力了，我不想没完没了地确认自己的选择。我催眠自己，让自己差不多相信了我没法儿一个人活下去（尽管我知道其他人肯定能行），这么做起到了一定的作用。唯一的问题在于，这个谎言可能会自我实现，而我真的不想成为那种人。

我闭上眼睛，地图在我面前浮现。我的情况一团糟，这一点无可否认，但我依然能完成任务，依然能够成功。而这才是最重要的。

我甚至不需要扫视天际线就知道离目的地不远了。所有的屋子都亮着灯，一户户人家站在他们的前院里。我们经过时，许多人挥手欢呼，这个景象每次都能让我抑郁。一群青少年站在路口喝啤酒，朝着我们飙脏话，做下流手势，尽管不正常，我却觉得受到了鼓舞。

"智障。"陌生警察嘟囔道。我一言不发。

警车拐了个弯，我看见右面高空中有三架直升机，拖着一个巨大的投影银幕徐徐爬升。屏幕的一角突然被遮住了，我的视线从这一小段弧线开始勾勒这个遮蔽物的曲线，直到看清了它令人眩晕的全貌。

白天从外面看，入口是个蔚为壮观的景象：一个巨大的黑色圆顶，完全不反射光线，吞噬了好大一块天空。你无法否认你面对的是个有实体的庞然大物。但在夜里，情况就不一样了。你依然不会看错它的形状，与这个天鹅绒般的黑色缺口相比，连最暗的夜晚也会变成灰色，但你不会产生任何坚实的错觉；你会意识到它只是截然不同的另一种虚无。

入口从近十年前开始出现。它永远是个完美的球形，半径略微超过一公里，球心通常靠近地面。它也会在海上出现，但为人所知的次数极为稀少，它出现在无人区的次数稍微频繁一些，但绝大多数时候都在人口稠密的区域显现。

目前流行的假说是未来文明在尝试建立虫洞，从而对遥远的过去进行采样，把远古生命的标本带回他们所在的时空供其研究，但他们搞砸了。虫洞的两端都脱钩了。这东西收缩变形了，本来想建造的应该是某种宏伟的时光大道，能够跨越地质时期，现在通道所跨越的时间甚至不够你以光速穿过一个原子核的。它的一端（也就是入口）半径一公里，另一端只有入口的五分之一那么大，在空间上与入口同心，但位于未来几乎无法测量的一小段时间之后。我们将内层球体（虫洞的目的地，看上去就在入口内部，但实际上不在）称为“核心”。

这个跨越时间的工程既然失败了，它萎缩的残骸为什么会来到我们这个时代呢？大家就只能瞎猜了，也许我们刚好位于原本两端的正中央，那玩意儿是对称坍塌的，纯粹只是倒霉。但问题在于，它并没有安息。它会在地球上的某个地方显现，固定存在几分钟，然后变得不稳固，随即消失，但又在一瞬间之后换个地方显现。科学家分析了十年的数据，依然没有找到预测未来显现地点的方法，但肯定还有某种残缺的导航系统在发挥作用，否则这个虫洞为什么会紧贴着地表不放（并且格外偏好有人居住的陆地），而不是沿着随机轨迹进入星际空间？就好像有一台痴呆但忠诚的电脑一直在英勇地工作，企图把入口固定在它的学究主人感兴趣的某个地点；找不到古生物没关系，21世纪的城市也能拿来凑数，因为附近没别的东西值得研究了。每次因未能建立永久性联系而滑进超空间的时候，它都会怀着无穷大的忠诚和无限度的愚蠢再次竭力尝试。

被感兴趣可不是什么好事。在虫洞内部，时间与一个空间维度混在一起，而（可能是存心设置的，也可能是物理学决定的）任何等同于从未来前往过去的位移都是不被允许的。转换成虫洞的几何构造，意味着假如入口在你附近显现，你就不可能朝着它的离心方向运动了。你必须在一段长度未知的时间里（也许是十八分钟，也许更长或更短），克服种种怪异的外在条件，找到前往安全核心的方向。更不妙的是，光线也会受到同样的影响，它只会向内部传播。比你更靠近中心的东西都存在于不可见的未来。你必须奔向黑暗。

我听到过别人嘲笑这一切有可能会多么困难的说法。还好我这人不是个够格的虐待狂，并不希望他们会用亲身经历体验真相。

事实上，向外的运动并非完全不可能。假如真的不可能，那么被困在入口里的人就会原地去世。心脏必须让血液循环，肺部必须吸气呼气，神经冲动必须朝着所有方向传递。每一个活细胞都靠来回搬运化学物质维持生存，要是连电子云都只能单向涨落，我真的没法儿想象那会在分子层级上产生什么样的效应。

也存在一定的容差余地。虫洞的八百米跨度只穿越了一段极其短暂的时间，而人体的线性标度则对应一段更短的时长——短得足以让量子效应产生作用。时空尺度中的量子不确定性允许你在极小的局部范围内违反经典物理法则的绝对限制。

因此，人们不会原地去世，而是会血压上升，心率加快，呼吸变得费力，大脑功能变得不正常。蛋白酶、激素和其他生物分子会细微变形，导致它们与目标的结合不再那么有效，这在一定程度上干扰了每一个生化过程。举例来说，血红蛋白会更容易失去氧原子；水分会逸出身体（因为随机热运动忽然不那么随机了），导致你逐渐脱水。

身体情况本就堪忧的人们会死于这些效应。其他人只会感到恶心、虚弱和混乱——在无可避免的震惊和惊恐之外。他们会做出错误的选择。他们会被困住。

无论因为前者还是后者，每次入口显现时都会害得几百人丧命。入口跑手能救下一二十人，我必须承认这个成功率并不高，但在某位天才想到该怎么一劳永逸地除掉虫洞之前，这也算是聊胜于无了。

投影银幕位于我们头顶上的高处，我们来到了南部行动中心，这儿其实只是几辆塞满了电子器材的厢式货车，停在一户人家门前的草坪上。我已经熟悉了的街道地图出现在银幕上，尽管它是由第四架直升机投射出来的，而向内的狂风吹得四架直升机摇摆不定，但画面非常稳定且对焦清晰。入口内的人当然能看见它，这幅地图（连同位于其他罗经点上的另外几幅）能拯救几十条人命。理论上，一旦你来到户外，径直走向核心并不是什么难事；寻找正确的方向和遵循正确的路径再容易不过了。然而问题在于，朝向内部的直线往往会让你撞上障碍物，而在你无法掉头往回走的时候，最普通的障碍物也有可能害死你。

因此，地图上画满了箭头，标出前往核心的最优路径，考虑到了安全地留在道路上的限制。另外两架直升机盘旋于入口上空，正在做一件更体贴的事情：用电脑控制的高速喷枪（环形激光惯性制导系统不断向抖动的电脑输入确切方位和朝向）和荧光反射涂料，在底下不可见的街道上画出同样的箭头。你看不见前方的箭头，但能回头看见你已经经过的箭头。这很有用。

厢式货车周围有一小群调度员和一两个跑手。这一幕在我眼中总是很凄凉，不考虑空中交通的话，它就像个因为下雨而取消的小规模业余赛事。我从警车跑向他们，安吉洛对我喊道："旗开得胜！"我没有回身，举起手挥了挥。扬声器在向入口内播放标准提示，十几种语言的版本循环往复。我从眼角瞥见来了一辆电视转播车。我看一眼手表，九分钟。我忍不住心想：71%，尽管入口显然还百分之百地留在原处。有人拍了拍我的肩膀，是伊琳。她微笑着说："约翰，咱们核心见。"我还没来得及回答，她就跳进了黑暗之墙。

德洛丽丝正在分发记录在RAM上的指派任务。世界各地的入口跑手使用的软件基本上是她一个人写的，但她靠制作电脑游戏挣钱过日子。她甚至以入口本身建模做了个游戏，但销量不怎么好；评论者认为这么做有点儿没品。"接下来是什么？咱们来玩《空中大灾难》？"也许他们认为飞行模拟里应该只有无穷无尽的好天气。另外，电视福音传道者在卖能让虫洞远离你的祈祷，你把信用卡插进家用购物机的卡槽，就能立刻得到佑护。

"要我干什么？"

"三个婴儿。"

"就这么多？"

"你来晚了，只能捡别人吃剩下的。"

我把卡带插进背包。一部分街区地图出现在显示屏上，三个鲜红色的光点标出了我的目标。我系好背带，调整活动臂上的显示器，如果需要的话，我往侧面扫一眼就能看见它。电子设备能被制作得在虫洞内正常工作，但一切都必须经过专门设计。

还有不到十分钟。我从一辆厢式货车旁的小桌上抓起一杯水。另外还有一种碳水化合物的混合溶液，据说为了我们的新陈代谢需求而被优化过，我只试过一次，除了后悔没有别的感受。无论它有没有经过优化，我的肠胃对吸收任何东西都不感兴趣。还有咖啡，但这会儿我最不需要的就是刺激物。我几口喝完那杯水，听见有人念我的名字，不由自主地去听电视记者的滔滔不绝。

“……约翰·内特利，高中科学课教师，不可思议的英雄，即将踏上征途，这是他作为志愿入口跑手的第十一次任务。假如今夜他能活下来，他就将创下新的全国纪录——但当然了，每次出任务都会让成功的概率变得越来越小，而到现在……”

这个白痴在胡说八道——概率不会变得越来越小，老兵不会面对额外的风险——但我现在没空去纠正他了。我挥动手臂，做了几秒钟不太认真的热身运动，但其实意义并不大。我全身的每一块肌肉都非常紧张，无论我做什么，在接下来的八百米内都会一直如此。我尝试排空思绪，只关注接下来的助跑——你越快撞上入口的边界，对你的冲击就越小——在我今夜第一次问自己你他妈究竟来这儿干什么之前，我就把各向同性①的宇宙甩在了背后，那个问题就此变成了学术探讨。

黑暗不会吞噬你。也许这就是最怪异的一点了。你会看见它吞

① 物体的物理、化学等性质不因方向的改变而产生变化。

噬其他跑手，但它为什么不吞噬你呢？它不但不吞噬你，反而会随着你的每一步而后退。边界不是一条绝对的线；量子模糊现象会形成逐渐淡出的效果，可见范围会随着每次迈步而向前延伸。若是白天，你会见到一个超现实的景象，目睹虚无在眼前撤退会导致人们发作癫痫和精神疾病。到了夜里，情况仅仅会变得令人难以置信，就好像你在追赶有智能的浓雾。

刚开始，一切都非常容易，疼痛和疲劳的记忆遥远得可笑。多亏了在压缩装备中的日常演习，呼吸时感受到的阻力状态算是相当熟悉。跑手曾经靠药物来降低血压，但经过充分的训练，身体的血管调节系统会变得足够有弹性，不需要借助外力就能应付巨大的压力。假如不是大致了解其中的缘由，每次抬腿时感觉到的古怪拉力很可能会吓得我发疯：朝向内部的运动（当用力方式是拉而不是推的时候）会受到阻碍，因为信息是向外流动的。假如我背后拖着一根十米长的绳子，那么我会连一步都迈不出去，拉绳子会把携带我运动方式的信息从我所在之处向外传递。自然规律不允许这种事情发生，要不是因为量子层级的容差余地，我甚至不可能抬起脚向前放下。

街道朝着右侧弯曲，逐渐偏离了径向，但我还没找到便捷的岔路。我待在马路中央，沿着双白线向前走，而过去与未来的分界甩向我的左侧。路面似乎总是朝着黑暗倾斜，但那只是另一种虫洞效应——分子热运动的差异不但造成了向内的风和缓慢脱水，对坚固物体也产生了一种力（更准确地说，是伪力），垂直方向因此倾斜。

“——我！求求你！”

一个男人的声音，绝望而惶恐——甚至愤怒，就好像他坚信我一直都能听见他的叫声，而我出于恶意或冷漠假装听不见。我转身望去，但没有放慢速度；我已经学会了这么奔跑，它只会让我感到稍微有点眩晕。向外看，一切似乎都很正常，除了路灯早已熄灭，照明完全来自直升机上的泛光灯和天空中的巨幅地图。叫声来自一个公共汽车候车亭，它整体由防破坏的塑料和强化玻璃建造，现在位于我背后至少五米之处，但遥远得和在火星上没什么区别。钢丝网覆盖着玻璃，我只能勉强辨认出玻璃背后的身影，那是个模糊的剪影。

“救命！”

对我来说，幸运的是我已经消失在他眼中的黑暗里了，我不需要考虑在这种情况下该怎么打手势和该做出什么表情。我转过身，加快步伐。我无法习惯于面对陌生人的死亡，但我习惯于自己的无能为力。

入口出现已经十年了，公共开放区域每一个有潜在危险的地点周围，地面上都画着国际标准的符号。和其他措施一样，它也起到了一点儿作用。为了最终彻底消除威胁，国际上还制定了另外一些标准，通过设计，根除会困住人们的角落，但那需要数以十亿计的投入和几十年的时间，而且无法触及真正的难题：室内空间。我见过无陷阱房间和办公楼的范本，每个房间的每个角落都有门或拉着门帘的门洞，但建筑风格还没有真的追上实际需要。我的住处就远非理想，在咨询了改造所需的报价后，我认为最便宜的解决方案是在每一面墙旁边放一把长柄大锤。

我向左拐弯，刚好看见一溜发光的箭头被嗞嗞地喷在我背后的路面上。

就快到第一个任务的所在地了。我点击背包上的一个按钮，看了一眼侧面的显示屏，画面刚好切到目标房屋的平面图。一旦确定了入口的位置，德洛丽丝的软件就会开始在数据库里搜索，整合出一个我们有很大机会能做点儿好事的地点清单。发给我们的信息从来都不是完整的，有时候甚至完全错误；人口普查数据往往已经过时，建筑物蓝图有可能不准确、归档错误或根本找不到——但总比盲目走进随机选择的房屋要好。

离目标只差两座房屋的时候，我把速度放慢到接近快走，给自己一点儿时间来适应虫洞的各种效应。向内奔跑会让身体周期性运动中朝外的部分（相对于虫洞而言）变轻，放慢速度似乎永远是最不该做的事情。我常常梦见我跑过一条狭窄的峡谷，它不比我的肩膀宽多少，只要我跑得足够快，两侧的峭壁就会保持分开。这就是身体对我放慢速度的看法。

这条街道偏离径向大约三十度。我穿过相邻房屋的前草坪，跨过一道齐膝高的砖墙。从这个角度观察，没什么东西会造成意外；看不见的大多数东西都很容易推测，你几乎能在脑海里见到它们。目标房屋的一角从我左侧的黑暗中浮现出来，我靠它校准方向，然后径直走向一扇侧窗。走正门会导致我无法进入屋子里近一半的空间，而德洛丽丝高度不稳定的房屋使用预测算法认为，最可能是孩子卧室的房间就在其中。人们可以把房间使用情况直接提交给我们，但很少有人会这么做。

我用撬棒砸碎玻璃，开窗爬了进去。我把一盏小电灯留在窗台上，因为带上它会让它失效，然后慢慢走进房间。我已经开始感到眩晕和反胃了，但我强迫自己集中注意力。多走一步，救援行动会困难十倍。多走两步，任务就不可能完成了。

衣柜从黑暗中显露出来，证明我找对了房间，因为它上面堆满了塑料玩具、爽身粉、婴儿香波和其他育儿用品。然后婴儿床的一角在我的左侧出现，以出乎意料的角度对着我。它一开始很可能是平行于墙壁的，但在向内的力量下不均匀地滑了一段距离。我横着走向它，然后向前挪动了几英寸，直到毯子底下的一块隆起出现在视野内。我讨厌这个时刻，但磨蹭得越久，做起来就越困难。我向侧面伸出手，连同毯子一起抱起婴儿。我踢开婴儿床，然后向前走，慢慢收回手臂，直到我能把孩子塞进我胸前的安全带里。成年人的力量足以把婴儿向外拽一小段距离，这通常会杀死婴儿。

孩子没有挣扎；他或她失去了知觉，但有呼吸。我微微颤抖，这是某种缩略版的情绪宣泄，然后我开始移动。我扫了一眼显示屏，重新确定出去的路线，最后允许自己看了看时间。13分钟，61%。更重要的是，核心就在前方两三分钟的路程外，全是下坡，没有障碍。一个任务成功意味着你必须放弃其他的任务。别无选择，你不能带着孩子进出建筑物，你甚至不能把孩子先放在某个地方，过一会儿再回来接他或她。

走出前门的时候，解脱感让我头晕目眩。也可能不是因为这个，而是大脑恢复了供血。我加快步伐，穿过草坪——却看见了一个女人，她在喊：“等一等！停下！”

我放慢速度，她追上了我。我伸出一只手抓住她的肩膀，把她推到比我稍前一点儿的地方，然后说：“继续走，越快越好。要是你想说话，就到我后面去，我也会这么做。明白了吗？”

我走到她前面。她说：“你怀里是我女儿。她没事吧？天哪……

她活着吗？”

“她挺好。你保持冷静。咱们现在只需要带她去核心就行，明白了吗？”

“我想抱着她，我想带她去。”

“等我们安全了再说。”

“我想自己抱着她去那儿。”

妈的。我侧头看了她一眼，她脸上满是汗水和眼泪，一条胳膊上有瘀青和灰土，你想伸手去抓无法触及的东西，得到的结果往往就是这个。

“我真的认为你等一等比较好。”

“你有什么权利这么说？她是我女儿，把她还给我！”这女人非常愤怒，然而考虑到她所经历的一切，她算是非常清醒了。我无法想象那是一种什么感受：站在自己家门口，疯狂地希望能发生某种奇迹，住在附近的其他人纷纷从她身旁跑过，而副作用让她越来越难受。无论她的勇气是多么毫无意义和愚蠢，我都忍不住要敬佩她。

我运气不错。我前妻和一儿一女住在半个城区之外，也没有朋友住在附近。我非常小心地安排了我的情感地理，把最终可能无法拯救的所有人都抛在脑后。

所以我能怎么做呢？一个冲刺远离她，扔下她尖叫着追赶我？也许我就该这么做。然而，要是我把孩子给她，我就能再多检查一座房屋。

“你知道该怎么抱她吗？绝对不要向后移动她，让她远离黑暗。绝对不能。”

“我知道。我读过所有的文章，知道你打算怎么做。”

“好吧。”我肯定是发疯了。我们放慢脚步，我把孩子递给她，从侧面把孩子放进她怀里。我忽然意识到，我们已经来到通往第二座目标房屋的岔路口了，我险些错过它。女人消失在黑暗里，我对着她的背影喊道：“快跑！跟着箭头跑！”

我看了看时间。发生了这么多事情，已经15分钟了。但我还活着——所以从此刻开始算，虫洞能再存在18分钟的概率是五五开。当然了，我随时都有可能死去，但我刚走进虫洞的那一刻也同样如此。我并不比当时的自己更加愚蠢。管他的。

第二座屋子是空的，很容易就能看清楚。电脑推测的儿童房其实是书房，父母的卧室在婴儿卧室的外侧。窗户开着，清楚地显示出他们的移动路径。

离开这座屋子的时候，一种奇异的情绪笼罩了我。向内的风比先前更强了，道路径直通向黑暗，难以解释的平静感吞没了我。我以最快的速度奔跑，但对突然死亡的强烈恐惧已经消失。肺部和肌肉在与相同的束缚战斗，但我怪异地超脱了这一切。我能感觉到痛苦，也能感觉到我在努力奔跑，但不知怎的没有参与其中。

事实是，我很清楚我为什么来这儿。我在外面从没真的承认过，因为这个原因似乎过于异想天开和怪诞莫名了。我当然很高兴能够拯救生命，这一点或许也成了我动机的一部分。毫无疑问，我渴望能被视为英雄。然而，真正的原因过于奇异，不可能用无私或虚荣来衡量它：

虫洞具现了有关存在的根本真相。你无法看见未来，也无法改变过去。你的生命只剩下了奔向黑暗。这就是我在这里的原因。

我的身体变得……不是麻木，而是与我分离，就像一个木偶在跑步机上跳舞和抽动。我退出这种状态，查看地图，发现我险些错过时机。我必须向右急转，这下我想陷入昏睡也没有机会了。抬头看被一分为二的世界让我头疼，于是我盯着自己的双脚，努力回忆血液积聚在左脑里会让我更理性还是更不理性。

第三座屋子位于分界线上。父母的卧室比孩子的卧室稍微靠外一点儿，但通过房门只能进入半个房间。我翻了孩子的父母不可能使用的一扇窗户进入孩子的卧室。

孩子死了。我第一眼看见的就是血，我突然非常疲惫。我能看见一小部分房门，所以我知道当时发生了什么。母亲或父亲挤进房间，发现他或她刚好能碰到孩子——能抓住孩子的一只手，但仅止于此了。向内拉会遇到阻力，但人们在这种情况下会不知所措；他们没想到过会碰上这种事儿，所以事情发生时，他们会与之抗争。假如你想把你爱的一个人从魔爪里拽出来，你一定会用上全身的力气。

从房门出去对我来说很简单，但对于从那儿进来的其他人，恐怕就没那么轻松了——尤其是这个人还处于极大的悲痛之中。我望着房间向内墙角里的黑暗，喊道："蹲下，越低越好。"然后以同样的姿势蹲下。我从背包里掏出拆墙枪，瞄准高处扣动扳机。后坐力在正常空间中能把我撞得飞出去，但在这儿只是推了我一把。

我向前迈步，放弃了使用房门的机会。没有直接证据能表明我在墙上轰出了一个直径一米的窟窿，所有的灰尘和碎块都位于洞口向内的这一侧。我终于来到了一个男人的身旁，他跪在墙角，双手抱着头部。有一个短暂的瞬间，我以为他还活着，采取这个姿势是为了保护自己不受爆炸的伤害。没有脉搏，没有呼吸，多半断了十几根肋骨，我没兴趣检查。有些人能苟延残喘一个小时，他们被夹在砖墙和不可见的第三面墙之间，这面墙无情地把他们逼进墙角，他们每次站立不稳、每次放弃阵地的时候，这面墙就会又前进一步。但有些人就是会做出这种最糟糕的选择，他们会把自己塞进监牢里最向内的角落，所遵从的本能在当时肯定合乎情理。

也可能他并没有不知所措，也许他只是希望一切都能快点儿结束。

我从墙上的窟窿挤出去，跌跌撞撞地穿过厨房。该死的平面图错得离谱，应该有的一扇门根本不存在。我砸破厨房的窗户，在爬出去的时候割破了手。

我不愿去看地图。我不想知道时间。现在我独自一人，除了逃生没有其他的目标，无论做什么都会带来坏运气。我盯着地面，盯着一闪而过的金色魔法箭头，尽量不去数它们。

我看见一个被压烂的汉堡包躺在马路上，不由自主地呕吐了起来。常识命令我转身面对背后，但我还没那么愚蠢。喉咙口和鼻腔里的酸水呛得我流泪。我摇摇头甩掉泪水，一件不可能的事情发生了。

一道耀眼的蓝光在前方黑暗中的高处出现，照得我已经适应了黑暗的眼睛一阵眩晕。我抬起手捂住脸，然后从指缝里窥视。随着我逐渐适应强光，我开始辨认出一些细节。

一组细长的发光圆柱体悬在空中，就像某种疯狂倒置的玻璃管风琴，沐浴在闪亮的等离子体之中。它投出的光线没有照亮底下的房屋和街道。我肯定是产生了幻觉。我以前也在黑暗中看见过某些形状，但从没见过这么壮观和持久的东西。我加快步伐，希望能让头脑清醒过来，但天空中的幽影既没有消失，也没有动摇，只是离我越来越近了。

我站住了，无法控制地颤抖。我盯着那不可思议的光芒。假如它不在我的脑海里呢？只有一个可能的解释。虫洞的隐藏机体正在展露它的部分构件。愚痴的领航员在向我炫耀它毫无用处的灵魂。

我的脑袋里有个声音在高喊：不！而另一个声音冷静地断言：我别无选择，这个机会很可能一去不返。我拔出拆墙枪，瞄准射击。这个璀璨的造物属于一个连失败都能让我们敬畏跪拜的文明，我相比之下就像一只变形虫，却端起了微不足道的武器，奢望在它上面留下些许印痕。

发光的结构化为碎片，在寂静中内爆。强光收缩成一个炫目的光点，烙刻在我的视网膜上。直到我扭过头去，才敢确定真正的光线已经消失。

我继续奔跑。惊恐，欣喜。我不知道我干了什么，但虫洞目前还没有衰变。残像在黑暗中不肯消散，我无法把它从视野中抹掉。幻觉会留下残像吗？领航员是存心暴露自己的吗？选择让我摧毁它？

我绊了一下，一个踉跄，但没有让自己摔倒。我扭头望去，看见一个人在路上向前爬，于是连忙命令自己停下，为我在经历刚才的超凡遭遇后见到这么平凡的景象而感到惊讶。这个人的双腿从大腿处被截断，他仅仅用手臂的力量拖着身体前进。在普通空间中这么做已经非常困难了，但是在虫洞里，他的挣扎无疑正在燃烧他的生命。

我们有能在虫洞里使用的特制轮椅（假如轮子超过一定的尺寸，就会在轮椅停下时弯曲变形），要是知道会派上用场，我们就会带上那东西，但它们太沉重了，跑手不可能为了以防万一而随身携带。

男人抬起头，喊道：“继续跑啊！蠢蛋！”声音里没有任何犹豫，就好像他不是在对着空荡荡的黑暗喊叫。我盯着他，困惑于自己为什么不听从建议。他块儿头很大：大骨架，肌肉发达，还有相当多的脂肪裹在外面。我恐怕扛不动他——我确定如果非要把他背起来，我蹒跚的速度还不如让他爬呢。

我灵机一动。我的运气不错，向侧面望去，我看见了一座屋子，正门不在视野内，但无疑就在我此刻位置向内一两米的地方。我用锤子和凿子弄断铰链，然后把门从门框里卸下来，拖着门回到路上。男人已经追上了我，我弯腰拍拍他的肩膀。“想试试雪橇吗？”

我向内迈了一步，刚好听见一连串骂人话的一部分，尽管不愿意，但我也看见了他血淋淋的前臂的特写。我把门扔在他前方的路面上，他继续向前爬。我等到他能再次听见我的声音，然后说：“想不想？”

“想。”他嘟囔道。

别扭归别扭，但能行。他坐在门上，身体前倾，用双臂撑住。我在后面跑，俯身用双手推他的肩膀。“推”是虫洞不会阻止你做的动作之一，而向内的力量使得一路都像在下坡。有时候门甚至滑得太快，我不得不松手一两秒，免得失去平衡。

我不需要看地图。我把地图背下来了，我知道我们确切的位置：核心离我们不到一百米。我在脑海里念诵咒语：危险不会增加，危险不会增加。而我心里知道“概率”这个概念根本毫无意义，虫洞在读我的思想，等待第一丝希望的出现，无论到时候我离安全还有五十米、十米还是两米，它都会在那一刻收了我。

一部分的我在冷静地判断我们还剩下多少距离，同时默默计数：九十三、九十二、九十一……我对着自己嘟囔随机的数字，每次发现我忘记自己数到多少了，就随便挑个数字重新开始：八十一、八十七、八十六、八十五、八十九……

一个新的宇宙，充满了光线、憋闷的空气、噪声——还有人，不计其数的人——在我周围突然爆发，开始存在。我继续推着门上的男人前进，直到有人跑过来，温柔地把我拉开，是伊琳。她领着我走向一座屋子的门前台阶，另一个跑手拿着急救箱跑向那个血淋淋的乘客。人群围着照明灯或坐或站，放眼望去，街上和院子里全是人。我把他们指给伊琳看："看哪，他们是不是很美丽？"

"约翰？你没事儿吧？喘口气。结束了。"

"哎，真是的。"我看一眼手表，"二十一分钟，45%。"我歇斯底里地大笑，"我他妈害怕45%？"

我的心脏比它需要的跳得快一倍。我踱来踱去走了一会儿，直到眩晕感逐渐平息。然后我一屁股坐在台阶上，伊琳坐在我身旁。

过了一会儿，我问："里面还有人吗？"

"没了。"

"那就好。"我的头脑开始变得清醒，"所以……你怎么样？"

她耸耸肩。"还行。救了一个可爱的小女孩儿，她和父母团聚了，这会儿就在附近的什么地方。没什么意外，几何结构对我有利。"她又耸耸肩。伊琳就是这么一个人，无论几何结构是否有利，都算不上什么大事。

我讲述我的经历，但没提我见到的幽影。我应该先和医生谈一谈，弄清楚那是什么类型的幻觉或有没有可能是真的，然后再公开声明我朝来自未来的发光蓝色管风琴开了一枪。

再说，假如我做了正确的事情，我很快就会知道的。要是入口真的开始飘离地球，用不了多久就会变成新闻。我不知道分离会以什么速率发生，但下次显现很可能不会发生在地表上。要么在地壳深处，要么在半空中——

我摇摇头。没必要提前给自己制造希望，因为我还不确定我的猜想有多少真实性呢。

伊琳说："怎么了？"

"没什么。"

我又看了看时间。二十九分钟，33%。我不耐烦地望向街道。我们当然能看见虫洞内部的情况，但一旦向外的光线不再能够穿透空间，亮度的陡降就会明确地划分出边界。但是，假如入口离开，你需要注意的可就不是照明的微妙变化了。虫洞出现在某个地方的时候，其效应会违反热力学第二定律（首先，有差异的热运动无疑会降低熵）。因此虫洞在离开时，会做出更大的补偿，它会径向均质化它所占据的空间，粒度低到微米级。对于我们脚下两百米深处的岩石和头顶上的大气层来说（两者本身就是高度均匀的），结果不会有多大区别，但所有的房屋、花园甚至草叶（对肉眼来说可见的一切结构体）都会消失。留下的将只会是细尘组成的径向条纹，那是在核心内的高压空气最终逃逸时卷成的图案。

三十五分钟，26%。我扫视周围疲惫的幸存者，即便是没有抛下亲友逃出来的那些人，抵达安全地带的解脱感和感激之情无疑也已经消散。他们——我们——只希望快点儿结束。时间流逝所带来的一切，虫洞不确定的存在期间所带来的一切，都逆转了它们的重大意义。是的，这东西随时都能放我们回家——但只要它还没有那么做，我们就有一半的可能性会再在这儿困守十八分钟。

四十五分钟，21%。

“今晚肯定会有人爆耳膜了。”我说。或者更糟糕，在一些罕见的情况下，核心内的压力会变得出奇地高，随之而来的减压会导致潜涵病[1]。但那至少是一个小时以后的事情了——假如真的有可能发生这种事，政府会空投药物帮我们缓冲影响。

五十分钟，15%。

现在所有人都安静了，连孩子也都不再哭闹。

“咱们的纪录是多久？”我问伊琳。

她翻个白眼。“五十六分钟。你在现场，四年前。”

“对，我记得。”

“放松，耐心点儿。”

“你不觉得有点傻乎乎的吗？我是说，要是我知道是这样，肯定会慢慢来。”

一个小时，10%。伊琳在打瞌睡，脑袋搁在我的肩膀上。我也开始眼皮沉重，但有个挥之不去的念头使我无法入睡。

我一直以为虫洞之所以移动，是因为它想保持不变的尝试最终失败了——但假如事实刚好相反呢？假如它之所以移动，正是因为它想要移动的尝试每次都成功了呢？假如领航员每次都是在以最快速度脱离，以便再次尝试——但它出了故障的机体顶多只能在每18分钟的尝试中得到50%的成功率呢？

---

① 因从高气压环境骤然进入低气压环境而引起的一种病。潜水员突然回到水平面时常患此病。

也许我结束了它的尝试。也许我终于让入口安息了。

到最后，气压本身会增长到致命的地步。那会需要近五个小时，发生概率只有十万分之一，但这种事已经发生了一次，没有理由不会再发生第二次。最让我苦恼的就是这个：我永远无法知道。就算我眼看着人们在我周围死去，在它真正发生之前，我都永远无法知道它会发生。我很确定，那就是最终的代价。

伊琳动了动，但没睁开眼睛。“还没完？”

“是啊。”我抬起胳膊搂住她，她似乎并不介意。

“好吧。结束了别忘记叫醒我。”

应有的爱

Appropriate Love

“你丈夫能活下来，这一点毫无疑问。”

我闭上眼睛，那一刻我险些因为如释重负而尖叫。在过去这不眠不休的三十九个小时里的某个时候，“不确定”早已变得比恐惧更加可怕，而我几乎成功地说服了自己，医生说他的情况一触即发时，意思是他已经没希望了。

“但是，他需要换个身体。你应该不想再听我详细说他受到的全部伤害了，重点是受损的器官太多也太严重，因此，移植或修复单个器官不再是可行的方案。”

我点点头。我开始喜欢艾伦比医生这个人了，尽管他在自我介绍时激起了我的怨恨——至少他愿意直视我的眼睛，清楚而直接地说明病情。自从我走进医院以来，其他所有人都在对冲他们的风险；有个专家递给我一份“创伤分析专家系统”输出的结果，列举了一百三十二种“预后情况”及相应的概率。

需要一个新身体。这并没有吓住我。它听上去非常干净，非常简单。移植器官意味着必须反复切开克里斯的身体，每次都要冒并发症的风险，而且无论意图多么美好，每次都会让他受到某种形式的伤害。刚开始那几个小时，有一部分的我还在荒谬地希望整件事都是个误会，克里斯其实毫发无损地离开了火车事故现场，躺在手术台上的是其他什么人，比方说偷走他钱包的小贼。我逼着自己放弃这种可笑的妄想并接受现实：他受了重伤，肢体残缺，濒临死亡。到了这时候，换个原装的完整身体就几乎奇迹般地相当于死刑暂缓执行了。

艾伦比继续道："你们的保险完全覆盖了这方面的事情——技术人员、代孕者、后续处理者。"

我点点头，希望他不是非要描述所有细节不可。我知道全部的细节。技术人员会培育克里斯的克隆体，在子宫内提前干预，以免其大脑发育出除了维持生命外的其他功能。克隆体诞生后，他们会利用一系列复杂的生化谎言，在亚细胞水平上模拟正常成长和运动的影响，迫使它提前但健康地发育成熟。对，我还有一些顾虑，例如租用女性的身体，例如制造一个脑损伤的"孩子"，但在决定把这项昂贵的技术纳入保单时，我们就已经痛苦地讨论过这些问题了。现在不是吃后悔药的时候。

"新身体需要近两年才能准备好。这段时间里有个最关键的任务，那就是必须确保你丈夫的大脑能够存活。他不可能在目前的情况下恢复意识，因此也就没有强制性的理由要保存其他器官了。"

这个念头刚开始吓了我一跳——但随后我心想：有什么不行的呢？为什么不把克里斯从他的身体残骸中解救出来，就像把他从列车残骸中解救出来那样？我在等候室的电视上看过事故后的现场情况：救援人员用蓝色激光切开金属，精确得就像在做手术。为什么不把解救的行为做到底呢？他就是他的大脑，而不是折断的四肢、粉碎的骨头、受创流血的内脏。对他来说，还有什么比能在完美的无梦睡眠中等待恢复健康更加理想的呢？那样就可以不用承担痛苦的危险，也不需要受困于一个迟早要舍弃的残缺身体了。

“我应该提醒你一句，你们的保单指定了在培育新身体期间，应使用医学认可的最便宜的方法来维持生命。”

我险些开口反对他，但随后我想了起来：只有这样，我们才能把保费硬塞进我们的预算；更换身体的基础费率太高了，我们必须在细枝末节上妥协一下。克里斯当时还开玩笑说：“我只希望他们别在咱们的有生之年把冷冻储存搞出来。我可不怎么想两年里每天看见你在冰箱里冲着我笑。”

“你的意思是说，你希望我只保持他大脑的存活，是因为这是最便宜的方案？”

艾伦比同情地皱起眉头。“我知道，在这种时候不得不考虑费用会让人很不愉快。但我必须强调，这个条款特指了医学认可的程序。我们肯定不会坚持要你做任何不安全的事情。”

我险些愤怒地说：你们不会坚持要我做任何事情。但我没有这么说。我没那个精力去和他闹腾，而且说这种话也解决不了任何问题。从理论上说，决定权完全属于我。但在实践中，埋单的是环球保险公司。他们不能直接指定治疗方法，然而只要我筹集不到能填补缺口的资金，我就别无选择，无论他们愿意为什么服务埋单，我都只能接受。

我说：“你必须给我一点儿时间，让我和其他医生谈一谈，考虑一下各种问题。”

“好的，当然可以。但我应该解释一下，在所有的选择之中——”

我举起手，示意他闭嘴。“求你了。难道必须现在就讨论这些吗？我说过了，我需要和其他医生谈一谈，我需要休息一下。我知道，到最后我迟早要和你商量各种细节……不同的生命支持公司、他们提供的不同服务、不同种类的设备……但应该可以等十二个小时吧？可以吗？求你了。”

原因不仅是我疲惫到了极点，震惊的余波很可能还没过去——而且我忍不住要怀疑，我正在被存心引向某种现成的“打包解决方案”，而艾伦比已经把成本降低到了连一分钱都不能再减少。一个穿白大褂的女人站在不远处，每隔几秒钟就偷偷地看我们一眼，像是在等待谈话结束。我没见过她，但这不等于她不是负责照看克里斯的团体的一员；他们已经派了六个不同的医生来见我。假如她有什么新消息，那我也想听一听。

艾伦比说：“非常抱歉，但请你再忍受我几分钟，我真的有重要的事情要解释给你听。”

他的语气里带着歉意，但非常坚持。而我已经坚持不下去了，我感觉我被橡皮榔头从头到尾砸了一遍。我怕我再争论下去会控制不住自己——无论如何，要是我还想摆脱他，让他说完他想说的话大概就是最快的方法了。要是他用我没准备好消化的各种细节来烦我，我左耳朵进右耳朵出就好了，以后有机会再让他说给我听。

我说：“说吧。”

“所有选择之中最经济的一种不牵涉到任何维生设备。有一项名叫‘生物体生命支持’的技术，不久前在欧洲得到了完善。就两年的周期而言，它比其他任何方法都经济，费用只有二十分之一左右。更重要的是，它的风险预估对患者极为有利。”

“生物体生命支持？我从没听说过。”

“嗯，对，非常新的技术，但我向你保证，它已经达到了艺术的水平。”

“好的，它具体是什么呢？需要承受什么过程？”

“通过与第二方分享血供来保持大脑存活。”

我瞪着他。“什么？你是说……创造一个双头人？”

长时间不睡觉导致我的现实感已经变得十分稀薄了。有那么一会儿，我真的以为我在做梦——我坐在等候室的沙发上睡了过去，梦见我听到好消息，现在我一厢情愿的幻想从天堂掉进地狱，变成一场讽刺的黑色闹剧，惩罚我可笑的乐观主义。

但艾伦比没有掏出印刷精美的小册子，展示满意的客户与寄主面贴面微笑的景象。他说：“不，不，当然不是了。大脑会从头骨中被完全取出，然后裹上保护膜，安放在充满液体的包囊里。而包囊位于体内。”

“体内？什么的体内？”

他犹豫片刻，偷看了一眼穿白大褂的女人，她依然不耐烦地在附近逡巡。她似乎把这一眼当成了某种信号，开始走向我们。我意识到艾伦比没想到她会走过来，一时间慌了——但他很快恢复了镇定，把女人的不请自来当作了一个机会。

他说：“佩里尼女士，这位是盖尔·萨姆纳医生——毫无疑问，她是本院最优秀的年轻产科医生。”

萨姆纳医生给他一个“说到这儿就行了”的灿烂笑容，然后搂住我的肩膀，拉着我走开。

我以电子方式拜访了全世界的所有银行，但他们似乎把我的财务状况当参数输入了同一套公式，即便我愿意接受最苛刻的利率，银行肯贷给我的金额也不会超过缺口的十分之一。“生物体生命支持”就是比传统方法便宜那么多。

我的妹妹黛博拉说：“为什么不干脆做个子宫全切手术？一刀完事，烧灼止血，没错！给那帮企图殖民你子宫的王八蛋一个教训！”

我周围的所有人都气得发疯。我说：“然后呢？克里斯死了，而我残疾了。这不是我心目中的胜利。”

“你可以表明一个态度。”

“我不想表明一个态度。”

“但你不想被迫怀着他，对吧？听我说，只要你雇用合适的公关人员，签个风险代理协议，然后做出正确的姿态，你就能争取到七八成的公众支持你。组织一场抵制活动，给这家保险公司制造足够多的负面曝光和经济损失，到最后无论你要什么，他们都会埋单的。”

“不行。”

“你不能只考虑你自己，卡拉。你必须为其他所有女人考虑，要是你不挺身反抗，她们就会遭受同样的虐待。”

也许她说得对，但我知道我就是做不到。我没法儿把自己变成一个著名案例，在媒体上兴风作浪，我真的没有那种精神和毅力。同时我心想：我为什么非要这么做？我为什么非要发动某种全国性的公关活动，只是为了让保险公司公平履行一份简单的合同？

我寻求法学界的意见。

“他们当然不能强迫你这么做，奴役是法律明令禁止的。”

“对，但在实践中，有什么替代方案呢？否则我还能怎么做？”

“让你丈夫死。让医院关掉他正在使用的生命支持设备。这不违法。无论你是否同意，医院一旦拿不到钱，就能够、也愿意这么做。”

同样的话我已经听过五六遍了，但我还是不敢相信。“谋杀他怎么可能是合法的呢？这甚至不是安乐死——他完全有可能康复，完全能够过上正常的生活。”

律师摇摇头。“现在的科技能让几乎每个人过上完全正常的生活，无论他生什么病、多么衰老或受多重的伤。但这是需要钱的。资源有限。就算你能强迫医生和医疗技术人员免费为任何需要他们的人提供服务……尽管如我所说，奴役是法律明令禁止的……嗯，永远会有人以某种方式被漏掉。现政府认为最好由市场来决定这些人是谁。”

“好吧，我不想让他死。我只想让他在生命支持装置上坚持两年——”

“你当然可以想，但你恐怕负担不起。你有没有考虑过雇其他人来怀他？你在用代孕服务来制造他的新身体，为什么不为他的大脑再雇一个呢？确实会很昂贵，但肯定不像机械手段那么昂贵。你也许能补上缺口。”

“不该有任何区别？代孕母亲能收到好大一笔钱！环球保险公司凭什么能免费使用我的身体？”

“啊哈。你的保单里有个条款……”她在电脑上敲了几个键，看着屏幕读给我听，“……公司在此绝无贬低共同签署人作为护理者的贡献之意，但他或她需明确放弃对所提供的任何此类服务获得报酬的所有权利；此外，在根据第97（b）分段进行的所有计算中……”

“我以为这是在说万一我们中的一个因为流感卧床一天，另一个人不能因为护理工作获取报酬。”

“很抱歉，适用范围比这个要大得多。我再说一遍，他们无权强迫你做任何事情，但他们也没有义务为代孕支付费用。在他们计算维持你丈夫生命的最廉价方式的费用时，这个条款赋予他们权利在你选择为他维持生命的基础上这么做。”

“所以归根结底，这都是个……算账的问题？”

“完全正确。”

我一时语塞。我知道我被耍了，而我似乎没有任何方法能扭转这个事实。

这时，我终于想到了一个最显而易见的问题。

“假如情况反过来。假如火车上的是我，而不是克里斯。那样的话，他们会支付代孕费用吗？还是说他们也会把我的大脑在他的身体里装两年？”

律师板着扑克脸说：“我真的不想在这种问题上做任何猜测。”

克里斯身上有些地方缠着绷带，但大多数部位被各种各样的小型机器覆盖，它们附着在他的皮肤上，就像有益的寄生虫：为他提供养分，为他的血液供氧和净化血液，分发药物，甚至有可能修复折断的骨头和受损的组织——但仅仅是为了防止病情继续恶化。我能看见他的部分面部，其中包括一侧被缝上的眼窝和几块瘀青的皮肤。他的右手完全裸露在外，医生取掉了结婚戒指。两条腿都从大腿以下被截肢。

我无法继续靠近他了。一个无菌的塑料帐篷把他包在里面，帐篷大约五米见方，像是套在房间里的房间。一个三爪的护士机器人站在帐篷的一角，它一动不动，但保持警惕，尽管我无法想象在什么样的情况下，它的干预会比已经在克里斯身上的小型机器人更加有用。

探视他当然是不可能的。他处于深度昏迷之中，甚至连梦都不做。我不可能安慰他，但我在病房里一坐就是几个小时，就好像我需要不断被提醒记住他的身体已经损伤得不可能修复了，他真的需要我的帮助，否则他就活不下来。

有时候我非常憎恨自己的犹豫不决，甚至无法相信我还没有在表格上签字，开始做准备工作。他的生命危在旦夕！我怎么还能左思右想呢？我怎么能这么自私呢？但是，这种负罪感本身和其他事情一样让我既愤怒又怨恨：这是不完全等同于胁迫的胁迫，这是我无法让自己坦然面对的性别政治。

拒绝，让他死，这是不可想象的。况且……我能把一个陌生人的大脑怀上两年吗？

不。让陌生人死去并不是完全不可想象的，我会为一个普通的熟人这么做吗？不。亲密的朋友呢？有些人也许会，但也有一些人不会。

那么，问题就在于我有多爱他了。我对他的爱足够多吗？

当然！

为什么“当然”？

是因为……忠诚？不，不是这个词；这个词太像是某种不成文的合同规定的义务了，带着“责任”的味道，有害而愚蠢。对，“责任”给我滚得越远越好，事情和它完全没关系。

那到底是为什么呢？他有什么特殊的呢？是什么使他和密友有所区别呢？

我无法回答，找不到正确的字眼，只想到了一系列与克里斯有关的充满情感的画面。于是我对自己说：现在不是分析和解剖的时候。我需要的不是一个答案；我知道自己的感受。

我在厌恶自己和厌恶现实之间摇摆，前者是因为我竟然在考虑（无论多么理论性）让他死去的可能性，后者是因为保险公司在威逼我去用我的身体做我不想做的事情。解决方案自然是两条路都不走——但我还能指望什么呢？一个有钱的恩主从幕后走出来，让这个两难选择凭空消失？

事故发生的前一周，我看了一部纪录片，讲的是非洲中部有几十万男女耗费一生照顾逐渐死去的亲属，仅仅因为他们没钱，用不起二十年前就在富裕国家消灭了艾滋病的药物。假如他们只需要付出一点儿微小的“牺牲”，在两年时间里多背负1.5公斤的重量，就能拯救他们所爱的人……

最后，我放弃了调和各种矛盾的念头。我有权感到愤怒、受骗和怨恨——但我希望克里斯活下去的愿望依然是事实。假如我拒绝被操纵，那么双方就都会有所付出；对于我受到的待遇盲目地做出反应，那和最卑躬屈膝的合作一样愚蠢和不义。

因为我意识到（尽管慢了一拍），环球保险对付我的方式不可谓不诡计多端。说到底，假如我让克里斯死去，他们省下的将不只是生物体生命支持的些许成本（因为可以免租金使用我的子宫），还有更换身体这整个过程的昂贵费用。一丁点儿老谋深算的铁石心肠，一丁点儿反向心理学……

想要保护我的神志，唯一的出路就是超越这些小肚鸡肠的谋划。我要视环球保险及其阴谋诡计为无物；我要接纳他的大脑——不仅因为我受到胁迫，也不是因为我感到内疚或觉得有义务，更不是为了证明我没有受到操纵，而是为了一个最简单的原因：我对他的爱足以让我想要拯救他的生命。

医生把经过基因调配的胚泡种进我的体内，这团植入在子宫壁上的细胞会愚弄我的身体，让它以为我怀孕了。

愚弄？我的月经停止了。我受到晨吐、贫血、免疫抑制和饥饿感的折磨。伪胚胎以令人惊愕的速度成长，任何胎儿都不可能长得这么快，保护性的胎膜和羊膜囊迅速形成，逐渐创造出胎盘的供血组织，最终有能力维持一颗会大量消耗氧气的大脑。

我想继续工作，就好像没发生任何特别的事情，但我很快就发现那是不可能的；我太难受、太疲惫了，无法过正常的生活。短短五周，我体内的那东西就要成长到胎儿需要五个月才能达到的尺寸。我每顿饭都要吞下一大把膳食补充剂，但我依然没精打采，只能在公寓里走走坐坐，时而试图用看书和看垃圾电视节目来排解无聊。我每天呕吐一两次，每晚撒尿三四次。这些已经够糟糕的了，但我确定我受到的折磨远远超过了这些症状本身带来的痛苦。

一半原因也许是我无法简单地看待我身上正在发生的事情。除了“胎儿”的实际结构，无论从生物化学还是生理学的任何角度来说，我都算是怀孕了，但我不允许自己接受这样的欺骗。即便只是假装相信我子宫里那团无定形的组织是婴儿，也会害得我一头栽向彻底的情绪崩溃。然而，假如不是婴儿，那它是什么呢？肿瘤？这更接近事实，但恐怕并不是我想要的那种替代性假象。

当然了，从理智的角度说，我完全知道我身体里的那东西是什么，也很清楚它将会成为什么。我怀的不是一个婴儿，医生不会把它从我的子宫里挖出来，给我丈夫的大脑腾出空间。我不是长了一个吸血鬼肿瘤，它不会持续生长，汲取我的血液，直到我虚弱得无法动弹。我怀的是个良性增生物，是个为特定任务设计的工具，而我已经决定了要执行这个任务。

那我为什么每时每刻都心烦意乱和感到抑郁呢？有时候我绝望得甚至开始幻想自杀和流产，用刀割开自己的身体，让自己从楼梯上滚下去。我非常疲惫，我恶心想吐，我没指望过自己会高兴得载歌载舞，但我凭什么要这么他妈的不快乐，甚至无法停止考虑一了百了呢？

我可以吟诵咒语来解释原因：我这么做都是为了克里斯。我这么做都是为了克里斯。

但我没有。我对他的怨气已经足够多了，我不希望到了最后，我会开始恨他。

第六周刚开始，超声波扫描显示羊膜囊长到了所需的大小，多普勒血流分析也证实目标已经达到。我进医院做替换手术。

我可以最后再去看一次克里斯，但我没去。我不想让自己沉迷于未来的技术性细节。

萨姆纳医生说："没什么好担心的。比这个复杂得多的胎儿手术现在都很常规了。"

我咬牙切齿道："这不是胎儿手术。"

她说："呃……对。"就好像这是什么没听说过的新闻。

手术后我醒来时，比先前更加难受了。我抬起一只手放在肚子上；刀口很整齐，没有任何感觉，几乎摸不到缝线。医生说过，手术甚至不会留下疤痕。

我心想：他在我身体里。他们现在不能伤害他了。这一步我已经赢了。

我闭上眼睛，很容易就能想象克里斯以前的样子，还有他以后将会恢复成的样子。我陷入半梦半醒的状态，不知羞耻地挖掘我们一起度过的最快乐的时光。我以前从没放任过自己沉浸在多愁善感的白日梦中——那不是我的风格，我厌恶活在过去——但现在只要能让我坚持下去，什么花招我都愿意接受。我让自己听见他的声音，看见他的脸，感受他的爱抚——

他的身体已经死了，不可逆转地死了。我睁开眼睛，望着我隆起的腹部，想象它所容纳的东西：一团肉，来自他的尸体。一团灰色的肉，从他尸体的头颅里被挖出来。

因为术前禁食，胃里没东西供我呕吐，我在病床上躺了几个小时，用被单的一角擦掉脸上的冷汗，尽量止住身体的颤抖。

从隆起的程度来说，我像是怀孕五个月。

从增加的体重来说，七个月。

持续两年。

假如卡夫卡是个女人……

我没有逐渐适应这种状态，但我学会了如何应对。有特定的睡觉姿势、特定的坐立姿势、特定的走路姿势，这些姿势都比其他姿势更加轻松。我从早到晚都很疲惫，但精神头偶尔也会好得让我感到近乎正常，我学会了好好利用这样的时刻。我认真工作，没有掉队。税务局对企业逃税行为发动了一场新的闪电战，我以前所未有的激情投入其中。我的狂热是被逼出来的，但这并不重要；我需要力量来支撑我坚持下去。

在情况比较好的日子里，我觉得很乐观：尽管一如既往地疲惫，但能得意扬扬地咬牙坚持。在情况不怎么好的日子里，我对自己说：你们这些王八蛋，以为这样就会让我恨他吗？不，我恨的是你们，我憎恶的是你们。在情况非常不好的日子里，我思考报复环球保险的各种计划。先前我没做好与他们对抗的准备，但等克里斯安全和我恢复了力量之后，我会找到办法给他们一点儿颜色看看。

同事们的反应五花八门。有些人佩服我，有些人认为我这么做是允许他们剥削我，有些人因为想到一颗人类大脑悬浮在我的子宫里而觉得反感——为了克服我自己的负面情绪，我一碰到机会就直接挑衅他们。

“来啊，摸一摸嘛，”我说，“又不咬人，甚至不会踢你。”

我的子宫里有一颗大脑，白生生的，遍布褶皱。那又怎样？我自己的脑袋里也有一颗同样让人讨厌的东西。事实上，我的整个身体都充满了怎么看怎么恶心的内脏——这个事实以前从没让我烦恼过。

于是我克服了对这个器官的内在反应，但对克里斯本人的思考依然困难得像是在走钢丝。

我拒绝了一种险恶的诱惑，没有欺骗自己也许我能和他“保持联系”——通过“心灵感应”，通过血液循环，通过任何方式。怀孕的母亲也许会对未出生的孩子产生某种真正的移情，我没怀孕过，因此无权判断。子宫里的胎儿当然能听见母亲的声音，但一颗处于深度昏迷并被剥夺了所有感官的大脑就完全是另一码事了。至少（或者在最坏的情况下），也许我血液里的某些激素能进入胎盘，对他的境况造成一些有限的影响。

对他的情绪呢?

他在昏迷，没有情绪。

事实上，最简单和最安全的做法是不去想他就在我的身体里，更不用说正在那儿经历什么了。他的一部分在我身体里，另一部分在克隆体的代孕母亲的身体里。只有在这两部分合二为一后，他才会真的再次存在，此刻他正在非生非死的灵薄狱徘徊。

大多数时候，这种务实的思考方式能起作用。当然了，有时候，当我重新意识到我的行为本质上是多么怪异时，也会体验到某种惊恐发作。有时候我会从噩梦中惊醒，有一两秒钟相信克里斯已经死了，而他的灵魂附在我的身体上；或者他的大脑长出神经插入我的身体，控制了我的四肢；或者他完全清醒，正在因为孤独和感官被剥夺而发疯。但我没有被附体，四肢也依然听我的指挥，每个月的PET扫描和子宫EEC诊断都证明他依然处于深度昏迷——大脑没有受损，但无精神活动。

事实上，我最厌恶的莫过于我怀着孩子的那些梦。从这些梦中醒来时，我一只手放在肚子上，喜悦地想象着新生命在我身体里成长的奇迹，直到我恢复神志，愤怒地拖着身体起床。我会以最恶劣的情绪开始这个早晨，咬牙切齿地撒尿，把盘子摔在餐桌上，一边穿衣服一边咒天骂地。还好我一个人住。

但我不能因为这样的努力而责怪我受困的可怜身躯。我加长的马拉松孕期拖了又拖，难怪它想结结实实地用药物剂量的母爱来补偿我的种种不便。我的拒绝在它看来一定非常不知好歹——当身体发现它提供的幻象和情绪受到拒绝，被我视为不合时宜时，它一定会感到非常苦恼吧。

就这样……我践踏了死亡，也践踏了母性。好吧，哈利路亚，既然一定要做出牺牲，还有谁比这两个情感奴隶主的受害者更适合成为祭品的呢？况且，这其实很容易；逻辑站在我这边，复仇是它的伙伴。无论我曾经熟悉的那个躯体去了哪儿，克里斯都没有死，我没有理由为他哀悼。而我子宫里的东西不是胎儿。允许失去身体的大脑成为母爱的对象，这种行为只能用蠢得可笑来形容。

我们认为文化和生理禁忌限制了我们的生活，但假如人们真的想打破禁忌，就永远能找到办法。人类有能力做出所有事情：酷刑、屠杀、吃人、强奸。而做完这些事情（至少我是这么听说的），大多数人依然能善待儿童和动物，能被音乐打动，能表现得就好像他们的情感能力没有任何缺陷。

因此，我有什么理由要担心我完全无私的小小逾规能对我造成任何伤害呢？

我没和新身体的代孕母亲见过面，我也没见过小时候的克隆体。但在得知克隆体已经出生后，我确实思考过她是否觉得她“正常”的怀孕和我所谓的怀孕一样令人痛苦。我不知道究竟是哪一样更加容易：是怀着一个胎儿形状的脑损伤物体，它没有人类的思考能力，从陌生人的DNA培育而来；还是怀着你的爱人沉睡的大脑？哪一样更能阻止你以不适合的方法去爱它？

刚开始的时候，我希望能抹掉我脑海里的所有细节，希望能在某天早晨醒来时，假装相信克里斯只是生了一场病，现在恢复了健康。然而随着时间一个月一个月地过去，我逐渐意识到这样的事情不可能发生。

医生取出大脑的时候，我应该感觉（至少）如释重负，但我只是觉得麻木，还有一丝难以置信。苦难已经持续了这么久，它不可能这么轻而易举地过去：没有创伤，没有仪式。我做过一些超现实的梦，梦见我艰难但成功地生下了一个健康的粉红色大脑——但即便我真的想这么做（毫无疑问，医生能够人工诱导分娩过程），这个器官也过于脆弱，不可能安全地通过产道。“剖腹产”取出大脑只是对我的生理期待的另一次打击。从长远角度说，这当然是好事，因为我的生理期待不可能得到满足……但我依然忍不住觉得受到了欺骗。

于是我茫然地等待，等待事实证明这一切都是值得的。

大脑不能像心脏或肾脏那样直接移植给克隆体。新身体的外围神经系统与旧身体的并不完全相同；相同的基因不足以保证这一点。另外，尽管用了药物来限制其影响，但缺乏使用依然使克里斯大脑的部分区域萎缩了。因此，与其直接拼接不完全匹配的大脑和身体之间的神经（可能会导致瘫痪、耳聋、失语和失明），不如让神经冲动通过电脑化的“接口”转接，由它来消除偏差。克里斯依然必须接受康复治疗，但电脑能极大地加速这个过程，电脑会不断地竭力弥合思想与行动、现实与感知之间的差异。

他们第一次允许我见他的时候，我完全没有认出他来。他面部肌肉松弛，两眼没有焦点，看上去像个神经受损的特大号儿童——而事实上这就是他。我产生了轻微的反感。火车事故后我见到的那个人，尽管浑身都是医疗机器人，却显得更像人类，也更加完整。

我说："你好，是我。"

他望着虚空。

技术员说："现在还是初期。"

她说得对。在接下来的几个星期里，他的进展（更确切地说，电脑的进展）快得令人惊愕。他的姿态和表情很快就失去了令人不安的淡漠，协调的动作很快取代了不受控的抽搐，尽管还无力而笨拙，但令人鼓舞。他无法说话，但可以与我对视，可以捏我的手。

他就在这个身体里，他回来了，这一点毫无疑问。

他的沉默让我担心，但我后来发现，那是他有意不让我见到他刚开始时的笨拙尝试。

他重获新生第五周的一个晚上，我走进病房，在他床边坐下，他转向我，用清晰的声音说："医生告诉我你做了什么。上帝啊，卡拉，我爱你。"

他的眼睛里充满泪水。我俯身拥抱他，我觉得我应该这么做。同时我也哭了，但即便如此，我还是忍不住心想：这一切都不可能真的感动我。它只是身体的又一个小花招，我对这些已经免疫了。

他回家的第三个晚上，我们做爱了。我以为会很困难，他和我都会存在巨大的心理障碍，但情况完全不是这样。经过了我们所经历的那一切之后，区区做爱算得了什么呢？我不知道我在害怕什么。乱伦禁忌受到误导的某个倒霉化身，被一个早已失去声誉的19世纪厌女症病人的鬼魂驱使，在关键时刻砸破卧室窗户跳进来？

我在任何层面（从最简单的潜意识一直到内分泌）都没有克里斯是我儿子的错觉。无论胎盘分泌的激素在这两年里对我造成了什么影响，无论它们“应该”触发什么样的行为程序，我都显然拥有足够的力量和洞见去彻底破坏它们。

没错，他的皮肤很柔软，没有经历岁月的摧残，也没有几十年如一日地刮掉面部毛发留下的那些伤疤。你说他只有十六岁也行，但我对此没有任何疑虑。随便哪个中年男人，只要他足够有钱、足够虚荣，就也能把自己变成这个样子。

另外，我也没有分泌乳汁。

我们很快开始拜访朋友，朋友们的应对很得体，克里斯对此感到很高兴。不过就我个人而言，我乐于和别人讨论整个过程的任何方面。六个月后，他重新投入工作。他以前的工作当然被抢走了，但有家新公司正在招聘（他们需要一个年轻的形象）。

我们的生活一块一块地被拼回原状。

现在任何人看见我们，都不会认为发生过任何改变。

但他们错了。

像爱孩子那样去爱一颗大脑，这固然是荒谬的。鹅也许愚蠢得会把破壳而出后见到的第一只动物当作母亲，但一个有理性的人能不假思索地接受的事物是有限的。因此，理性战胜了本能，而我克制了我不应有的爱。在这样的情况下，从来没有过任何真正的竞争。

然而，在解构了一种形式的奴役后，我发现重复这个过程委实易如反掌，你一眼就能认出以另一个伪装现身的同样的枷锁。

我曾经对克里斯怀有的所有特殊感情，如今对我来说都可以视而不见。我对他依然能感觉到真正的友情，也依然能感觉到欲望，但曾经存在的不止这么多。因为假如只有这么点儿的话，他现在恐怕就不可能活着了。

是的，信号还在源源不断地传来，我大脑的某个部分依然在为应有的温情感觉供应提示，但这些信号如今就像九流催泪电影的桥段一样不起作用。我实在再也无法挂起我的怀疑了。

我能毫不费力地做出相应的举动，惯性使我很容易就能做到。而只要一切正常——只要他工作的公司运转正常，床上的时光足够融洽——我就看不到有什么理由要去晃动我们这艘小船。我们也许会在一起许多年，我也有可能明天就甩了他。我真的不知道以后会怎样。

当然了，我依然很高兴他能死里逃生，在某种程度上，我甚至很敬佩救了他的那个女人的英勇和无私。我知道我永远也做不到那一步。

有时候我们在一起时，当我在他眼睛里看见我已经失去的那种无可救药的激情，我会产生怜悯我自己的念头。我心想：我受到了生活的残酷对待，难怪我会变得残缺不全，难怪我会过得一塌糊涂。

就一定的意义而言，这个观点完全站得住脚，但我似乎做不到长时间地认同它。新诞生的真相有它自己的冷酷激情，它自己的操控力量；它用“自由”和“洞见”之类的词语攻击我，向我讲述一切欺骗的结束。它日复一日在我身体里成长，它太强大了，不允许我保留遗憾。

道德病毒学家

The Moral Virologist

外面的街道上，亚特兰大一个温暖上午的灿烂阳光下，十几个孩子正在嬉闹。他们互相追逐、摔跤、拥抱，大笑、喊叫，疯狂而欢乐，不为别的，只是因为能活着度过如此美好的一天。但是在这座闪闪发亮的白色建筑物里，隔着双层玻璃的窗户，空气有点凉丝丝的——约翰·肖克罗斯就喜欢这样——除了空调的换气声和微弱的电器运转声，你什么也听不见。

蛋白质分子的示意图在微微颤抖。肖克罗斯咧开嘴，确定他已经成功了。随着显示在屏幕左上角的pH值超过临界值（根据他的计算，在这个值上，构象B的能量应该跌到构象A的能量之下），蛋白质突然抽动起来，然后彻底内外翻转。情况完全符合他的预测，他的整合研究也提供了强有力的支持性证据，但亲眼见到转变（无论从现实到屏幕上的算法有多么复杂）无疑还是最令人满意的证明。

他正正反反播放了几遍这个事件，看得入迷了。这台设备太神奇了，他为之支付的八十万的每一分钱都花得值。销售人员固然做过几次令人印象深刻的演示，但这是肖克罗斯第一次在研究中使用这台机器。这是蛋白质在溶液中的图像！普通的X射线衍射只能用于晶体样本，但分子在晶体中的构型往往与它的含水状态、与生物相关的形态没什么相似之处。超声波激发的半有序液相是关键，更不用说计算方面的几个重大突破了。肖克罗斯听不懂所有的细节，但这并不妨碍他使用机器。他慷慨地祝愿发明者获得诺贝尔化学、物理和医药奖，再次查看了实验得到的惊人结果，然后伸个懒腰，起身出去吃午饭了。

去熟食店的路上，他和平时一样经过那家书店。橱窗里贴出了一张新的下流海报，这吸引了他的视线：一个裸体的年轻男人躺在床上，处于性交后的慵懒状态之中，床单的一角勉强盖住他的裆部。书名印在海报顶端，字体模仿发光的红色霓虹灯：《安全销魂夜》。肖克罗斯气愤地摇摇头，不敢相信他的眼睛。这些人到底是怎么了？他们难道没读过他的广告吗？他们是瞎了还是太蠢？

傲慢？安全只存在于遵守戒律之中。

吃过饭，他来到一家报刊亭，这儿出售几种国外的报纸。上周六的报纸已经到了，上面都登着他的广告，在必要时还会翻译成相应的语言。一份主流报纸的半个版面在全世界的任何地方都不便宜，不过，钱从来都不是问题。

> 索多玛人！
>
> 悔改就能得救！
>
> 立刻弃绝你们的恶行！

他不可能说得更明白了吧？没人能声称他们没得到过警告。

1981年，马修·肖克罗斯在《圣经》盛行带买了一家行将破产的微型有线电视台。电视台当时不是在播放20世纪50年代福音歌手的黑白电影的模糊片段，就是在给当地的新奇表演打广告，其中包括耍蛇人（受到信仰的护佑，更何况宠物的毒腺都被拔掉了）和癫痫儿童（在父母祈祷和精心计算时间的停药鼓励下，让圣灵感化他们）。马修·肖克罗斯拖着电视台进入了20世纪80年代，他耗费巨资用电脑动画制作了长达三十秒的台标（锯齿形的旋转太空船组成舰队，朝着美利坚合众国的信仰地图发射十字架形状的导弹，炸出自由女神高举十字架的台标），播放最新潮、最华美的福音摇滚音乐录影带，最重要的是，他确立了一些议题，把它们当作电话筹款节目的主题，用募得的资金扩展电视台，让以后的电话筹款节目能够办得更加成功。

十年后，他拥有了全国最大的有线电视网。

新闻第一次大规模报道艾滋病的时候，约翰·肖克罗斯正在大学里，准备投身于古生物学。随着这场大流行病愈演愈烈，他最崇拜的灵性名人（包括他父亲）开始宣称这种恶疾是上帝的旨意，而他不由得越来越痴迷于艾滋病。它毫无疑问地向肖克罗斯证明了，罪人一定会受到惩罚。他认为，艾滋病至少在两方面是可贵的：对罪人来说，责罚不再是个无法证实的遥远威胁，而是一个强有力的天赐理由，要求他们改恶从善；而对义人来说，这无可争辩地证明了上帝在支持和肯定他们，足以巩固他们的决心。

简言之，仅仅想到艾滋病的存在，约翰·肖克罗斯就已经感到心旷神怡了，而他逐渐深信，直接干预人类免疫缺陷病毒（也就是艾滋病病毒）会让他的心情好上加好。他夜里躺在床上无法入睡，思考上帝做事的神秘方式，琢磨他该如何参与其中。艾滋病研究的目标是治病救人，他该如何以正确的理由说服自己插手呢?

在一个寒冷的凌晨，隔壁房间传来的响动吵醒了他。浪笑、呻吟和床垫弹簧的吱吱嘎嘎。他用枕头捂住耳朵，想要重返梦乡，但他无法对那些响动充耳不闻，它们对他软弱的肉体造成的影响也无法让他视而不见。他用人工方法压制他不想要的勃起，但在即将高潮时停止，他躺在床上，浑身颤抖，处于道德感知力高涨的状态之中。每个星期都是不一样的女人，他见过她们在早晨离开。他试过劝说他的同学，但被嘲笑说是他有毛病。肖克罗斯并不责怪这个可悲的年轻人。每一部电影、每一本书、每一份杂志、每一首摇滚歌曲都在认可滥交和变态，将它们视为正常和美好的行为，在这种情况下，人们怎么会不嘲笑真理呢?对艾滋病的恐惧也许拯救了几百万罪人，但还有更多的罪人依然选择视而不见，荒谬地相信他们挑选的性伙伴永远不会被感染，或者认为安全套能够挫败上帝的旨意!

问题在于，很多人尽管过得放浪形骸，但依然没有受到感染，而根据他读到的论文，使用安全套似乎确实能降低感染的风险。这些事实使肖克罗斯深感不安。全能的上帝为什么要创造一个不完美的工具呢?

是因为神的慈悲吗?他承认存在这个可能性，但反而让他感到更不愉快了：性爱俄罗斯轮盘赌恐怕不太可能符合上主垂怜世人的形象。

或者——当这个可能性在他的脑海里成形时，肖克罗斯激动得浑身发痒——艾滋病也许只是个预言般的阴影，暗示未来的瘟疫更加恐怖千百倍?这是在警告恶人，命令他们趁着还来得及的时候改变生活方式？在给义人立下标杆，教他们如何实现神的意志？

肖克罗斯激动得浑身大汗。隔壁的罪人呻吟得像是已经身处地狱，薄薄的隔断墙在震颤，狂风吹动乌压压的树木，敲打他的窗户。他脑袋里的这个狂野念头是什么？真的是上帝传给他的口信，还是他片面理解的产物？他需要指引！他打开台灯，拿起床头柜上的那本书。他闭着眼睛，随便翻到一页。

他第一眼就认出了这段文字。他当然能认出来！这是他反复读过上百遍的一个篇章，他能倒背如流——淫乱者的毁灭。

起初，他想否认他的宿命：他不值得拯救！他本身就是罪人！他是一个无知的孩子！然而在上帝的眼里，每个人都不值得拯救，每个人都是罪人，每个人都是无知的孩子。上帝选择了他，再反对就是傲慢而不是谦卑了。

等到天亮，怀疑已经荡然无存。

放弃古生物学是个巨大的解脱，他一直不太确定他能不能掌握这种思维方式。而生物化学刚好相反，他很容易就能掌握它（假如有必要，这也能证明他做出了正确的选择）。他每年都在班级里名列前茅，毕业后去哈佛读分子生物学的博士，然后在国立卫生研究院做博士后，在加拿大和法国做研究员。他为工作而活着，无情地催逼自己，但总是留一个心眼，不让他的成就过于显赫。他很少发表论文，即便发布也谦虚地作为第三或第四作者，等他最终从法国回家，他的研究领域内没人知道（更确切地说，没什么人在乎）约翰·肖克罗斯已经归来，准备开展他真正的工作了。

肖克罗斯单独在这座闪闪发亮的白色建筑物里工作，此处既是他的实验室，也是他的家。他不敢冒险雇用员工，无论他们的信仰与他的信仰多么接近。他甚至没有向父母透露这个秘密，只说在从事分子遗传学的理论研究。这么说只是在避重就轻，不算真正的撒谎——他不需要每周向父亲要钱，出于税务原因，肖克罗斯帝国巨大盈利的四分之一定期拨入以他的名字开立的账户。

他的实验室里满是亮闪闪的灰色盒子，带状线缆从盒子蜿蜒伸向许多台个人电脑；最新一代全自动的DNA、RNA与蛋白质合成器和测序仪（全都有成品供出售，只要有钱就能买）。繁重的工作交给六条机械臂完成：移液和稀释试剂、给试管贴标签、装载和卸载离心机。

刚开始，肖克罗斯把大部分时间花在了电脑上，在一个个数据库里搜寻能当作起点的基因序列和结构信息，后来他租用超级计算机，预测未知分子的形状和相互作用。

水基X射线衍射技术出现后，他的研究效率提升了十倍。以前他必须为由几十万个原子构成的分子解薛定谔方程，现在他可以直接合成和观察真正的蛋白质和核酸分子了，这比那个过程（即便在最优化的捷径、近似值和取巧方法的帮助下也复杂得骇人）要快和可靠得多。

肖克罗斯病毒在一个一个碱基、一个一个基因地成长。

肖克罗斯光着身子坐在汽车旅馆客房的塑料圈椅里，看着女人脱掉最后一件衣物，他说："你肯定和几百个男人有过性行为。"

"几千个。亲爱的，你不想凑近一点儿吗？你从那儿能瞅见吗？"

“我看得很清楚。”

她向后躺下，静静地停了一会儿，用双手捧着乳房，然后她闭上眼睛，开始用手掌爱抚身体。

这是肖克罗斯第二百次花钱让女人诱惑他。五年前刚开始脱敏治疗的时候，他几乎觉得不能忍受。今晚他知道他能平静地坐在椅子上，看着女人达到（或者熟练地模仿）高潮，自己却不会体验到哪怕一丝色欲。

“我猜你一定会采取预防措施吧。”

她微笑，但没有睁开眼睛。“当然了。要是男人不肯戴安全套，他就哪儿凉快哪儿待着去吧。而且不是他自己戴，是我替他戴。我戴的安全套不会自己掉下来。怎么，你改主意了？”

“没有，只是好奇。”

肖克罗斯总是预先为他不会实施的行为付全款，总是一开始就向女人解释得非常清楚，假如他的意志在任何时刻变得软弱，他也许会做出决定，从椅子上起身走向她。任何单纯的环境障碍都不能成为他不犯罪的理由，只有他本人的意志挡在他和道德大罪之间。

今晚，他不禁思考他为什么还要这么做。“诱惑”已经成了一个正式的仪式，而他对最终的结果没有任何怀疑。

没有任何怀疑？这当然又是骄傲在作祟，那是他最狡诈和最顽固的敌人。每一个男人和女人都永远在炼狱的边缘艰难行走，会在他或她认为最不可能的那个时刻坠向饥渴的烈焰。

肖克罗斯起身走向女人。他毫不犹豫地把一只手放在她的脚踝上。她睁开眼睛，坐起来，好笑地看着他，然后抓住他的手腕，引导他的手沿着腿向上摸，把他的手掌重重地压在温暖而光滑的皮肤上。

手掌刚过膝盖，他开始惊慌；再往上走，他猛地挣脱女人的手，从喉咙里发出呜咽声，踉跄着坐回圈椅。他呼吸急促，浑身颤抖。

这样应该就行了。

肖克罗斯病毒注定会成为一件生物钟的杰作。（威廉·佩利[①]永远不可能想象到这种东西，不信神的演化论者也绝对不敢将这归功于概率这个“盲眼的钟表匠”。）它的单链DNA描述的不是一种，而是四种潜在的生物体。

肖克罗斯病毒A，简称SVA，“匿名”形态，将具有高度传染性，同时也完全无害。它会在皮肤和黏膜的各种宿主细胞内复制，但不会以任何方式干扰正常的细胞功能。它的蛋白质外壳经过精心设计，所有暴露的位点都模仿了自然存在的人体蛋白质的某些部分；免疫系统必然对这些物质视而不见（为了避免攻击机体本身），因此对入侵者也同样会视而不见。

少量SVA会进入循环系统，感染T淋巴细胞，触发病毒基因程序的第二阶段。由多种蛋白酶组成的系统会从宿主DNA的各条染色体中复制数百个基因的RNA拷贝，然后把这些拷贝整合进病毒基因之中。因此，下一代病毒就会携带它们，这样就构造产生了宿主的基因指纹。

肖克罗斯将病毒的第二形态称为SVC，字母C代表“定制”[②]（每个人独一无二的基因特征会产生一个独一无二的SVC病毒株）或

① 英国哲学家，为陈述“上帝存在”的目的论观点，提出了著名的钟表匠类比。

② 英文为customized。

“禁欲”[1]（因为禁欲者体内只会存在SVA或SVC）。

SVC只能在血液、精液和阴道分泌物中存活。它和SVA一样，对免疫系统来说是隐身的，但有个额外的变化：它所选择的伪装会在极大程度上因人而异，因此即便它的伪装不够完美，你能针对十几个（或者几百个，甚至上千个）特定病毒株产生抗体，想要普适性的疫苗却是永远不可能的。

和SVA一样，SVC不会影响宿主细胞的功能——除了一个小小的例外。在感染阴道黏膜、前列腺或精索上皮的细胞时，它将使这些细胞制造和分泌几十种专门设计用于降解各种橡胶的酶。短暂暴露出的孔洞极小，肉眼不可能发现其存在，但从病毒的视角来看，它们巨大无比。

重新感染T细胞之后，SVC有能力做出“知情决定”，从而决定制造什么样的下一代。和SVA一样，SVC会创建宿主细胞的基因指纹。它会用这个指纹对比它储存的祖代指纹，假如两个指纹完全相同，就证明了个人定制的病毒株依然在原先的身体内，这样它的后代将依然只是SVC。

然而，假如两个指纹对不上，这就意味着病毒株进入了另一个人的身体，（假如与性别相关的标志显示两个宿主的性别不同）那么后代病毒将是第三个变种SVM，它同时包含前后两个指纹。M代表“一夫一妻”或“婚姻证明”[2]。肖克罗斯，一个了不起的浪漫主义者，认为应该把感情烙刻在亚细胞层面上，以表达两个人对彼此的爱，而一个男人和他的妻子通过做爱这个行为，用真正意义上的

---

① 英文为celibate。

② 分别对应monogamous和marriage certificate。

双方的血液，签署了一份至死不渝的契约，这一切都甜蜜得简直无法想象。

从外表看，SVM很像SVC。当然了，它感染T细胞后也会用宿主的指纹来对比先前存储的两个拷贝，只要能匹配其中的一个，那就一切正常，仅仅继续复制出更多的SVM。

肖克罗斯将病毒的第四个形态称为SVD。它能以两种方式产生：假如性别标记证明发生了同性之间的性行为，那么直接从SVC产生；假如侦测到第三个基因指纹的存在，那就意味着宿主违反了分子级的婚姻契约，在这种情况下则从SVM产生。

SVD将迫使宿主细胞分泌多种蛋白酶，催化分解血管壁中至关重要的结构性蛋白；SVC感染会导致患者全身大出血。肖克罗斯发现，在注射预感染的淋巴细胞后，小鼠会在两三分钟内死亡，兔子则是五六分钟；所需时间略有不同，取决于他选择的注射位置。

他把SVD设计成蛋白质外壳会在空气中分解，在温度和pH值处于一个狭窄范围外的溶液中也同样会分解。你几乎不可能被垂死的患者感染SVD。由于死亡非常迅速，通奸者不会有时间去感染无辜的配偶；遗孀或鳏夫当然必须终生禁欲，但肖克罗斯并不认为这是多么严厉的惩罚，他的理由是需要两个人才能铸就一场婚姻，另一方应当永远分担少许罪责。

即便假设病毒能够精确地实现它的设计目标，肖克罗斯也明白它会产生几个副作用：

在找到能够百分之百体外杀灭病毒的方法前，输血将变得不切实际。五年前这会酿成悲剧，但合成血液和人工培育成分血的最新进展鼓舞了肖克罗斯，而且毫无疑问，他这场大流行病会使更多的资金和人力转向这个领域。器官移植就没这么容易解决了。但肖克罗斯认为器官移植本来就无关紧要，它既昂贵，也是在不正当地使用稀缺资源。

医生、护士、牙医、急救人员、警察、殡葬业者……嗯，事实上是每一个人，都必须采取极端的防护措施，避免接触其他人的血液。肖克罗斯对上帝的远见卓识不禁深感佩服，但并不吃惊：更罕见和更不致命的艾滋病病毒就像他的先知，使几十种职业采取了近乎偏执的预防措施，橡胶手套的销量呈几何级增长。现在，这样的过度谨慎将被证明其正当性，因为每个人都会至少感染SVC。

处男强奸处女将会成为生物学意义上的强制婚姻，除此之外的所有强奸都将是谋杀加自杀。受害者的死亡固然是悲剧，但强奸者近乎必死的下场也将成为压倒性的震慑。肖克罗斯认为这种罪行将会彻底消失。

同卵双胞胎之间的同性乱伦能逃脱惩罚，因为病毒会无从区分两者谁是谁。这样的遗漏让肖克罗斯感到气愤，尤其是他还找不到任何已发表的统计结果，所以也就无从判断如此可憎罪行的普遍程度了。最终，他认为这个小小的瑕疵能构成一个必要的象征性残余，就像某种道德化石，代表人类有某种难以剥夺的潜力——有意识地选择邪恶。

病毒于2000年的北半球夏季最终完工，在组织培养实验和实验室动物身上都进行了尽可能完善的测试。除了确定SVD（通过在试管里模拟人类的肉体罪孽而制造）的致死率，大鼠、小鼠和兔子都没发挥什么作用，因为病毒的大量行为都绑定在它与人类基因组的互动之中。但是在人工培育的人类细胞系里，钟表的发条都只上到了适宜于环境的地步，一点儿都没有出格；SVA、SVC和SVM一代又一代复制，始终稳定而无害。当然了，他还可以做更多的实验，可以用更多的时间去思考后果，但不管怎样，结果都只有这一个。

现在该采取行动了。最新的药物意味着艾滋病已经不再致命——至少对吃得起药的那些人来说。第三个千年正在快步走来，这是个不容忽视的象征性机会。肖克罗斯在行上帝之事。他有什么必要去研究质量控制呢？是的，他是上帝手中的一个不完善的人形工具，他在任务的每一个阶段都跌倒、失败了几十次，好不容易才达到完美，但那是在实验室里，他很容易就能发现错误和纠正错误。这必定是一种不可能出错的病毒，是全知全能者的意志造就的RNA，假如它不完美，他是绝对不会让它进入世界的。

就这样，肖克罗斯找了一家旅行社订票，然后让自己感染了SVA。

肖克罗斯先去了西海岸，立刻跨越太平洋，把他生活的大陆留在最后。他前往人口最密集的地区：东京、北京、首尔、曼谷、马尼拉、悉尼、新德里、开罗。SVA能够无限期地存活，休眠但保持感染力，停留在任何未经专门消毒的表面上。飞机的座位和旅馆房间的家具都很少会做高温灭菌处理。

肖克罗斯不去光顾性工作者，他想传播的是SVA，而SVA不是性病。事实上，他只是扮演一名游客，观光，购物，乘坐公共交通工具，在旅馆游泳池里游泳。他以疯狂的速度放松自己，按照不知疲倦的时间表休闲，他很快就觉得只剩下神性的干预还在坚持了。

因此，他抵达伦敦时已经成了一个废人根本不足为奇。一具晒黑的僵尸，身穿褪色的花衬衫，眼神呆滞，就像他义务性地挂在脖子上（但没装胶卷）的相机的多层镀膜镜头。疲倦、时差、餐食和所处环境的无休止改变（说来矛盾，所有的食物和城市都给他一种黏滞的单调感觉，这反而使情况变得更糟糕了），齐心协力把他拖进了泥浆般的恍惚状态。他梦见机场、旅馆和飞机，在同样的场所醒来，无法区分记忆和梦境。

他的信念当然自始至终都没有改变，那是不可动摇的公理，但他还是忧心忡忡。飞机要升高到高空，意味着他要受到宇宙射线的额外辐射。他能确定病毒的自我检查和突变修复机制都万无一失吗？上帝会监管那以万亿次计算的复制，但只有等他回到家里，有能力检测他所携带的病毒是否表现出了缺陷，他的感觉才会好起来。

筋疲力尽之下，他在旅馆房间里睡了几天，但他本应该去触碰伦敦人的，更不用说正在享受夏末时光的成群结队的国际游客了。关于他的瘟疫的新闻刚开始超过神秘死亡个案的范畴，政府的卫生部门正在调查，但时间还不足以汇集所有资料，自然也不愿过早发表任何声明。但为时已晚，就算他们能立刻发现并隔离肖克罗斯，同时封锁所有国境，目前已经被感染的人群依然会把SVA传遍全世界的每一个角落。

他误了前往都柏林的航班，误了前往渥太华的航班。他吃饭睡觉，梦见他在吃饭睡觉和做梦。《泰晤士报》每天早晨在早餐托盘上被送进客房，刊登瘟疫消息的版面越来越多，这证明了他的成功，但依然没有他所渴望的那种特定类型的标题：以白底黑字认可瘟疫的神圣目的。专家纷纷宣称所有证据表明这是失控的生物武器，首要嫌犯是利比亚和伊拉克；以色列的情报人员证明两个国家在近几年间都极大地扩展了这方面的研究项目。即便有流行病学家已经意识到只有通奸者和同性恋正在死去，他们的想法也还没有通过层层过滤传到媒体的耳朵里。

最终，肖克罗斯结账退房。他不需要再去加拿大、美国、中美洲和南美洲转一圈，所有新闻都证明其他旅行者早就替他完成了任务。他买票回家，但有九个小时需要消磨。

“我才不做那种事呢！拿上你的钱，给我滚出去。”

“但——”

“正常做爱，前厅里写得很清楚。你不识字吗？”

“我不想做爱。我不会碰你。你不明白吗？我要你摸自己。我只想要被诱惑——”

“好的，你沿着这条街走，睁大两只眼睛，就能得到足够多的诱惑了。”女人瞪着他，但肖克罗斯没有退缩。事关他的重要原则。“我已经给过你钱了！”他哀求道。

她把钞票扔在他的大腿上。“钱还给你了。晚安。”

他站起来。“上帝会惩罚你的。你会死得非常可怕，鲜血从你所有的血管漏出来——”

“你再不走我就叫伙计送你出门了，到时候会浑身漏血的是你。”

“你没看瘟疫的新闻吗？你没意识到那是什么，代表着什么吗？那是上帝对行淫者的惩罚——”

“唉，快滚吧，一个亵渎上帝的疯子。”

“亵渎上帝？”肖克罗斯震惊道，“你不知道你在和谁说话！我是上帝选中的工具！”

她怒目而视。“你是魔鬼的狗腿，不可能是别的。现在给我滚出去。”

肖克罗斯想用目光震慑她，但一种怪异的眩晕感突然袭来。她将会死去，而他要为此负责。有短短的几秒钟，这个简单的事实停留在他的脑海里，赤裸裸地不容置疑，因为清晰而更加恐怖。他等待抽象化和合理化的大合唱像平时一样响起，掩盖不和谐的声音。

他等了又等。

最后，他知道假如不尽他所能拯救她的生命，他就不可能离开这个房间了。

“听我说！钱给你，你听我说就行。听我说五分钟，然后我就走。”

“说什么？”

“这场瘟疫，听我说！世界上没有人比我更懂这种病毒。”女人一脸不相信和不耐烦，“是真的！我是一名专业的病毒学家，我为，呃，我为亚特兰大的疾控中心工作。我要告诉你的事情会在几天后公布，但我现在就告诉你，因为这份工作给你带来了风险，再过几天很可能就来不及了。”

他尽可能简单地解释了病毒的四个阶段和存储宿主基因指纹的概念，还有只要第三个人的SVM进入她的血液，就会造成致命的后果。她坐在那儿，默默地从头听到尾。

“你听懂我的话了吗？”

“当然懂了。但不等于我就会相信。”

他跳起来，抓住她的肩膀使劲摇晃。“我非常认真！我说的是绝对的事实！艾滋病只是个警告，这次没有罪人能够逃脱！一个都不会有！”

她挣脱他的双手。“你的上帝和我的上帝恐怕没有多少共同之处。”

“你的上帝！”他啐道。

“咦，难道我没资格拥有上帝吗？不好意思。我觉得《联合国宪章》应该有这么一条：每个人在出生时都会配发自己的上帝，但万一你后来弄坏或弄丢了他，我们不负责免费更换。”

“现在是谁在亵渎上帝？”

她耸耸肩。“呵呵，但我的上帝还运转良好，你的上帝一听就是个灾难。我的上帝也许没法儿解决世上的所有难题，但至少他不会反过来落井下石。”

肖克罗斯义愤填膺。“有些会送命，一些罪人，谁也救不了他们。但你想一想，等神谕最终传到每个人的耳朵里，这个世界会变成什么样！再也不会有出轨了，也不会有强奸了；每一场婚姻都会至死不渝——”

她厌恶地做个鬼脸。“但原因完全是错误的。”

“不！刚开始也许是这样。凡人都很软弱，要他们行善，就需要一个理由，一个自私的理由。但过上一段时间，情况就会变得没那么糟糕了。首先会形成一种习惯，然后是传统，接下来是人类本性的一部分。病毒会变得无关紧要。人类将会改变。”

“嗯，也许吧。假如一夫一妻制是可遗传的，我猜自然选择终究会——”

肖克罗斯瞪着她，困惑她是不是发疯了，然后尖叫道："你闭嘴！根本不存在什么'自然选择'！"他稍微冷静了一点儿，又说："我说的是人类文明的灵性价值观的改变。"

女人耸耸肩，对他的爆发不为所动。"我知道你根本不在乎我在想什么，但我还是要跟你说说清楚。你是我这个星期见过的最可悲、最完蛋的一个男人。所以，你选择在生活中遵守一套特定的道德准则，这是你的权利，祝你好运。但你的行为里不存在真正的信仰；你完全不相信你的选择，因此需要上帝用烈火和硫黄惩罚与你选择不同的所有人，只是为了向你证明你是正确的。上帝没有照你说的做，于是你在自然灾难里搜寻'罪人受惩罚'的范例，你找到的可以是地震、洪水和饥荒，也可以是大流行病。你觉得你这是在证明上帝与你同在？不，你只证明了你自己的不安全感。"

她看一眼手表。"好吧，你的五分钟早就过了，我也从不免费讨论神学。但我还有最后一个问题，希望你别介意，因为你很可能是我这段时间里会遇到的最后一个'专业的病毒学家'了。"

"问吧。"她必死无疑。他已经尽了最大的努力拯救她，但他失败了。唉，几万几十万的人将和她一同死去。他别无选择，只能接受；他的信仰会保护他的神志。

"你的上帝设计的病毒，应该只伤害通奸者和同性恋，对吧？"

"对。你难道没听我说吗？妙就妙在这儿！这个机制太天才了，DNA指纹——"

她说得非常慢，把嘴巴张得特别大，就好像在对聋子或智障说话。

"假如一对感情深厚、一夫一妻、已经结婚的男女性交，女人怀孕了，孩子的基因肯定和父母都不完全相同，那么会发生什么？婴儿会发生什么？”

肖克罗斯只是瞪着她。婴儿会发生什么？他的意识一片空白。他很疲惫，他想回家……所有的压力，所有的忧虑……他经历了一场苦难的行军——她怎么能指望他还会思路清晰，怎么能指望他可以解释清楚每一个细节？婴儿会发生什么？

这个无辜的新生儿会发生什么？他竭尽全力集中精神，整理他的思路，但她的疑问蕴含着巨大的恐怖，拉扯着他的注意力，就像一只冰冷的小手在不懈地拽着他，一厘米一厘米地走向疯狂。

他突然爆发出大笑；他如释重负，险些哭了出来。他朝这个愚蠢的妓女摇摇头，说：“你不可能用这种话骗我上当！我早在1994年就想到了婴儿！在小乔尔的受洗仪式上，他是我表哥的儿子。”他咧嘴笑着又摇摇头，高兴得头晕目眩，“我解决了问题。我给SVC和SVM添加了基因，产生的受体能与胎儿的六种血液蛋白结合；只要任何一个受体被激活，下一代病毒就完全是SVA了。连哺乳都是安全的，持续一个月左右，因为胎儿的蛋白质需要一段时间才能被完全替换。”

“一个月左右，”女人重复道，“‘你添加了基因’是什么意思？”

肖克罗斯已经冲出了房间。

他漫无目标地奔跑，直到气喘吁吁、步履蹒跚，然后他一瘸一拐地穿过街道，双手抱着脑袋，无视路人的视线和羞辱。一个月不够长，他从一开始就知道，但不知道为什么，他忘记了他原本打算怎么处理。细节实在太多了，连带的情况太复杂了。

孩子已经开始死亡了。

他在一条荒凉的小街上站住，这儿是一排俗气夜店的后门，他跌坐在地上，背靠冰冷的砖墙，颤抖着抱住身体。发闷的音乐飘进耳朵，微弱而失真。

他哪儿做错了？他难道不是看穿上帝创造艾滋病的目标，并进而推出了符合逻辑的结论吗？他难道没有把整个生命投入到完善一种能够辨别善恶的生物机器上吗？假如像他的病毒这么复杂得骇人、精心设计的东西都无法完成使命……

一波又一波的黑暗在他的视野中涌动。

万一他从一开始就错了呢？

万一他做的事情根本不是上帝的旨意呢？

肖克罗斯以弹震症[①]般的平静思考这个念头。想要遏制病毒的传播已经来不及了，但他可以去找当局，把病毒的细节告诉他们，省去研究所需的多年时间。等他们知道了胎儿的蛋白质受体的重要性，短短几个月就能据此研发出保护性药物。

这样的药物能够让哺乳、输血和器官移植变得可能，能够允许通奸者交媾，同性恋做他们的可憎勾当。它在道德上会是完全中立的，否定了他为之奋斗终生的一切。他望着空荡荡的天空，恐慌的感觉越来越强烈。他能这么做吗？撕碎自己，然后从头开始？他必须这么做！孩子正在死去。他不知从什么地方找到了勇气。

然后，奇迹发生了。神恩重新恢复。他的信念像光潮一般涌回

① 因在战场上经历过残酷环境而产生的精神疾病。

来，驱散了他荒谬的犹豫。他怎么可以考虑投降呢？因为真正的解决方案竟然如此明显和简单！

他摇摇晃晃地爬起来，然后再次开始奔跑，反复对自己念诵，以确定这次他找到了正确的答案：“可怜的人们！悔改就能得救……”

再近一点儿

Closer

没人想在孤独中永生。

（一次做爱后，我对茜安说："亲密关系是孤独症的唯一解药。"她笑着说："迈克尔，野心别那么大。到目前为止，它甚至都还没让我戒掉自慰。"）

然而，真正的孤独症并不是我的问题。从我第一次思考这个问题开始，我就承认了没有任何方法能证明外部世界的真实性，更不用说其他意识的存在了——但我同时也承认，想要过好日常生活，唯一的办法就是基于信仰来接受这两者。

折磨我的问题是这样的：假如他人确实存在，他们会如何理解这样的存在？他们如何体验活着？我能真的理解另一个人的意识究竟是怎么样的吗？我的理解能超过对一只猿猴、一只猫或一只昆虫的理解吗？

假如不能，那我就是孤独的。

我迫切地想相信我能通过某种方式了解他人，但我无法让自己理所当然地接受这一点。我知道不可能存在绝对的证据，但我想被说服，我需要别无选择的承认。

任何文学作品、诗歌或戏剧，无论多么能够激起我个人的共鸣，都无法真的让我相信自己窥见了作者的灵魂。（人类演化出语言是为了在征服物质世界的过程中促进合作，而不是描述主观的真实。爱、怒、妒、恨、悲——归根结底都是通过外部环境和可观测的行为来定义的。）

假如一个意象或隐喻让我感到真实，那只能证明我与作者共用同一套定义，一个由文化限定的词汇关联列表。毕竟，许多出版商会常规性地使用电脑程序（高度特殊化但并不复杂的算法，没有一丝自我觉知的可能性）生成文学和文学批评，它们与人类的产物毫无区别。这些东西可不仅仅是公式化的文字垃圾。这样的作品多次深深地打动了我，事后我才发现它们是由不会思考的机器制造出来的。尽管这无法证明人类的文学不能传达作者的内在生活，但也确实说明了存在多少可供怀疑的空间。

和我的许多朋友不一样，十八岁到了应该“切换”的时候，我没有任何顾虑。生物质大脑被摘除和丢弃，身体控制权转交给“宝石”——恩多里装置——一台神经网络电脑，在出生后不久植入我的脑袋，从此开始从单个神经元的水平学习模仿我的大脑。我没有顾虑，不是因为我完全相信宝石和大脑对意识的体验是一模一样的，而是因为我从很小的时候就只以宝石来识别我自己。我的大脑仅仅是某种引导装置，因为失去它而感到惋惜，就如同因为我从胚胎神经发育的某个原始阶段涌现而感到惋惜，两者同样荒谬。切换仅仅是现在的人类必定会做的一件事情，它是我们生命周期的一个既定环节，尽管引入它的不是我们的基因，而是我们的文化。

见到其他人死去，目睹自己的躯体逐渐衰亡，这大概帮助恩多里装置出现前的人类相信了他们共通的人性。当然了，他们的文学作品里无数次地提到过死亡面前人人平等。也许推出“宇宙离了他们还会照样运转”的结论能产生某种共同的绝望和虚无感，而他们将这两者视为定义人类的属性。

但现在成为普遍信仰的是，在未来几十亿年间的某个时候，物理学家会找到办法让我们离了宇宙也能照样活下去，而不是反过来，因此，通向灵性平等的道路已经丧失了它以前可能拥有的一切可疑逻辑。

茜安是通信工程师，我是全息电视新闻剪辑员。我们是在现场直播向金星播种地球化改造纳米机器的时候认识的，公众对改造金星非常感兴趣，因为这颗星球上大多数尚不适合人类居住的地表区域已经被卖掉了。直播遇到了几个技术故障，本来也许会酿成灾难，但我们一起想办法克服了困难，甚至没被人看出破绽来。没什么特殊的，我们只是在完成本职工作，但事后我的喜悦超出了正常比例。我琢磨了二十四个小时才意识到（更准确地说，是决定），我恋爱了。

然而，第二天我去接近她的时候，她明确地说她对我没有任何感觉；我想象的“我俩之间”的化学作用只存在于我的脑海里。沮丧归沮丧，但我并不吃惊。我们没有因工作而再次碰面，但我隔三岔五打电话给她，六个月后，我的坚持得到了回报。我带她去看增强鹦鹉表演的《等待戈多》，我从中得到了极大的快乐，但接下来有一个多月没见过她。

我险些放弃希望，但一天晚上她不告而来，拖着我去看一场电脑互动即兴表演的“音乐会”。“观众”坐在21世纪50年代柏林夜总会的实体模型里，一台悬浮摄影机在场内转悠，把拍到的影像传给一个原本设计用来创作电影配乐的电脑程序。人们载歌载舞，嬉笑怒骂，表演形形色色的舞台艺术，希望能吸引摄影机，塑造音乐。刚开始，我感到胆怯和拘谨，但茜安让我别无选择，只能参与其中。

那景象既混乱又疯狂，有时候甚至令人恐惧。我们身旁的那张桌子，一个女人捅“死”另一个女人，我觉得这是一种恶心（且昂贵）的自我放纵，最后观众席上爆发了骚乱，人们动手砸烂存心做得一碰就散架的家具，我跟着茜安加入混战，玩儿得非常开心。

音乐只是做这些事的借口，本身完全是垃圾，但我并不怎么在乎。我们一瘸一拐地走进夜色，到处是伤，浑身酸痛，但笑得很开心。我知道我们至少分享了一些东西，让彼此感觉更亲近了。她领我回家，我们上床，但身体太累也太疼了，所以除了睡觉什么都没做，但第二天清晨我们做爱时，我觉得和她在一起非常轻松，我几乎不敢相信这是我们的第一次。

我们很快就形影不离了。我和她对娱乐的爱好截然不同，但我活着欣赏完了她最喜欢的那些“艺术形式”，大体而言没什么损伤。在我的建议下，她搬进我的公寓，随手击乱了我为家庭生活精心安排的有序节奏。

我必须从她随口说出的只言片语中拼凑她过去生活的细节，她觉得坐下来给我详细说一遍实在太无聊了。她的人生和我的一样平淡无奇。她在城郊居住区长大，出身于中产阶级家庭，学习专业知识，找到一份工作。她和绝大多数人一样，也在十八岁时切换。她没有强烈的政治信念。她对她的工作很擅长，但在社交生活中倾注了十倍于工作的精力。她很聪明，但讨厌过于知识分子的东西。她缺乏耐心，性格主动，感情强烈。

而我连一秒钟都没法儿想象她的脑海里是个什么样的世界。

首先，我很少对她正在想什么有任何概念——简言之，就是假如突然要她描述她被打断思路的瞬间正在想什么，我绝对不可能知道她会怎么回答。就更长的时间跨度而言，我对她的行为动机、自我形象、身份概念和她为了什么做过什么都一无所知。就算让我像小说家那样粗糙得可笑地假装“解释”一个角色，我也无法对茜安说出个所以然来。

另外，即便她随时随地向我描述她的精神状态，每周用最新的心理动力学术语评估她的做事理由，得到的也只可能是一堆毫无用处的词语。假如我能把我放在她所处的环境里，设想我拥有她的信仰和执念，移情到能够预测她下一个字会说什么、下一件事会如何决定，但等她闭上眼睛，忘记过去，抛弃所有欲念，只做她自己时，我依然连一瞬间都无法想象那是一种什么体验。当然了，绝大多数时候，这都是最无关紧要的。无论我们是不是陌生人，无论我的“快乐”和茜安的“快乐”是不是真的一样，我们在一起都过得非常快乐。

时间一年年过去，她变得越来越不自闭，越来越开朗。她没有了不起的黑暗秘密可供分享，没有创伤性的童年苦难可供讲述，但她允许我分担她琐碎的恐惧和平凡的神经质。而我也一样，甚至词不达意地解释了我内心独特的执念。她一点儿也不觉得受到了冒犯，只是感到困惑。

“但你究竟是什么意思呢？想知道成为另一个人的感受？你必

须拥有另一个人的记忆、性格和身体——拥有他的一切才行。但到时候你就会变成另一个人，而不再是你自己，你本人什么都不会知道了。这完全说不通嘛。”

我耸耸肩。“也不尽然吧。当然了，完全的了解是不可能的，但永远都有可能再进一步。我们在一起做的事情越多，我们共同拥有的经历越多，我们就变得更亲近，难道不是这样吗？”

她皱起眉头瞪着我。“对，但你五秒钟前说的可不是这个。两个人通过各自眼睛观察到的‘共同经历’，无论是两年还是两千年都毫无意义。无论两个人在一起待了多久，你怎么可能知道存在哪怕一个最短暂的瞬间，两个人以同样的方式共同体验到了他们‘一起’经历的事情呢？”

“我明白你的意思，但是……”

“只要你肯承认你想得到的东西是不可能得到的，也许你就不再会为此烦恼了。”

我哈哈一笑：“你凭什么认为我这人那么有理性呢？”

科技变得足够昌明之后，决定要尝试最时髦的体感转移技术的是茜安，而不是我。茜安总是迫不及待地想体验新东西。“既然咱们打算永远生活在一起，”她说，“假如咱们还想保持精神正常，那就应该永远好奇。”

我不太情愿，但我的任何抗议都会显得虚伪。显而易见，这种把戏的前方不是我渴望（和我知道我不可能企及）的完全了解，但我无法否认它有可能朝着正确的方向迈出了粗浅的一步。

首先，我们交换身体。我发现了拥有乳房和阴道是什么感受——对我来说的感受，而不是茜安的感受。没错，我们交换了足够长的时间，以消除起初的震惊，最后连新奇感都耗尽了，但我依然不认为我就因此知道了她对生来就有的这具身体的体验。我的宝石仅仅做了必要的修正，以便允许我控制这具不熟悉的机体，而比起操控另一具男性机体所需要的修正来说，这些修正也没有多到哪儿去。月经周期早在几十年前就被舍弃了，就算我可以通过摄入必需的激素来让自己产生月经甚至怀孕（尽管近年来，政府大幅增加了对生殖的经济压制），但这完全不可能告诉我有关茜安的任何情况，而这两件事本来就是她不会去做的。

至于性爱，交配的快感和原先没什么区别——这倒是不足为奇，因为连接性器官的神经被直接接入我的宝石。除非我特地分出心思来感受我们各自的几何差异，否则不太可能在乎谁在对另一个人做什么。不过我不得不承认，高潮的感受更好了。

在工作场合，我以茜安的形象出现时，别人连眉毛都没挑一下，因为我的许多同事已经做过了相同的事情。对身份的法律定义最近从身体的DNA指纹（根据一套标准的标记）改成了宝石的序列号。假如连法律都能跟上你的脚步，你就知道你做的事情不可能非常激进或深刻了。

过了三个月，茜安受够了。“我根本没想到过你的身体这么笨拙，”她说，“还有射精竟然这么没意思。”

接下来，她做了个她自己的克隆体，这样我们两个人可以同时当女人了。脑损伤的替换躯体（也就是备用身）曾经贵得不可思议，那时候克隆体还必须以正常速度成长，而且要定期激活，这样在使用的时候才会足够健康。然而，时间流逝和运动锻炼的生理影响不会凭空产生；从最本质的层面来看，身体必定会产生某种生物化学信号，而信号终究是可以伪造的。现在只需要一年时间就能从零开始培育出一个成熟备用身了，得到的克隆体拥有结实的骨骼和完美的肌肉。过程包括四个月的妊娠和八个月的深度昏迷，这同时确保了克隆体比以前脑死亡得更加彻底，从而抚平了人们的道德疑虑，因为总有人会去琢磨保持活动的旧型号的脑袋里在发生什么。

在我们最初的尝试中，对我来说最艰难的环节从来不是照镜子看见茜安，而是看着茜安见到我自己。我想念她，远远超过了我想念做我自己。现在，我甚至挺高兴见不到我的身体的（我的身体被存了起来，由备用身的最低程度大脑培育出的宝石维持生命）。当她的双胞胎姐妹的对称性非常吸引我，我们的亲近无疑达到了前所未有的程度。以前，我们仅仅交换了彼此间的生理差异。现在，我们舍弃了那些差异。

对称性是个幻觉。我改变了性别，但她没有。我和我爱的女人在一起，她和一个会走路的自身拟像在一起。

一天早晨她弄醒我，使劲打我的胸部，重得留下了瘀青。我睁开眼睛，她护住自己的身体，怀疑地打量我。“你在里面吗，迈克尔？我要发疯了。我要你回来。”

为了让这一整个怪诞的插曲永远结束，或许也是为了让我亲身体验茜安的经历，我同意了第三次交换。没必要等待一年，我的备用身是和她的备用身一起培育的。

不知为何，没有了茜安身体的伪装，我发现面对“我自己”时，我反而更加不知所措了。我难以理解我的表情；我和她同时伪装的时候，这一点并不让我烦恼，但现在让我精神紧张，有时候甚至疑神疑鬼，而我根本找不到任何合理的解释。

我花了些时间去适应性爱。最终我觉得性爱还算愉快，但令人惶惑地隐约有些自恋。在我和她都是女人时，我感觉到了令人信服的平等感，但话又说回来，我和她都当女人的时候，茜安从没说过她感觉到了平等。这完全是我在自说自话。

我们变回我们最初形象的那天（好吧，几乎如此——事实上，我们存储了那两具二十六岁的腐朽身体，住进了更健康的备用身），我读到一篇来自欧洲的报道，说的是我们尚未尝试过的另一种选择，它很可能会成为接下来的潮流：雌雄同体的双胞胎。我们的新身体可以是我们的生物学后代（能够导致雌雄同体的基因修补除外），所有特性平均地来自父母双方。我们两人都会改变性别，也都会失去伴侣。我们在所有方面都会是平等的。

我拷贝了一份报道带回家给茜安看。她若有所思地读完，然后说："鼻涕虫是雌雄同体的，对吧？它们用一丝黏液一起悬在半空中。我记得莎士比亚说过些什么，描述的是鼻涕虫交配的辉煌景象。想象一下：你和我，像鼻涕虫似的做爱。"

我笑得倒在地上。

我突然停下。"等等，莎士比亚？我都不知道你读过莎士比亚。"

最终我逐渐相信，随着每一年过去，我越来越了解茜安了——传统意义上的了解，大多数夫妻安于享受的那种了解。我知道她对我有什么期待，也知道怎么做不会伤害她。我们争执过，甚至吵过架，但某种潜在的稳定性始终存在，因为到最后我们总是选择待在一起。她的快乐对我来说非常重要，有时候我几乎无法相信我曾经认为她的所有主观体验对我来说都是本质陌生的。每颗大脑都是独一无二的，因此每颗宝石也是——但假设意识的本质会因个体不同而存在本质差异就有些过分了，毕竟我们都基于相同的硬件和相同的神经拓扑学原理而存在。

话虽如此。有时候我在半夜醒来，会忍不住翻身对着她不出声地说："我不了解你。我完全不知道你是什么人或什么东西。"我会躺在床上，考虑收拾行李离开。我孤独一人，假装事实并非如此则是可笑的闹剧。

但是，有时候我在半夜醒来，会百分之百地确信我正在死去，或者某些同等荒谬的事情正在发生。在半被遗忘的梦境的作用下，你有可能陷入各种形式的惶惑，它们没有任何意义。到了早晨，我又会恢复本来的我。当我在报道里读到克雷格·本特利的服务时（他称之为"研究"，但"志愿者"必须花钱才能买到参与实验的特权），我几乎提不起兴致把它放进新闻栏目，但我的职业判断在对我说，这是观众最喜欢看的那种震撼科技玩意儿：怪异，甚至有些令人不安，但不难理解。

本特利是个赛博神经学家，他研究恩多里装置，就像以前的神经学家研究大脑那样。用神经网络电脑模仿大脑并不需要对它的更高层结构有多么深刻的理解，对这些结构的研究在它们的新化身里继续进行。比起大脑，宝石当然更容易观察和操控。

在他的最新项目里，本特利给夫妻两人的东西比洞察鼻涕虫的性生活稍微高级一点儿。他给他们的是八小时的相同思维。

通过光纤传来的原始报道长十分钟，我拷贝了一份，然后让剪辑程序选择最刺激的三十秒供电视台播放。程序干得非常出色，它跟着我学得很好。

我不能对茜安撒谎。我没法儿隐藏这则新闻，也没法儿假装不感兴趣。唯一诚实的做法是给她看原始报道，把我的感受完全告诉她，然后问她有什么想法。

我这么做了。等全息电视的画面淡出，她转向我，耸耸肩，淡然道："好的。听上去很好玩。咱们试试看吧。"

本特利穿的T恤上有九幅电脑绘制的画像，排列成三乘三的网格。左上角是猫王，右下角是玛丽莲·梦露。其余的是从一者变成另一者之间的不同阶段。

"流程是这样的。转换需要二十分钟，在这段时间里，你们会离开身体。前十分钟，双方会同等地获得对方的记忆。后十分钟，两个人会被逐渐移向折中的人格。

"完成这个步骤后，两个人的恩多里装置会变得一模一样，简言之，就是两个人会拥有全部相同的神经连接和全部相同的权重因子，但几乎肯定会处于不同的状态之中。为了纠正这个偏差，我必须让你们昏迷。等你们醒来——"

等谁醒来？

"——会处于一模一样的电子机械身体里。克隆体不可能制作得完全相同。

"你们会单独度过这八小时，待在完全相同的两个房间里。事实上，很像两个宾馆套间。假如需要，可以看全息电视消磨时间——当然了，没有视频电话模块。万一你们同时尝试拨打同一个号码，两个人也许都会认为自己被接通了，但实际上，在这种情况下，接线设备只会随意接通其中一个呼叫，因此会造成你们所处的环境有所不同。”

茜安问：“我们为什么不能互相打电话呢？或者更好一点儿，彼此见面？既然两个人完全相同，我们就会说同样的话，做同样的事——我们会成为彼此环境中另一个完全相同的东西。”

本特利抿紧嘴唇，摇摇头：“也许我会在以后的实验中加入这种环节，但目前我认为那么做太……有可能造成创伤了。”

茜安斜着眼睛看了我一眼，意思是：这家伙真扫兴。

“结束时会和开始时一样，只是反过来。首先，你们的人格会恢复原状。其次，你们会不再能够访问彼此的记忆。当然了，你们对实验本身的记忆不会受到破坏。我的意思是不会受我破坏。我无法预测你们分离后的人格在修复后会做出什么反应，是会过滤、抑制还是重新解读那段记忆。几分钟后，你们对自己经历过什么很可能会产生完全不同的想法。我能保证的只有一点，那就是在这八小时内，你们会是完全相同的两个人。”

我们讨论了一下。茜安一如既往地兴致勃勃。她不怎么在乎具体会经历什么，对她来说，真正重要的是多搜集一次新奇的体验。

“无论发生什么，在结束时我们都会变回自己，”她说，“有什么好害怕的。你知道那个恩多里的老笑话吧？”

“哪一个？”

“一切都是可忍受的——只要还有尽头。”

我无法判断我究竟是个什么态度。尽管分享了记忆，但到头来我们了解的依然不是对方，而仅仅是一个短暂存在、人工制造的第三人。不过，这毕竟会是我们第一次体验相同的经历，而且还是从完全相同的视角来看——虽说这段经历仅仅是在不同的房间里被关八个小时，而视角还来自一个有身份危机的无性别机器人。

这固然是一种妥协，但我想不出还有什么现实的办法能改进它。

我打电话给本特利，做了预约。

感官被彻底剥夺之后，念头似乎才形成一半，就消散在了包裹着我的黑暗中。还好这样的隔绝没有持续太久。随着我们短期记忆的融合，两个人之间实现了某种心灵感应：我或她想到一句话，另一个人会立刻“记得”自己想到了它，然后以相同的方式回应。

——我迫不及待地想揭开你所有肮脏的小秘密了。

——我看你恐怕会失望。我没告诉过你的事情，很可能都被抑制了。

——啊哈，但抑制不等于擦除。天晓得我会翻到什么。

——我们很快就会知道的。

我努力回忆这些年来我必定犯过的各种微小过错，还有形形色色可耻、自私、卑劣的念头，但一时间什么都没想到，浮现在脑海里的只有某种模糊而嘈杂的负罪感。我再次尝试，浮现的景象不是别的，正是茜安小时候的一幕。一个小男生把手伸进她的两腿之间，吓得尖叫着缩了回去。但她很久以前就向我描述过那次经历。这是她的记忆，还是我的重建?

——我认为是我的记忆。也可能是我的重建。说起来，在我告诉你发生在咱们认识之前的事情时，有一半时候，讲述的记忆变得比记忆本身更加清晰，几乎取代了原先的记忆。

——我也一样。

——那么在某种程度上说，这些年来，咱们的记忆已经在趋向某种对称了。我们都记得说过的话，就好像我们都是听别人说的。

同意。沉默。片刻混乱。然后：

——本特利明确地区分开了“记忆”和“人格”，实际上真的这么明确吗？宝石是神经网络电脑，你无法从绝对意义上描述什么是“数据”，什么是“程序”。

——是的，无法从一般意义上区分。他的划分在某种程度上肯定是武断的。但谁在乎呢？

——这很重要。假如他恢复了“人格”，但允许“记忆”继续存在，那么错误的划分有可能使我们……

——使我们什么？

——取决于不同的情况，对吧？一个极端是彻底的“恢复”，彻底得不留任何影响，因此整个经历就等于没有发生过。但另一个极端……

——永久性地……

——……更加亲近。

——这就是重点吗？

——我已经不知道了。

沉默。犹豫。

然后我意识到，我不知道现在该不该由我回应了。

醒来时我躺在床上，有些不辨方向，就好像在等待精神恍惚过去。我的身体感觉有点儿别扭，但不像我在其他人的备用身里醒来时那么别扭。我低头打量苍白而光滑的塑料躯体和双腿，然后抬起一只手在面前挥动。我看上去像个无性别的橱窗假人，但本特利事先向我们展示过机器躯体，因此我并不是特别吃惊。我慢慢地坐起来，然后起身走了几步。我感觉有点儿麻木和发虚，但运动知觉和本体感受都是正常的；我感觉我位于自己的两眼之间，我感觉这具身躯确实属于我。与任何现代的移植手术一样，我的宝石已被直接更改，以适应这样的变化，省去了几个月的理疗时间。

我扫视房间。家具很少：一张床、一张桌子、一把椅子、一个挂钟、一台全息电视。墙上有一幅装框的埃舍尔版画复制品：《婚姻的联结》。这是画家和妻子的肖像画，两人的脸像柠檬削皮一样被削成螺旋状，然后连成一根相连的条带。我顺着外表面从头看到尾，失望地发现它并不是我以为的莫比乌斯环。

没有窗户，单独的一扇门上没有门把手。床旁边的墙上嵌着一面等身镜。我在镜子前站了一会儿，打量我可笑的外貌。我忽然想到，假如本特利真的喜欢对称性的把戏，他也许会把两个房间做成彼此的镜像，相应地修改全息电视，同时更改一块宝石，使我的一个拷贝左右颠倒。这样一来，看上去像镜子的东西其实只是两个房间之间的窗户。我用塑料脸别扭地笑了笑，我的镜像似乎相应地对这个景象感到尴尬。尽管可能性微乎其微，但这个想法对我来说很有吸引力。除了核物理实验，你无论如何都不可能发现两者的区别。不，不是真的。一个能够自由运动的钟摆，就像傅科摆，它在两个房间里会以同样的方式扭动，从而揭破这个花招。我走到镜子前，用手掌拍了拍。它纹丝不动，但这有可能是因为背后是砖墙，也有可能是对面有人以相同的力度也拍了一下。

我耸耸肩，转身走开。本特利有可能做任何事情——甚至连整个场景都有可能是电脑模拟的。我的身体不重要，这个房间也不重要。重要的是……

我坐在床上。我记得某个人（很可能是迈克尔）琢磨过，等我开始思考我的本质，我会不会开始恐慌，但我发现没有理由这么做。假如我在房间里醒来时没有近期记忆，尝试通过回忆我的过去（一个或两个）来搞清楚我是谁，那样的话，我无疑会发疯，但我很清楚我是谁，我有两条长长的预期轨迹，都通往我此刻的状态。想到我会变回茜安或迈克尔，我并不感到害怕；两个人都希望恢复各自单独的身份，双重的希望强烈地体现在我的脑海里，对个人完整性的渴求表现为想到他们还会重新浮现就如释重负，而不是担忧我本身的消亡。无论如何，我的记忆都不会被清除，而且我并没有感觉到我拥有两者中的任何一个不愿实现的目标。我觉得我更像是他们的最小公倍数，而不是某种合成的超级头脑；我比两者的总和更少，而不是更多。我的目标受到了严格限制：我的存在是为了让茜安享受陌生感和回答迈克尔的疑问，等时间到了，我会乐于重新分离，继续去过我记得和珍视的两种生活。

那么，我是如何体验意识的呢？和迈克尔一样，还是和茜安一样？就我所能判断的，我没有发生任何根本性的改变。然而即便我能得出这个结论，也还是要怀疑我有没有资格做出判断。作为迈克尔的记忆和作为茜安的记忆是否包含比两个人用文字和语言交流的内容更多的东西？我是否真的了解他们存在的本质，还是说我的脑海里仅仅充满了二手的描述：尽管亲密而详细，但终究和语言一样不够透明？假如我的思维与两者都截然不同，那么这个区别是我能够感知到的吗？还是说我的全部记忆只是在回忆的行为之中被重塑成了看似熟悉的用语？

说到底，过去并不比外部世界更加可知。它的存在必定以信念为基础，而既然它是这样存在的，那就同样有可能被误导。

我把脸埋在双手里，垂头丧气。我是他们能做到的最亲密的极限了，而我究竟是什么呢？

迈克尔的愿望和以前一样合情合理，也一样没有得到证实。过了一会儿，我的情绪开始好转。尽管以失败告终，但至少迈克尔的探寻已经结束。现在他别无选择，只能接受这个结果，然后继续过他的日子。

我在房间里踱了一会儿，打开全息电视又关上。我实际上已经开始觉得无聊了，但我不会用坐着看肥皂剧来浪费八个小时和八千块钱。

我思考有什么办法能破坏两个副本之间的同步性。难以想象本特利竟然能把两个房间和两具身体弄得这么一模一样，连一个名副其实的工程师都找不到方法来打破对称性。只需要丢个硬币就有可能做到，但我没有硬币。扔纸飞机？听上去有点希望——纸飞机对气流极为敏感，但房间里唯一的纸就是埃舍尔的画，而我没法儿说服自己去损坏它。我可以砸破镜子，观察碎片的形状和尺寸，同时这还能证实或证伪我先前的推测，但就在我把椅子举过头顶的时候，我突然改变了主意。

尽管剥夺感官只需要短短的几分钟，但两套相互冲突的短期记忆已经足够让人困惑的了；若是与实在环境互动几个小时，它们有可能会害得我完全丧失行为能力。我还是先悠着点儿吧，等我非要给自己找点乐子的时候再说。

于是我在床上躺下，本特利的大多数客户到头来多半都会这么做。

凝聚在一起的时候，茜安和迈克尔都很担心他们的隐私，两人都代偿性地（未必不是防御性地）发表了要坦诚相见的心理声明，不希望对方认为他们有事情需要隐瞒。他们的好奇也是自相矛盾的，他们想理解彼此，但当然不想彼此刺探。

这些矛盾在我内心依然存在，但我（盯着天花板，尽量不去看挂钟，至少坚持三十秒再说）不是非得做出决定不可。让我的思想从双方的角度重新审视两人关系的历程，这是全世界最自然而然的事情了。

这是一种非常奇异的记忆。几乎所有细节都既有些惊人又极其熟悉——就好像既视感的超长运行。倒不是说他们经常蓄意在重要事情上彼此欺骗，但那些小小的无害谎言和隐藏在心底的微末怨恨，还有那些既必要又可笑、既不可或缺又充满感情的欺骗，帮助他们能够抛开分歧，继续长相厮守，但使我的脑海里充满了惶惑和幻灭的怪异阴霾。

这不是任何意义上的对话，我也没有多重人格。茜安和迈克尔根本不在场，无法怀着最好的意图为自己辩护、解释和彼此欺骗。也许我应该试一试代表两个人做这些事情，但我始终无法确定我的角色，无法决定我的立场。于是我只是躺在床上，对称性让我无法动弹，我放任他们的记忆流过我的脑海。

在那以后，时间过得太快了，我根本没找到机会去打碎镜子。

我们尝试待在一起。

我们坚持了一个星期。

按照法律的要求，本特利在实验前为我们的宝石保存了快照。我们可以返回那个节点，然后让他向我们解释原因，但只有在你能及时做出决定的时候，自我欺骗才是一个容易的选项。

我们无法原谅彼此，因为没有什么可原谅的。两个人连一件对方可能没法儿理解或完全不能谅解的事情都没做过。

我们只是太了解彼此了，就这么简单，一个又一个该死的微小细节都知道。伤人的并不是真相，真相不再能够伤害我们，而是让我们麻木，让我们窒息。我们不像了解自己那样了解彼此，实际的情况更加糟糕。对于自我来说，细节会在思考的过程中变得模糊。剖析心理固然有可能做到，但需要巨大的毅力才能坚持下去。然而，互相剖析却毫不费力，这是我们在彼此面前自然而然进入的状态。我们的表面已被撕开，但袒露出来的并不是灵魂。揭开皮肤，我们只见到了正在转动的无数齿轮。

而现在我知道了，茜安在爱人身上最想要的是陌生、不可知、神秘和难测。对她来说，与另一个人共处的全部意义就在于直面他者性。她认为，没有了这种感觉，你还不如去自言自语呢。

我发现现在我也赞同这个世界观了（我不想多探讨这个改变的确切起源，但话说回来，我一向知道她拥有更强烈的个性，我该猜到融合会抹杀一些东西的）。

我们在一起还不如我们各自孤独，因此我们别无选择，只能分手。

没人想在孤独中永生。

谎言空间中的不稳定轨道

Unstable Orbits in the Space of Lies

我一向觉得在高速公路上睡觉最安全，至少是在某些路段上，只要它们位于周围吸引子[1]之间近乎平衡的区域内。我们的睡袋整整齐齐地摆放在北向双车道之间的褪色白线上（也许是因为从南面传过来的一丁点儿风水知识，还没有被从东面传来的科学人本主义、从西面传来的自由主义犹太教和从北面传来的反灵反智的享乐主义淹没），我可以安全地闭眼休息，知道等玛利亚和我醒来时，不会全心全意且不可逆转地深信教皇永不犯错、盖亚拥有感知能力[2]、冥想能诱发洞察力的幻觉、报税表能奇迹般地治愈疾病。

因此，当我醒来发现太阳早已爬出地平线，而玛利亚不在我身旁时，我并没有惊慌。没有任何信仰、世界观、宗教体系或文化能在夜里伸出魔爪，把她据为己有。吸引域的边界确实会波动，每天几十米地前进或后退，但任何一个吸引域都不太可能穿透到我们宝

① 一个系统出现朝某个稳态发展的趋势，这个稳态就叫“吸引子”。

② 盖亚是古希腊神话中的大地女神。20世纪60—70年代发展出的“盖亚假说”认为，地球是一个有知觉的“存在”，可以通过自然调节平稳运行。

贵的无政府主义和怀疑论荒原的腹地来。我无法想象她为什么会离我而去，连一句话都没留下——但玛利亚时常会做我认为完全无法解释的事情，反过来也一样。尽管我们已经相处了一年，但情况依然如此。

我没有惊慌，但也没有逗留。我不想掉队太远。我爬起来，伸个懒腰，尝试判断她朝哪个方向走了。这个问题差不多等价于问我本人想去哪儿，除非她离开后此处的状况有所改变。

你无法对抗吸引子，也无法抵挡它们——但你有可能在它们之间找到一条通道，利用相互之间的矛盾来导航。最简单的起步方法是利用一个强大但足够遥远的吸引子来积蓄动量，同时注意安排好路线，以便在最后时刻利用一个反作用力来改变方向。

选择第一个吸引子，也就是你必须假装投诚的信念，这永远是个怪异的勾当。有时候它就像字面意义上的闻风而动，像是追寻某种外在的线索；但有时候它又像纯粹的内省，像是在尝试确定“我自己”真正的信念……有时候，想要区分这看似对立的两面本身就仿佛是一条歧途。对，他妈的禅意十足——此刻它给我的感觉就是这样……它本身就恰好回答了这个问题。此处的平衡非常微妙，但有一股影响力稍微强大一点儿：就我的立场而言，东方的哲学无疑比其他信念更有说服力，知道这一点纯粹来自地理原因并没有让它变得不再真实。我对着公路和铁路之间的铁丝网撒尿，希望能加速它的朽烂，然后我卷起睡袋，对着水壶喝了一口，背上行囊，开始步行。

一辆面包房的自动送货车从我身旁疾驰而过，我咒骂我的孤独：若是不经过精心准备，想要利用这些卡车，你需要至少两个身手敏捷的人，一个挡住车辆的前进路线，另一个负责偷食物。盗窃导致的货物损失数量并不大，因此被吸引子俘获的人能够容忍；想必只是不值得使用更严密的安保措施吧——不过毫无疑问，每一种道德的单一文化都有自己独一无二的“理由”不把我们这些没有道德的流浪汉饿得只好屈服。我掏出一根病恹恹的胡萝卜，这是昨晚我经过我的一个蔬菜园时挖的。拿这东西当早餐也够可怜的，我一边啃胡萝卜，一边想象等我和玛利亚团聚后能偷到手的面包卷，我的期待几乎战胜了此刻啃木头般的寡淡口感。

公路和缓地转向东南。我来到一块夹在废弃工厂和荒弃住宅之间的土地，在相对寂静的背景之上，现在位于正前方的中国城的牵引力变得更加强大和明显了。当然了，“中国城”仅仅是个顺口的标签，而标签永远是一种过度简化；在大融合之前，那块区域容纳着至少十几种相互不同的文化，除了中国香港人和马来西亚华人，从韩国人到柬埔寨人，从泰国人到东帝汶人，一应俱全——还有从佛教到伊斯兰教的各种宗教的多个变种。多样性现在已经消失，对于大融合前那块区域的任何一个居民来说，最终稳定下来的同质混合物恐怕都极为怪异。当然了，对于现在的那些市民来说，这个奇异的杂交体无疑是完全正常的。这就是稳定的定义，也是吸引子存在的本质原因。假如我径直走进中国城，我不但会不由自主地拥有当地的价值观和信仰，还会乐于在余生中保持那个状态。

但我不认为我会径直走向那里，正如我不认为地球会径直坠入太阳一样。大融合已经过去近四年了，到目前为止，我还没有被任何一个吸引子俘获。

对于那天发生的种种变故，我听说过几十种“解释”，但我认为其中大多数都同等可疑——因为它们源自某些特定吸引子的世界观。我有时候会想到的一个解释是，在2018年1月12日，人类肯定跨过了什么不可预见的门槛——也许是全球总人口数——因此引发了突如其来、不可逆转的精神状态的剧变。

心灵感应不是个正确的字眼。毕竟，没人发现无数个咿咿呀呀的声音汇成海洋淹没了自己，也没人遭受同理心过载的痛苦折磨。意识的一般性叽叽喳喳依然被锁在我们的头脑里，我们平凡的心灵隐私并没有被打破。（或者，按照一些人的猜测，所有人的心灵隐私都被彻底打破，我们瞬生瞬灭的念头加起来构成了一块无特征白噪声的毯子，遮盖了整个地球，而大脑能够毫不费力地过滤掉它。）

原因暂且不提，总之谢天谢地，其他人的内在生活（就像以秒为单位的肥皂剧）和以前一样遥不可及……但对于彼此的价值观和信念、彼此最深信不疑的事物来说，我们的脑壳变成了一戳就破的肥皂泡。

刚开始，这意味着天下大乱。当时的记忆十分混乱，仿佛一场噩梦；我在城市里乱走了一天一夜（我认为），每六秒发现一个新的神（或类似的东西）——我没有看见幻象，也没有听见灵音，但不可见的力量以做梦般的逻辑把我从一个信仰拉向另一个。人们在恍惚中走动，缩头缩脑，跌跌撞撞——而理念像闪电似的在我们之间跳跃。一个天启过后是另一个相反的天启。我无比希望这样的情况能够停下——假如一个神保持不变的时间能足够我向他祈祷，我肯定会祈求神让这一切立刻结束。我听过其他流浪者把这种最初的神秘激变比作嗑药后的心理活动或性爱的高潮，比作被十米高的浪涛抓住又抛开，一个小时又一个小时地接连不断——但回想起来，我觉得那段经历让我想到最多的是一场严重的肠胃炎：在那个漫长的夜晚，我发着高烧，时而呕吐，时而腹泻。我全身上下的每一块肌肉和每一个关节都感到酸痛，皮肤烧得发烫。我觉得我要死了。而每当我想到自己不会有力量再从体内排出任何东西的时候，又一阵痉挛就会从天而降。到了凌晨四点，我的无助像是完全超越性的：肠蠕动反射就像某种严厉但本质仁慈的神灵，占据了我的存在。就当时而言，那是我最接近宗教体验的一段经历了。

在整座城市里，相互竞争的信仰体系在争夺效忠者，同时突变和杂交……就像你在实验中释放电脑病毒的随机种群，让它们彼此对抗，以证明演化论的精妙之处。情形也像同一些信仰在历史上的碰撞，但在新的互动模式之下，其长度和时间跨度被大大缩短，也少流了许多鲜血，因为理念现在可以在纯粹精神的竞技场里战斗，而不是通过挥舞利剑的十字军战士或种族灭绝的集中营。或者，就像在地上释放了恶魔大军，让它们去抢占除义人外的所有心灵……

混乱持续得并不久。在一些地方，由于大融合前文化自身的聚集；在另一些地方，仅仅因为概率，特定的信仰体系获得了足够的先发优势，因此能够从信众构成的核心向外扩散，进入周围尚未涌现主导信仰的随机分散区域，俘获了相邻地点的失序群体。吸引子滚雪球般征服的疆域越大，它们成长得就越快。幸运的是，至少在这座城市里，没有任何一个吸引子能够不受控制地扩张；它们或迟或早，最终不是被同等强大的邻居团团围住，就是因为处于城郊或邻近人烟稀少的非居民区而缺少足够的人口。

大融合后的一周内，无政府状态多多少少成了主流，百分之九十九的人口不是迁移就是皈依，最终都满足于其所在的位置和身份了。

我凑巧落在几个吸引子之间，尽管受到多个吸引子的影响，但没有被任何一个俘获，从那以后，我一直竭尽全力停留在轨道上。无论其中的诀窍是什么，我似乎都了然于胸。时间一年一年过去，流浪者的队伍越来越稀少，但我们的核心依然是自由的。

刚开始那几年里，被吸引子俘获的人会派无人直升机在城市上空撒传单，用各自信仰的隐喻描述先前发生的事情，就好像为灾难精心选择一个类比就足以说服他人皈依。他们中的一部分人过了一段时间醒悟过来，书面文字作为布道的载体已经过时，视听技术亦然，但有些地方的人还没有承认这个事实。不久前，在一座废弃的屋子里，玛利亚和我用一台电池供电的电视机收到了来自理性主义者飞地广播网的信号，用彩色像素根据几条简单数学规则相互吞噬的舞蹈来“模拟”大崩溃。评论员喷吐自组织系统的各种术语——看啊，何等神奇的马后炮！闪动的色块迅速演变成熟悉的六边形蜂房模式，一个个蜂房被黑暗的壕沟隔开（那是无人居住的区域，只有几个几乎看不见的无足轻重的斑点。我们很想知道我们在哪儿）。

本已存在的机器人与电信基础设施允许人们不离开所在的吸引域也能生活和工作，我不知道假如没有它们，情况会变成什么样。吸引域能确保你可以安全返回中央吸引子，其中大多数的宽度仅有一两公里。（事实上，肯定有很多地方不具备这么好的基础设施，但过去这几年，我一直没有接入世界村，所以我不知道那些地方现状如何。）生活在社会的边缘，我比居住在它多个中心的人更依赖于社会的财富，因此我想我应该对大部分人安于现状感到高兴，而我更加高兴的是他们能够和平共处，能够进行交易和共同繁荣。

但我宁可死也不愿加入他们，就这么简单。

（或者更确切地说，此时此地，我真的这么认为。）

诀窍是保持移动，维持动量。不存在完全中立的区域，即便有，它们也小得不可能被发现，就算能发现，也很可能无法栖身，而且几乎可以肯定会随着吸引域内的条件改变而漂移。足够接近就足以过夜了，但假如我在一个地方住下，随着时间一天一天、一周一周过去，那么只要有任何一个吸引子具备最微弱的一丁点儿优势，它最终也会使我动摇。

动量，还有混沌。无论我们是不是真的因为互不相关的胡言乱语相互抵消而不必遭受彼此内心声音的荼毒，我的目标都是以相同的方式处理信号中更持久、更连贯和更有害的组成部分。毫无疑问，在地球的最中心，所有人类信仰加起来的总和将是纯粹而无害的噪声；但是在地表上，物理决定你不可能与所有人保持同等距离，因此我必须不停移动，尽我所能平均各种各样的影响。

有时候我会幻想前往乡野，过着愉快而清醒的孤独生活，住在机器人照管的农场旁，窃取我需要的设备和给养，种植我吃的所有食物。和玛利亚在一起吗？只要她愿意来；她有时候愿意，但有时候不愿意。有五六次，我们已经告诉自己，我们正在踏上这样的征途……但直到今天，我们还没发现一条能够离开市区的轨迹，一条能够带着我们安全绕过所有相互干扰的吸引子的路径，但这也不足为奇：只有已经误打误撞沿着正确道路离开市区的人，才有可能确定地知道该如何离开市区，而他们不可能留下任何线索或传闻。

但有时候，我会一动不动地站在路中央，问我自己“到底想要”什么：

逃进乡野，在我聋哑灵魂的沉默中迷失自我？

放弃毫无意义的游荡，重新投向文明？为了繁荣、稳定性和确定性，吞下一套精心设计、自我肯定的谎言并被它吞噬？

还是继续像这样绕行，直到死去？

答案当然取决于我所站立的位置。

又是几辆机器人驾驶的卡车从我身旁经过，但我甚至懒得多看它们一眼。我把我的饥饿想象成一个物体——我必须背负的重量，并不比我的行囊更重——它逐渐从我的注意力中隐退。我让意识变得空白，什么都不去想，除了照在脸上的清晨阳光和走路的乐趣。

过了一会儿，惊人的明晰感逐渐笼罩了我。那是一种深入内心的平静，还有一种强烈的理解感。古怪的是，我完全不知道我理解了什么。我在没有任何明显原因的情况下体验到了洞察的喜悦，但没有任何希望能回答这么一个问题：对什么的洞察？然而，这种感觉却挥之不去。

我心想：这么多年，我一直在兜圈子，而我被带到了哪儿呢？

带到了这个时刻。带到了现在这个机会，让我真正地朝着启迪迈出了第一步。

而我要做的只是继续走，一直向前。

四年来，我一直走在错误的道上——追寻名叫自由的幻觉，我的奋斗除了奋斗本身没有任何理由——但现在我看到了正确的方法，能把我的旅程转变为——

转变为什么？通向灭亡的捷径？

“灭亡”？根本不存在。只存在轮回，各种欲望的跑步机。只存在徒劳的奋斗。此刻我的头脑被蒙蔽了，但我知道只需要再走几步，真理就会变得明确。

有好几秒钟，无法抉择使我动弹不得，而纯粹的恐惧贯穿我全身，但随后，救赎的可能性吸引了我，我离开公路，翻过围栏，向南而去。

这些小街很眼熟。我经过一个废车场，被阳光漂白的车辆残骸在缓慢融化，长时间无人使用触发了塑料底盘的自动降解；一家色情电影与性用品商店，门脸完好无损，里面黑洞洞的，散发着地毯朽烂和老鼠屎尿的臭味；一家舷外马达展示店，橱窗里自豪地展示着四年前最新款的燃料电池模组，但看上去已经像是上世纪的怪异遗物了。

再往前走，大教堂的尖顶傲然耸立于这肮脏而凄惨的景象之上，怀旧和似曾相识的混合感觉一时间让我头晕目眩。尽管发生了种种变故，但有一部分的我依然觉得自己像个回头浪子，多年来第一次归乡——而不是第十五次过门不入。我喃喃念诵祈祷词和教条里的字句，上次从近日点掠过时的记忆唤醒了能够奇异地安慰心灵的公式。

没多久，我只剩下了一个困惑：我既然已经知道了上帝完美的爱，又怎么可能转身而去呢?

那是不可想象的。我怎么能够背离神恩呢?

我来到一排纯洁无瑕的屋子前。我知道这个边境地带没有住户，但教区的机器人一直在修剪草坪、清扫落叶和粉刷墙壁。朝西南方向继续走几个街区，我就再也不能背弃真理了。我朝那个方向走去，内心充满快乐。

几乎充满快乐。

唯一的问题在于……每向南迈出一步，我就更加难以无视一个事实：经文充满了最荒诞的事实错误和逻辑谬误。这样一个完美的人提出的人类在宇宙中的地位观，为什么会如此漏洞百出和混乱不堪呢？

事实错误？选择隐喻时，必须切合当时的世界观，那岂不是应该对着大爆炸和原初核合成的过程细节高呼全知全能者的不可思议吗？矛盾？信仰的试炼——还有谦卑。我怎么能如此傲慢，用我可鄙的理性力量去质疑全知全能者的大道？他超越了一切，包括逻辑。

尤其是逻辑。

但无济于事。面包和鱼的奇迹？重生？仅仅是诗意的寓言，不能从字面理解？但假如真是这样，除了意图良好的说教和大量浮夸的戏剧性桥段，还剩下什么呢？假如他真的化身为人，受难死去，然后复活以拯救我，那么我的一切就都是亏欠他的……然而，假如这仅仅是个美丽的故事，那不管有没有定期发放的面包和葡萄酒，我都可以爱我的邻人了。

我转向东南。

宇宙的真相（在此处）变得无限怪异和无限宏大：它存在于物理定律之间，而物理定律通过人类了解了它们自身。我们的命运和存在的目标被编码于精细结构常数和宇宙的平均密度值之中。人类（不管是什么形态，是机器人还是有机质人）将在接下来的百亿年间持续前行，直到我们能够产生超智能，而它将引发精密微调的大爆炸，使我们得以存在。

前提是人类没有在接下来的几千年里灭绝。

那样的话，其他智能生命将接替我们完成任务。举着火炬奔跑的是谁并不重要。

正是如此。这一切都并不重要。我为什么要在乎一百亿年以后的后人类、机器人或外星人的文明能不能做到什么事呢？这些宏大叙事和我有什么关系呢？

我终于看见了玛利亚，她在我前方几个街区的地方——而就在这个时候，西面的存在主义吸引子坚定地把我从城郊居住区的宇宙巴洛克拉开。我加快步伐，但只加快了一点点——天气太热，不适合奔跑，但更重要的是，突然加速有可能产生某些特定的副作用，导致意料之外的哲学大回转。

就快追上她的时候，她听见了我的脚步声，扭头向后看。

我说："你好。"

"好。"见到我，她似乎不是特别激动，况且这儿也不适合激动。

我走到她身旁，我们并排向前走。"你扔下我自己走了。"

她耸耸肩。"我想一个人静静，考虑一些事情。"

我哈哈一笑。"假如你想思考，那就应该留在公路上。"

"前面还有个地点。公园里，和公路上一样好。"

她说得对——尽管我的出现打乱了她的计划。我第一千次问自己：我为什么希望我们两个人互相做伴？因为我们的共同之处吗？但我们之所以有共同之处，主要是因为我们在互相做伴——我们走在相同的道路上，用双方的亲近来侵蚀彼此。那么，是因为我们的不同吗？为了偶然产生的互相不理解的时刻？但我们在一起待得越久，就越是会磨灭残存的那点儿神秘感；两个人相互绕轨道旋转，只会让双方共同做螺旋运动，终结所有的区别。

那么，是为什么呢？

坦诚的答案（此时此地）是：食物和性爱——尽管到了明天，在另外某个地方，等我回头再看，无疑会给这个结论打上厌世谎言的标签。

我沉默下去，我们缓缓飘向平衡区域。刚才几分钟的混沌依然在我脑海里震响，杂乱无章得令人愉快，顿悟令人眩晕地接踵而至，又被一一打断，它们有效地相互抵消，最终留下的仅仅是一种无法形容的怀疑感。我记得大融合前有个学派声称（以迟钝的良好意愿，既宽容得可笑，又轻信得毫无主见）人类的每一种哲学都存在可贵之处……这还没完，假如你刨根究底，会发现它们全都在讲述相同的“普遍真理”，而最终全都是可调和的。显而易见，这些怠惰的泛宗教主义者都没能活下来，亲眼见到他们的假想被不容置疑地证伪。我猜大融合后不到三秒钟内，他们就各自皈依了当时离他们最近的天晓得什么信仰。

玛利亚气呼呼地嘟囔道：“真是太好了！”我抬头看她，然后顺着她的视线望过去。公园出现在了视野里，然而假如她想要的是一点儿独处时间的话，那她要忍受的可就不只我一个人了。树荫下聚集了至少二十几个流浪者。这样的情况很罕见，但也确实会发生。平衡区域是所有人轨道中运行最缓慢的地带，所以我猜，偶尔有一群我们这样的人一起落进无风带也不是什么稀奇事。

随着我们走近，我注意到了一件更奇怪的事情：躺在草地上的所有人都面朝同一个方向，他们在看被树木挡住的什么东西或什么人。

是什么人？一个女人的声音飘向我们，距离太远，听不清她具体在说什么，但音调甜蜜而流畅，充满自信；温和，但不乏说服力。

玛利亚紧张地说：“也许咱们该离远一点儿。也许平衡已经改变了。”

“也许吧。”我和她一样担心，但同时也被勾起了好奇心。我没怎么感觉到附近那些熟悉的吸引子的牵引力，而且，我也无法确定我的好奇心是不是某个旧理念抛出来的新鱼钩。

我说：“咱们就……绕着公园的边缘走吧。咱们不可能对这个视而不见，必须搞清楚正在发生什么。”假如附近的某个吸引域已经扩张，把公园纳入了领地，那么与演讲者保持距离并不能保障自由；有可能伤害我们的不是她说话的内容，也不是她这个人的存在——但玛利亚（我确定她也知道这些道理）接受了我的避险“策略”，点头表示同意。

我们把自己放在公园东侧边缘的道路中央，没有感觉到明显的影响。我猜演讲者是个中年人，从糊满泥土的衣物到剪得像狗啃的头发，从久经风霜的皮肤到常年半饥饿步行的瘦削身材，无论怎么看都是个流浪者。但说话的声音不像。她架起了一个画架似的木框，在上面铺了一张大幅的城市地图；她用各种颜色齐整地标出了一个个大致呈六边形蜂房状的吸引子。刚开始的那几年，人们经常交换这样的地图；也许她只是在展示她的珍藏，想用来交换点儿什么有价值的东西。我不认为她有什么机会。我确定，到了现在，所有的流浪者都在靠自己脑海里的意识形态地形图指引方向。

然后她拿起一根教鞭，勾画出我刚才没注意到的一部分轮廓线，那是个蓝色线条组成的细密网络，在六边形之间的空隙中穿梭交织。

女人说："但这当然不是偶然的。多年来我们能远离所有的吸引域，靠的不是纯粹的好运气，甚至不是技巧。"她扫视人群，注意到了我们，停顿片刻，然后平静地说了下去，"我们被我们自己的吸引子俘获了。它完全不像其他的吸引子，不是一套特定的信仰，位于一个固定的区域，但它依然是个吸引子，依然在牵引我们从原先的不稳定轨道上向它移动。我在地图上映射了这个吸引子——或者它的一部分——我已经画得尽可能精确了。真正的细节有可能无限精细，然而即便只看这个粗糙的示意图，你们也应该能认出各自曾经走过的路径。"

我盯着地图。隔着一段距离远望，你不可能分辨出每一条蓝色的细线，但我看得出它们涵盖了玛利亚和我过去这几天走过的路径，然而——

一个老人喊道："你只是在吸引域之间乱画了很多根线。这能证明什么呢？"

"不是在所有的吸引域之间。"她指着地图上的一个点说，"有人去过这儿吗？或者这儿？这儿？没有吧。这儿？或者这儿？为什么没有？它们全都是吸引子之间的开阔通道，看上去和其他的通道一样安全。那么，我们为什么从没去过这些地方？原因正是我们没人住在不动点吸引子内的那个原因：它们不是我们领地的一部分，它们属于我们自己的吸引子。"

我知道她在胡说八道，但光是这个短句就足以让我感到惊恐和逼仄了。我们自己的吸引子。我们被我们自己的吸引子俘获了。我扫视地图上的城区边缘，蓝线从不靠近那里。事实上，蓝线离市中心最远的地方正是我曾去过的区域，是我本人……

这证明了什么呢？只能证明这女人的运气并不比我好。假如她已经逃出了城区，就不会在这儿宣称我们不可能逃脱了。

人群中一个明显怀孕的女人说：“你只是画出了你的路径。你远离危险，我也远离危险，我们都知道应该避开哪些地点。你正在说的无非是这个。这正是我们唯一的共同之处。”

“不！”演讲者再次勾出一段蓝线，“这是我们所在的地方。我们不是毫无目标地游荡，我们是这个奇异吸引子的臣民。我们终究还是有一个身份的，我们是一个统一体。”

人群大笑，轻飘飘地抛出几句辱骂。我对玛利亚低声说：“你认识她吗？以前见过她吗？”

“不确定。应该没见过。”

“你不可能见过她。这不是明摆着的吗？她是某种机器人传教士——”

“她说起话来不像那种人。”

“理性主义那边的，不是基督教或摩门教的。”

“理性主义者不会派遣传教士。”

“不会？‘在地图上映射奇异吸引子’，这要还不是理性主义的术语，那什么是？”

玛利亚耸耸肩。“吸引域和吸引子都是理性主义的用语，但所有人都在使用。你知道有句老话吧？魔鬼的小曲儿唱得再好，也不如理性主义者的术语说得好。每个词都必定有它的出处。”

女人说：“我会在沙地上建起我的教堂。我不会恳求任何人跟随我——但你们会的。你们全都会的。”

我说：“咱们走吧。”我抓住玛利亚的胳膊，但她气呼呼地挣脱。

“你为什么这么反对她？也许她是正确的。”

“你疯了吗？”

“其他所有人都有吸引子，凭什么我们不能有我们自己的？我们的比其他所有的都更加奇异。你看，那是地图上最美丽的东西。”

我吓坏了，摇着头说：“你怎么能这么说呢？咱们一直过得自由自在，咱们一直在为了自由而努力奋斗。”

她耸耸肩。“也许吧。但也可能你所谓的自由早就俘获了我们。也许我们不需要继续挣扎了。有那么糟糕吗？无论如何，我们都是在做我们想做的事情，我们为什么要担心呢？”

女人不慌不忙地开始收拾她的画架，流浪者人群开始散去。她短暂的布道似乎没能说服任何人，每个人都平静地走向他们各自选择的轨道。

我说：“吸引域里的人在做他们想做的事情。我不想变得和他们一样。”

玛利亚大笑。“相信我，你做不到。”

“对，你说得对，我做不到。他们有钱、肥胖、心满意足；我在饿肚子、疲惫、提心吊胆。这是为了什么呢？我为什么要过这样的生活？那个机器人想夺走让这一切都变得值得的唯一理由。”

“是吗？好吧，我也又累又饿。要是我自己的吸引子真的存在，也许就能让这一切变得值得了。”

“怎么个值得？”我嘲笑道，“你会崇拜它？会对它祈祷？”

“不。但我就不再需要害怕了。假如我们真的已经被俘获，假如我们的这种生活方式其实是稳定的，那么是否走错一步也就不再重要了，因为我们会被我们自己的吸引子拉回来。我们不再需要担心最微小的一个错误也能害得我们掉进某个吸引域。假如那是真的，你难道不高兴吗？”

我愤怒地摇摇头。“那是胡扯——危险的胡扯。避开吸引域是一项技能，是我们的天赋，你很清楚这一点。我们小心翼翼地导航穿过通道，平衡相互敌对的力量——”

“是吗？我受够了每天都过得像是在走钢丝。”

“受够了不等于它不是真的！你还不明白吗？她想让我们变得自满！越多人开始认为绕轨飞行很容易，就会有越多人最终被吸引域俘获——”

先知背起行李离开的景象分散了我的注意力，我说：“你看看她。她也许完美地模仿了人类，但她是机器人，是个冒牌货。他们终于明白了，光凭小册子和宣传机器是行不通的，所以派了一台机器来向我们传播我们自由的谎言。”

玛利亚说：“证明一下。”

“什么？”

“你有刀。既然她是机器人，那你就追上去拦住她，把她切开。你证明给我看。”

伪装成女人的机器人穿过公园，朝着西北方向走去，逐渐远离我们。我说：“你知道我的，我不可能做出那种事。”

“既然她是机器人，就不会有任何感觉。”

“但她看上去像人类。我做不出这种事。我不可能把一把刀插进模仿得毫无区别的人类肉体。”

“因为你知道她不是机器人。你知道她说出了真相。”

有半个我很高兴我正在和玛利亚争论，这证明了我们的分离性，但另外半个我觉得她说的每一句话都让我无比痛苦，因此不能不质疑她。

我犹豫片刻，然后放下背包，跑过公园追赶先知。

她听见我的脚步声，扭头向后看，然后停了下来。周围没有其他人。我在离她几米远的地方站住，然后调整呼吸。她耐心而好奇地打量我。我盯着她，越来越觉得自己在犯傻。我不可能拔刀捅她：归根结底，她有可能不是机器人，而只是个想法古怪的流浪者。

她说：“有话想问我吗？”

我几乎不假思索地脱口而出：“你怎么知道没人离开过城区？你怎么能确定这种事从没发生过？”

她摇摇头。“我没这么说。在我看来，吸引子应该是个闭环，你一旦被它俘获，就永远无法离开了。但另外一些人有可能已经逃脱。”

“什么另外一些人？”

“不在吸引域内的人。”

我困惑地皱起眉头。“什么吸引域？我说的不是吸引域内的人，我说的是我们。”

她大笑：“对不起。我说的不是通向不动点吸引子的吸引域。我们的奇异吸引子也有一个吸引域，那是指向吸引子的所有点的集合。我不知道这个吸引域是什么形状的，和吸引子本身一样，细节有可能无限精细。不是六边形之间空隙中的每一个点都属于它，有些点必定是指向不动点吸引子的，因此有些流浪者才会被它们俘获。其他点则属于奇异吸引子的吸引域。但还有一些点——”

“什么？”

“还有一些点有可能指向无穷，也就是脱逃。”

“哪些点？”

她耸耸肩。“没人知道。两个点有可能挨在一起，但一个指向奇异吸引子，另一个指向最终离开城市的路径。想要搞清楚这两个点分别是什么，你只能从各个点出发向前走，然后看发生什么。”

“但你说过我们全都被俘获了，已经——”

她点点头。“在轨道上运转了这么久，吸引域内的点肯定都已经注入了各自的吸引子。吸引子是稳定的地方，吸引域通向吸引子，但吸引子指向自身。一个人，假如命运注定他属于某个不动点吸引子，那现在他肯定已经在里面了；而假如命运注定他要离开城市，那他也早就离开了。我们还在轨道上的人会继续保持这个状态。我们必须理解这一点，接受事实并学会与之共存……假如这意味着要创造我们自己的信仰、我们自己的宗教——”

我抓住她的胳膊，拔出刀子，用刀尖飞快地在她的前臂上划了一下。她尖叫着挣脱，用另一只手捂住伤口。片刻之后，她拿开手查看损伤情况，我看见她的手臂上有一条细细的红线，而手掌上也有个湿漉漉的粗糙红印。

“你疯了吗？”她喊道，一步一步后退。

玛利亚走到我们身旁。很可能是血肉之躯的先知对她说：“他是疯子！让他离我远点儿！”玛利亚抓住我的胳膊，然后无法解释地凑近我，把舌头伸进我的耳朵。我爆发出一阵狂笑。女人莫名其妙地后退一步，然后转身匆匆离去。

玛利亚说：“这算不上是解剖，但就我见到的情况来说，结果对我有利。我赢了。”

我犹豫了一下，然后假装投降。

“你赢了。”

夜幕降临，我们又回到了高速公路上。这次我们位于市中心以东。我们望着废弃办公楼的黑色剪影上方的天空，附近一伙儿占星家的残余影响在轻微干扰我们的大脑，而我们吃着今天的收获：一个巨大的蔬菜比萨。

末了，玛利亚打破沉默：“金星已经落下。我看我应该睡觉了。”

我点点头。“我等火星升上来。”

这一天留下的痕迹飘过我的脑海，内容多多少少是随机的，但我依然记得那女人在公园里对我说的大多数话。

在轨道上运转了这么久，吸引域内的点肯定都已经注入了各自的吸引子……

所以到了现在，我们都已经被俘获了。但是——她怎么可能知道呢？她怎么能够确定呢？

万一她错了呢？万一我们还没有全都抵达最终的安息之地呢？

占星家说：她那些唯物主义、还原主义的肮脏谎言没有一句可能是真的，除了有关命运的内容。我们喜欢命运，命运是好的。

我起身向南走了几米，中和他们的思想。然后我转身，望着沉睡的玛利亚。

两个点有可能挨在一起，但一个指向奇异吸引子，另一个指向最终离开城市的路径。想要搞清楚这两个点分别是什么，你只能从各个点出发向前走，然后看发生什么。

此时此地，我觉得她说的那些话是个理性主义模型，但受到了严重的扭曲和恶意的曲解。而我在这里，对她的叙事抓住一半、扔掉另一半，从中找寻希望。隐喻的突变和杂交，又从头开始了……

我走到玛利亚身旁，蹲下，弯腰，温柔地亲吻她的额头。她在睡梦中一动不动。

然后我背上背包，沿着公路向前走。有那么一瞬间，我相信我能感觉到城市外的虚无伸出手，越过前方的所有障碍，终于承认了我的归属。

感谢卡罗琳·奥克利、黛博拉·比尔、安东尼·奇瑟姆、彼得·罗宾逊、大卫·普林格尔、李·蒙哥马利、加德纳·多索伊斯、希拉·威廉姆斯、乔纳森·斯特拉汉、杰里米·伯恩、理查德·斯克里文、史蒂夫·帕西尼克、德克·斯特拉瑟、斯蒂芬·希金斯、克里斯汀·凯瑟琳·拉什、露西·苏塞克斯、史蒂夫·保尔森、安德鲁·惠特莫尔和布鲁斯·吉莱斯皮。

本书篇目发表年份

《小可爱》首次发表于1989年5月/6月的《中间地带》（*Interzone*）第29期。

《爱抚》首次发表于1990年1月的《阿西莫夫的科幻小说》（*Isaac Asimov's Science Fiction Magazine*）。

《尤金》首次发表于1990年6月的《中间地带》第36期。

《学习成为我》首次发表于1990年7月的《中间地带》第37期。

《金库保管箱》首次发表于1990年9月的《阿西莫夫的科幻小说》。

《公理》首次发表于1990年11月的《中间地带》第41期。

《道德病毒学家》首次发表于1990年夏天的《讲坛》（*Pulphouse*）第8期。

《血亲姐妹》首次发表于1991年2月的《中间地带》第44期。

《堡垒》首次发表于1991年3月的《奥瑞丽斯》（*Aurealis*）第3期。

《无限刺客》首次发表于1991年6月的《中间地带》第48期。

《应有的爱》首次发表于1991年8月在《中间地带》第50期。

《奔向黑暗》最早发表于1992年1月的《阿西莫夫的科幻小说》。

《百光年日记》首次发表于1992年1月的《中间地带》第55期。

《再近一点儿》首次发表于1992年冬季的《幻象》（*Eidolon*）第9期。

《谎言空间中的不稳定轨道》首次发表于1992年7月的《中间地带》第67期。

《一直往前走》首次发表于1992年12月的《阿西莫夫的科幻小说》。

《所见》为本书首次发表。

《意识上传中》为首次发表。

读客®

科幻文库

跟着读客读科幻，经典科幻全看遍

太空歌剧、赛博朋克、奇幻史诗……

中国、美国、英国、俄罗斯、波兰、加拿大、日本、牙买加……

读客汇聚雨果奖、星云奖、轨迹奖获奖作品

精挑细选顶尖的科幻奇幻经典

陪伴读者一起探索人类文明的过去、现在和未来

亿亿万万年，直至宇宙尽头

读客科幻文库

读客®